Josefine Wittenbecher
Die Frauen von Stuben

Josefine Wittenbecher, geboren 1939, lebt in Wittlich. Autorin mehrerer erfolgreicher Bücher in Mundart, darunter »Eine moselfränkische Bibel«.
Veröffentlichungen in hochdeutscher Sprache: »Die Farbe der Azaleen. Erzählungen«, 2000. »Tödliche Feuer. Der Fall Dietrich Flade«, Roman, 2002. »Feuer am Fluss. Der Fall Eva Zeihen«, Roman, 2004.

Josefine Wittenbecher

# Die Frauen von Stuben

Roman

2007
Porta Alba Verlag
Trier

Bibliographische Information Der Deutschen Bibliothek
Die Deutsche Bibliothek verzeichnet diese Publikation
in der Deutschen Nationalbibliographie;
detaillierte bibliographische Daten sind im Internet über
http://dnb.ddb.de abrufbar.

ISBN 978–3–933701–24–4


3. Auflage 2007

Satz: Porta Alba Verlag Trier, unter Verwendung des
TUSTEP-Satzprogramms (© ZDV Tübingen)
Druck: AZ Druck und Datentechnik GmbH, Kempten

# INHALT

Es ist ein weißes Pergament
Die Zeit, und jeder schreibt
Mit seinem roten Blut darauf,
Bis ihn der Strom vertreibt.

Gottfried Keller

# Dezember 1755

Am Morgen des neuen Tages endlich war der erste Schrei zu hören. Einen Sohn hatte man erwartet. Zur Welt gekommen war eine Tochter.

Der Freiherr von Sohlern wünschte, dass sie gleich am folgenden Tag getauft werde. In der Wohnung unweit der kurfürstlichen Burg zu Ehrenbreitstein war man besorgt. Wie sollte man das Neugeborene auf dem Weg zur Kirche vor der ungewöhnlichen Kälte schützen? Die Frauen baten, die Taufe um einige Tage zu verschieben, bis mildere Witterung einträfe. Der eisige Wind, der durch das Rheintal fegte, könne es berühren und ihm schaden, fürchteten sie. Herr von Sohlern beharrte darauf, das Kind gleich am Tag nach seiner Geburt in die Pfarrkirche zu tragen. Ein kalter Hauch sei kein Grund, diesem Brauch nicht zu folgen. Das Kind eines Soldaten und Zimperlichkeit, das passe nicht zusammen. Und wie stehe er da vor seinem Dienstherrn, auch vor seinen Untergebenen, wenn er Urlaub zu einer Gutwettertaufe für sein Kind erbitten würde? Heute sei der rechte Tag und basta.

»Nun höre einer einen solchen Vater!« jammerte die Patin. »Es gibt keinen Grund, der eine rasche Taufe nötig machte! Das Kind ist gesund und kräftig.«

»Gerade darum!« Herr von Sohlern ließ sich nicht erweichen. »Ja, scharfer Wind, was schadet's! Es gibt genügend Möglichkeiten, ihn von dem Kind fernzuhalten.« Die Frauen fügten sich.

So wurde am 14. Dezember des Jahres 1755 das Kind in einer geschlossenen Kutsche von der Sohlernschen Wohnung zur Taufkirche hinaufgefahren. Im Arm seiner Patin, in ein warmes Kissen hineingebettet, schlief es friedlich während der kurzen Fahrt und auch in der Kirche. Als man an ihm hantierte, um die Taufzeremonie zu vollziehen, begann es aus Leibeskräften zu schreien. Es schrie ausdauernder und stärker, als einem Neugeborenen zuzutrauen war. Die schwere Geburt schien nur die Mutter geschwächt zu haben. Es war ihr zweites Kind nach dem Sohn, den sie vor drei Jahren zur Welt gebracht hatte, und diese Tochter hatte ihr einen vollen Tag und eine Nacht hindurch viel Kraft abverlangt.

August von Sohlern war von dem Geschrei des Kindes während der Taufhandlung peinlich berührt. Er war enttäuscht, dass seine Frau eine Tochter geboren hatte. Als Oberst der Armee im Dienste des Kurfürsten und Erzbischofs von Trier hätte ihm ein weiterer Sohn wohl angestanden! Er war jedoch gewillt, auch einer Tochter ein gewisses Maß an Ehre anzutun und ihren Eintritt ins Leben würdig zu feiern. Schließlich ging es, zwar glanzloser als erhofft, auch um seine Ehre. Er bewahrte Haltung und bezwang die Hitze, die ihm ins Gesicht steigen wollte, widerstand dem Drang, mit dem Finger den engen Uniformkragen zu lockern.

»So tun Sie doch etwas, Frau Schwägerin«, flüsterte er entnervt der Patentante Sophie zu, die das Kind über das Taufbecken hielt. Ihr Lächeln war ihm unverständlich und ärgerte ihn.

Der alte Pfarrer nahm das Geschrei gelassen hin. Er beschwichtigte den Herrn von Sohlern: »Es ist schon recht, Herr Oberst. So steht es geschrieben: Aus dem Mund der Kinder und Säuglinge will ich mir ein Lob bereiten! Ihre Tochter hat eine erfreulich kräftige Stimme.«

Wahrhaftig, eine kräftige Stimme hatte dieses Kind! Das sollte ihm eigentlich recht sein. Der kleine Sohn hatte damals bei seiner Taufe stillgehalten und keinen Laut von sich gegeben. Auch jetzt, da er fast drei Jahre alt war, hörte man sein zartes Stimmchen selten im Haus. Und diese Tochter machte schon am Tag nach ihrer Geburt ein Aufhebens von sich, das ihr nicht zukam.

Als das Kind mit den heiligen Worten und Zeichen in den Schoß der Kirche aufgenommen war, legte die Patin es fest in ihren linken Arm. Sanft strich sie ihm mit dem Zeigefinger der Rechten über Nase und Lippen.

»Nun ist es gut, kleine Maria Theresia Sophie Elisabeth. Muss ein braves Christenmädchen so ungebührlich schreien?«, flüsterte sie. Dann bedeckte sie das Kind wegen der winterlichen Kälte im Raum mit einem warmen Tuch, so dass kein Hauch es berühren konnte, umfasste die Kleine mit dem rechten Arm und wiegte sie. Da beruhigte sie sich. August von Sohlern entspannte sich endlich.

Er ließ es sich nicht nehmen, dem Pfarrer über die Schulter zu schauen, als er die Taufe ordnungsgemäß im Taufregister vermerkte. Dann brachte der Oberst seine Tochter nach Hause und überließ sie den Frauen. Er selbst trat am gleichen Tag wieder seinen Dienst auf der Feste Ehrenbreitstein an.

Am frühen Morgen desselben Tages brach vom anderen Rheinufer, von Koblenz aus, der Goldschmied Johann Balthasar Krabben zu einer knappen Tagesreise auf. Sie führte ihn moselaufwärts bis zum Kloster Stuben. Die Augustinerchorfrauen von Stuben waren gute Kundinnen, man durfte sie, wenn sie riefen, nicht warten lassen. Wegen der bitteren Kälte nicht anzureisen, würde sie verärgern. Vor allem Maria Ferdinanda von Maffey della Serra. Die war, wie er erfahren hatte, zur neuen Meisterin des Konvents gewählt worden und hatte ihn zu sich gebeten, eigentlich befohlen, wenn er es recht bedachte. Krabben konnte sich einen Platz in der Postkutsche sichern, die von Koblenz aus regelmäßig das Moseltal befuhr. Am frühen Abend hielt sie an der Poststation am Bremmer Fahr. Er ließ sich sogleich zu dem kleinen Hafen am Stubener Ufer übersetzen.

Im Kloster hatte Krabben freundliche Begrüßung und Bewirtung erwartet. Er wurde enttäuscht. Maria Ferdinanda brannte vor Ungeduld. Sie dachte nur noch an das Fest, das ihr bevorstand. Wenige Tage nach Weihnachten würde sie dem Abt des Klosters Springiersbach als neue Meisterin von Stuben den Treueeid ablegen. Sie ließ die Feierlichkeiten zu diesem Ereignis gebührend vorbereiten. Die Zeit bis dahin war knapp. Gut, dass der Krabben so rasch gekommen war! Er spielte eine wichtige Rolle in ihren Planungen.

Maria Ferdinanda überfiel ihn sofort mit ihrem Anliegen: Sofort, sofort brauchte sie es! Ein neues goldenes Kreuz musste sie zur Feier ihres Gelöbnisses haben! Das Kreuz, das die verstorbene Anna Charlotta als Meisterin getragen hatte, war ihr nicht glanzvoll genug. Zu klein war es, zu schlicht, und auf dem weißen Kleid mit dem weißem Kragen konnte es ihrer Meinung nach keine rechte Wirkung entfalten. Sie wünsche ein Doppelkreuz, wie es einer Stubener Meisterin zustand. Zu Stuben passe nur diese Form des Kreuzes, damit unterscheide sich Stuben von allen anderen Klöstern, die zu Springiersbach gehörten. Auf dem Siegel des Klosters sei das Stubener Doppelkreuz abgebildet, es zeige die wertvolle Reliquie, die seit hunderten von Jahren im Besitz des Klosters und sein kostbarster Schatz sei. Der Herr Krabben solle das Kreuz für die Meisterin entsprechend kostbar gestalten. Es solle nicht gespart werden. Sie könne zahlen, was immer es auch koste.

Krabben schwieg. Jetzt erst bemerkte Maria Ferdinanda seinen Unmut. Sie ließ ihm eine Stärkung bringen und fand endlich auch einige Worte des Dankes für sein schnelles Kommen. Krabben registrierte es mit Genugtuung. Er versprach, den Schmuck so rasch wie möglich nach den Wünschen der Dame herzustellen und zu liefern.

»Allerspätestens bis zum Weihnachtsfest?«

Bedauernd hob Krabben die Hände. »Bis zum Tag nach dem Fest könnte es vielleicht gehen.«

»Vielleicht, vielleicht!«, stieß Maria Ferdinanda hervor. »Herr Krabben, ich erwarte Sie also am Tag nach Weihnachten. Die Stubener Kutsche fährt sie morgen in aller Frühe nach Koblenz zurück. Wir dürfen keine Zeit verlieren.«

Um seinen Unmut zu besänftigen, war sie um gute Unterkunft und Bewirtung für ihn besorgt. Vor dem Hellwerden ließ sie am anderen Morgen anspannen.

Nach den beiden Weihnachtsfeiertagen hatte Maria Ferdinanda Besseres zu tun, als sich mit Hochwürden Hympler, dem geistlichen Betreuer des Klosters Stuben, abzugeben. Krabben, wo blieb der Krabben? Hympler suchte die neue Meisterin in ihrer Wohnung auf, obwohl er schon nach dem Chorgebet am Morgen vergeblich versucht hatte, mit ihr zu sprechen. Seit ihrer Wahl zur Meisterin gab er keine Ruhe. Nach dem Tod Anna Charlottas glaubte er wohl, dass endlich seine Stunde gekommen sei! Bei jeder Gelegenheit, die sich bot, belästigte er Maria Ferdinanda, drängte sich in ihre Privatsphäre. Als hätte er ein Recht dazu, so spielte er sich auf! Sie dachte nicht daran, ihn aufzufordern, Platz zu nehmen. So stand er vor dem Tisch, an dem sie saß, und bemühte sich sichtlich, aufrecht vor ihr zu stehen. Maria Ferdinanda war es leid, sich seine Vorhaltungen anzuhören. Das Weihnachtsfest sei nicht fromm genug gefeiert worden? Die gebratenen Hühnchen und die vielen Kannen Wein seien den Nonnen und ihren zahlreichen Gästen wichtiger gewesen als das feierliche Amt der Mitternachtsmette? Nicht vollzählig seien sie erschienen, nicht einmal zu dieser Feier der Geburt des Herrn zu geheiligter Mitternachtsstunde! Nur zur Mittagstafel am Weihnachtsfest hätten sie ausnahmsweise einmal alle an der gemeinsamen Mahlzeit teilgenommen.

»Und nicht nur das!«, fuhr Hochwürden Hympler in beleidigtem Ton fort, als er merkte, wie seine Worte ins Leere gingen und die neue Meisterin zeigte, wie gleichgültig ihr seine Ermahnungen waren. »Unzulässigen Besuch wollten einige der Klosterfrauen zur Mittagstafel mitbringen! Es hat nicht viel gefehlt und es wären männliche Besucher eingelassen worden. Ich selbst habe Einhalt geboten!«

Maria Ferdinanda schaute unbewegt an ihm vorbei. Hymplers Stimme wurde lauter: »Ich muss Sie leider auch mit großem Schmerz daran erinnern, dass bei den Chorgebeten der verstorbenen Meisterin Anna Charlotta zu gedenken ist. Es sind gerade einmal zwei Monate her, dass sie …«

»Sie ist tot«, unterbrach ihn Maria Ferdinanda mit Schärfe, »sie ruht in Gott«, sie schwieg, und nach einer Weile fügte sie hinzu: »Wie wir hoffen, eingedenk Seiner großen Barmherzigkeit. Und Sie, Hochwürden, empfehlen sie ja zur Genüge im Messopfer der Gnade Gottes. Bitte gehen Sie nun. Morgen ist ein weiterer Feiertag bei uns in Stuben. Gibt es nichts für Sie zu tun? Ich jedenfalls habe zu tun. Wenn Sie nun die Güte hätten!«

Mit einer Handbewegung, als wolle sie ihn verscheuchen, unterstrich sie ihre Worte.

Hochwürden Hympler wurde rot vor Ärger und Beschämung. »Morgen werde ich Seiner Ehrwürden dem Herrn Abt …«, er schwieg, als Maria Ferdinanda mit der flachen Hand auf den Tisch schlug.

»Nun, was sagen Sie Seiner Ehrwürden, dem Herrn Abt? Hoffentlich ist es Ihnen bis morgen eingefallen. Ich habe zu tun.«

Wieder die Geste, die ihm befahl zu gehen, diesmal mit beiden Händen.

Sie schnaubte laut, als sie wieder alleine war.

»Was hat dieser … dieser Bauernpastor sich einzumischen!«, schimpfte sie. »Er ist nicht darum gebeten worden. Wenn es hier etwas zu regeln gibt, dann bin ich es, die sich darum kümmert. Soll er seine Messen lesen!«

Maria Ferdinanda legte ihren Kopf an die hohe Lehne des mit rotem Samt bespannten Sessels. Die Arme ruhten auf den gepolsterten Armlehnen, die Hände umschlossen fest die geschnitzten Knäufe. Ja, dieser Sessel behagte ihr! Gleich, als sie nach dem Tod Anna Charlottas zur neuen Meisterin gewählt worden war, hatte sie ihre bisherige Wohnung verlassen und diese großzügigeren Räume im oberen Stockwerk bezogen. Einige Möbelstücke der alten Meisterin hatte sie entfernen lassen. Die besten Stücke ihrer eigenen Einrichtung hatte sie hierher zu schaffen befohlen. Schnell war alles so eingerichtet, wie sie es haben wollte. Der

Sessel aus Anna Charlottas Besitz, eine große Genugtuung für sie, darauf Platz zu nehmen. Wie hatte die Alte sie oft gedemütigt gerade von diesem Platz aus, auf dem sie nun saß! Hatte sie, wie es ihre Gewohnheit allen Schwestern gegenüber gewesen war, zu sich befohlen und sie gezwungen, Vorhaltungen anzuhören oder Anordnungen entgegenzunehmen. Für ihr Seelenheil nun beten?

»Requiescat in pace«, flüsterte sie, »meinetwegen.«

Soll das doch Hochwürden Hympler übernehmen, dachte sie mit bitterem Spott. Es sei der Alten, da sie nun endlich tot war, von Herzen gegönnt. Zumal sie sein Gebet wahrscheinlich nötig hatte. Jetzt war ihre, Maria Ferdinanda von Maffeys Zeit gekommen!

Ihre Brüder, zu Hause in den fernen Bergen, hatten rechtzeitig vorgesorgt. Wahrscheinlich hatte ein schlechtes Gewissen der Schwester gegenüber sie bewogen, dem Kloster noch zu Anna Charlottas Lebzeiten ein zusätzliches großes Geldgeschenk zu machen. Selbst die einzelnen Nonnen waren heimlich mit Geschenken bedacht worden, je nach Geschmack und Bedürftigkeit. So war entschieden, wer die neue Meisterin werden musste. Ob dies die empfindlichen Gewissen der Brüder davon entlastet hatte, dass sie ihre einzige Schwester, rechtzeitig, ehe sie ins heiratsfähige Alter gekommen war, ins Kloster gesteckt hatten? Und das weit weg von zu Hause. Die Mitgift, die das Kloster verlangt hatte, und der standesgemäße Unterhalt waren hoch, jedoch geringer als der Anteil gewesen wäre, den sie als Heiratsgut hätte erhalten müssen.

Langsam stand Maria Ferdinanda auf. Sie trat an das Fenster, von dem aus sie auf die Mosel sehen konnte, die als graues Band nahe an Stuben vorbeifloss. Das einzig bewegte, lebendige Element in diesem engen

Land, in dem der Blick nicht schweifen konnte, so wie dort, wo sie als Kind zu Hause gewesen war. Gleich hinter dem Ufer auf der anderen Seite stieß der Fluss an den hohen steilen Felsen, den Calmont. Zur Winterzeit schien der Berg mit den starrenden Weinbergspfählen wie mit Stacheln besteckt. Grau dieser Fluss, dieses Land. Grau das jämmerliche kleine Stückchen Himmel. Schwer zu ertragen, diese Winter ohne Farbe, ohne Glanz.

Sie schloss die Augen, und ihre Gedanken kehrten dorthin zurück, wo ihre Heimat gewesen war. Hinauf in die Berge, wo das alte Geschlecht der Maffey zu Hause war und sie ihre Kindheit verbracht hatte. Dort, hoch über den Tälern, war Weite und Licht. Hier, wo sie jetzt leben musste, schloss ein enges Tal sie ein. Sperrige Felswände ließen die Sonne erst spät heraufsteigen und verschluckten sie früh, fast noch ehe es Abend war.

Sie kniff die Augen zusammen, als könne sie so das ungeliebte Bild verdrängen und die Vorstellung des Verlorenen festhalten.

Als es plötzlich an die Tür klopfte, zuckte sie zusammen. Das Klopfen wurde fester. Sie ging zur Tür und öffnete einen Spalt, um zu sehen, wer so ungebührlich störte.

Da stand Elsjen, die Magd, knickste ein paarmal, versteckte die Hände unter der blauen Schürze und brachte endlich heraus: »Gut, dat Ihr da seid, Gnädije, da wär der Herr Krabben aus Kobelenz ...«

»Ich werd ihr: Gnädije! Was habe ich ihr beigebracht?«, fuhr Maria Ferdinanda sie an.

»Ich ... ich weiß et nit mehr.«

»So dumm ist sie nicht. Geb sie sich Mühe, sie weiß wie es heißt!«

»Ehr… Ehrwürdije Mutter.«

»Was ist mit dem Krabben?«

»Der Herr Krabben wär da und hätt wat mitgebracht, soll ich Euch … Ihnen sagen.«

So schnell! Rechtzeitig zu der Feier ihres Gelöbnisses!

»Geh sie und sage, der Krabben soll kommen!«, befahl sie dem Elsjen.

Maria Ferdinanda stand am Fenster, als Johann Balthasar Krabben eintrat. Ein Päckchen, in schwarzes Tuch gehüllt, hielt er in Händen. Mit einem tiefen Bückling begrüßte er die neue Meisterin.

»Sie haben schnelle Arbeit geleistet, Herr Krabben. Auch gute?« Es fiel ihr schwer, ihre Ungeduld zu verbergen. »Lassen Sie sehen.«

»Ihre Gnaden …«

»Ehrwürdige Mutter sagt man«, unterbrach sie ihn.

»Nun, Ehrwürdige Mutter, Sie werden, denke ich, zufrieden sein.«

Seine Lippen verzogen sich zu einem gekünstelten Lächeln, er legte die rechte Hand an die Brust und verbeugte sich wieder.

Maria Ferdinanda deutete zum Tisch, Krabben legte das Päckchen darauf und wickelte das Tuch von der mahagonifarbenen Schatulle. Mit einladender Handbewegung zeigte er der Meisterin, dass er es ihr überließ, den Messingverschluss zu öffnen und den Deckel zu heben. Sie zögerte keinen Augenblick und öffnete die Schatulle. Was darin auf schwarzem Samt gebettet lag, entzückte sie. Ja, so hatte sie es sich vorgestellt! Am liebsten hätte sie Krabben nun weggeschickt. Doch sie beherrschte sich. Vorsichtig hob sie den Goldschmuck aus der Schatulle, ein Doppelkreuz an goldener Kette.

Maria Ferdinanda legte das Kreuz in ihre linke Hand und betrachtete es mit wachsendem Gefallen. Es überragte ein wenig die Handfläche, glänzte, wie frisch poliertes Gold glänzen muss, und war von angenehmer Schwere. So hatte sie es sich gewünscht! Dem Abt von Springiersbach, dem sie morgen den Treueschwur leisten musste, würde es Eindruck machen. Johann von Wassenberg hatte ein Auge für schöne Dinge, das wusste man nicht nur in Springiersbach.

»So wollte ich es haben«, sagte sie zu dem Goldschmied, ohne den Blick von dem Schmuck zu wenden. Mit der Bezahlung müsse er sich ein wenig gedulden. Im Augenblick sei keine Zeit, sich mit Gelddingen zu befassen. Nach dem Fest möge er wiederkommen.

Sie übersah seine Enttäuschung, die kaum verborgene Verärgerung. Mit oberflächlich hingemurmeltem Gruß entließ sie ihn. Keinen Gedanken verschwendete sie daran, wie er nach Koblenz zurückkäme. Als die Tür sich hinter ihm geschlossen hatte, legte sie sogleich den Schmuck an. Ein wenig Mühe hatte sie damit, ihn über den hinderlichen schwarzen Schleier zu streifen und ihn auf der Brust zurechtzulegen. Sie öffnete einen Fensterflügel, um sich darin zu spiegeln. Was sie sah, gefiel ihr. Gefiel ihr sehr! Das Goldkreuz stand ihr gut. Morgen müsste sie dafür sorgen, dass sich der schwarze Mantel über dem weißen Kleid nicht zu weit schloss und das Kreuz bedeckte.

Zufrieden legte Maria Ferdinanda den Schmuck in die Schatulle zurück, sie ließ sie offen auf dem Tisch stehen. Nicht sattsehen konnte sie sich an dem Glanz auf dem schwarzsamtenen Grund. Der Wassenberg würde morgen bei ihrer Feier Augen machen.

Seit Jahren hatte der Abt sich in Stuben nicht mehr sehen lassen. Statt seiner war der Prior von Springiersbach, Maximilian von Horrich, zur Visitation hierhergekommen. Wie hatten die Frauen jedesmal aufgeatmet, wenn er wieder abgereist war! Der Horrich kehrte den Herrn heraus, kommandierte, kritisierte, forderte. Nicht einmal vor den Klosterfrauen, die alle ohne Ausnahme adlige Damen waren, zügelte er seine unbeherrschte Zunge. Sogar über den Abt, Johann von Wassenberg, dem er doch unterstellt war, zog er her. Seine Ausfälligkeiten klangen Maria Ferdinanda jetzt noch in den Ohren: Froh sollten die Damen in Stuben sein, dass ihnen dieser unfähige, unmoralische, schlaffe Mensch erspart bliebe! Dass ihnen nicht zugemutet werde mit anzusehen, wie Wassenbergs nichtsnutziger Kammerdiener seinen Herrn um den Finger wickelte. Ob sie sich vorstellen könnten, was da zwischen den beiden möglich sei? Ob die Damen auch nur ahnen könnten, was er damit andeuten wolle? Maria Ferdinanda hatte verstanden und sich angeekelt abgewandt. Kein Blatt nahm der Herr von Horrich vor den Mund. Spielte dabei auf widerliche Weise den selbstgerechten Asketen. Und das am allerwenigsten konnte ihnen hier in Stuben gefallen.

Sollte nun der Wassenberg kommen. Er würde auch wieder abreisen. Hoffentlich fiel ihm nicht ein, länger in Stuben bleiben zu wollen. Die neue Meisterin war keineswegs gewillt, sich auch nur im geringsten das Heft aus der Hand nehmen zu lassen. Schon gar nicht von einem Wassenberg, der sich nicht einmal bei seinem Prior Respekt zu verschaffen wusste.

Am Morgen des 27. Dezember stand Maria Ferdinanda sehr früh auf. Sie hatte kaum schlafen können. Dem Elsjen hatte sie befohlen, die ganze Nacht hindurch das Feuer in der Wohnung in Gang zu halten. Schon vor dem ersten Chorgebet ließ sie sich einen starken Kaffee kochen. Befriedigt stellte sie fest, dass heute alle Schwestern ihrem Befehl gefolgt und zum Chorgebet erschienen waren, und zwar auf ihre Anordnung hin in ordnungsgemäßer Nonnentracht. Das weiße Kleid war heute erwünscht. Das schwarze war für den Alltag gut genug. Heute war ein Feiertag. Ein perfektes Bild wollte sie abgeben. Der Abt sollte keinen Grund zur Klage finden.

Wassenberg hatte mitteilen lassen, dass er am Vormittag in seiner Kutsche durch das Alftal bis nach Bremm an der Mosel gefahren werden wollte. In dem Nachen, in dem er ans Stubener Ufer übersetzen würde, sollten warme Decken bereitliegen. Maria Ferdinanda schickte am frühen Morgen einen der Knechte zu Pferd aus, der es melden sollte, wenn die Springiersbacher Kutsche in Alf das Moselufer erreicht hatte. Mittag war schon überschritten, als der Reiter endlich zurückkam.

Maria Ferdinanda blieb in ihrer warmen Stube. Sie ging ans Fenster und schaute zum grauen Himmel hinauf. Schneeflocken fielen. Es kam ihr nicht in den Sinn, dem Herrn von Wassenberg zuliebe einen Fuß in die Kälte zu setzen. War es etwa nötig, ihn draußen zu erwarten? Sie war nicht mehr die Jüngste, hatte immerhin die fünfzig schon überschritten. Sie würde abwarten, bis der Abt angekommen war. Es reichte, dass Hochwürden Hympler von flackernder Unruhe getrieben draußen auf und ab lief.

Als endlich der Nachen mit dem Abt und seinem Begleiter anlegte, lief Hympler, den Oberkörper in das leichte Schneetreiben nach vorne gebeugt, den beiden Männern entgegen. Mit der linken Hand presste

Hympler den Hut an den Kopf und winkte voller Eifer mit der rechten.

»Vivat! Vivat!«, hörte sie ihn rufen.

Noch rührte Maria Ferdinanda sich nicht. Sie beobachtete erstaunt, wie ein kräftiger Bursche aus dem Nachen stieg und Hympler beiseiteschob. Er half einem dicken Kavalier im Pelzmantel beim Aussteigen, nachdem er ihn von mehreren Decken befreit hatte.

»Seine Ehrwürden, der Herr Abt!«, lachte sie auf. »Ein Fass im Pelz!«

Sie konnte auch nicht aufhören zu lachen, als der Bursche dem Herrn, nachdem dieser die umständliche Prozedur des Aussteigens hinter sich gebracht hatte, wieder eine Decke über den Pelz legte. Keinen Schritt tat der Abt. Als der Diener ihn fest am Arm packte, ließ er sich in seinen feinen weißen Schühchen über die dünne Schneeschicht führen. Nicht zur Kirche gingen sie, wie es Maria Ferdinanda erwartet hatte, sondern zur Tür des Wohnhauses. Maria Ferdinanda blieb das Lachen im Halse stecken.

Viel zu lange hatte sie gezögert, gefesselt von dem seltsamen Schauspiel vor ihrem Fenster. Nun eilte sie die Treppe hinunter ins Erdgeschoss, um Wassenberg dort zu begrüßen. Sie empfing ihn mit einer Kniebeuge und gesenktem Kopf. Sie wusste, was erwartet wurde.

»Willkommen in Stuben, allerehrwürdigster Herr Abt«, grüßte sie.

Sein Blick aus den Augenschlitzen in dem fetten Gesicht huschte über sie hinweg. Er trat über die Schwelle in die Halle. Behutsam wurde ihm die Decke von den Schultern genommen. Er sah zu seinen Füßen hinunter und sagte weinerlich: »Nass. Fräulein von Maffey, sehen Sie. Meine Füße sind nass.«

Und Hilfe suchend schaute er zu seinem Diener

hin. Maria Ferdinanda verschlug es für einen Augenblick die Sprache.

»Willkommen in Stuben«, wiederholte sie. »Unsere Kirche ist ...«

»Der Herr braucht etwas Warmes zu essen und zu trinken. Und er muss sich erst einmal die Füße wärmen«, schnarrte der Diener.

Hier lief etwas ganz und gar anders, als sie es sich vorgestellt hatte. Dies sollte ihr großer Tag werden. Alles war geplant und vorbereitet. Sie würde sich das Fest nicht verderben lassen. Es ging um ihr Ansehen.

Diesem seltsamen Menschen aber musste erst einmal nachgegeben werden, das sah sie ein. Als er sich endlich nach einer guten Stunde erholt und die Füße gewärmt hatte, konnten die Glocken geläutet und in der Kirche die Kerzen angezündet werden.

In vollem Ornat zog Johann von Wassenberg in die Kirche ein. Die weißen Pantoffeln hatte er gegen schwarze Schnallenschuhe ausgetauscht. Mit kleinen langsamen Schritten ging er den Gang entlang durch das Kirchenschiff, ohne nach rechts und nach links zu schauen, verwischte Kreuzzeichen in die Luft andeutend. Hinter ihm folgten die Nonnen von Stuben. Als erste Maria Ferdinanda.

Im Chor ließ sie sich in einem Sessel nieder wie der Abt, der sich während der ganzen Messe nicht rührte und saß, als sei er eine Statue. Heute saßen die Nonnen nicht auf der Empore im Nonnenchor, sondern im Rund mit dem Abt und der neuen Meisterin. Hochwürden Hympler zelebrierte die Messe zusammen mit allen Pfarrherren der benachbarten Orte. Lateinische Gesänge. Konturloser Singsang der Nonnenstimmen. Weihrauchschwaden. Hochwürden Hymplers aufgeregte Stimme bei der Predigt.

Maria Ferdinanda hörte nicht zu. Hymplers Worte langweilten sie. Hätte nicht der Abt an diesem besonderen Tag die Predigt halten können? Ihr Blick wanderte über die große Menschenmenge im Kirchenschiff, die zu diesem Anlass aus Neef, aus Bremm, aus Eller und Ediger, aus Senheim, einige sogar aus St. Aldegund und aus Bullay gekommen waren und ausharrten, um das Gelöbnis der neuen Stubener Meisterin zu hören.

Sie kniete auf dem gepolsterten Kniebänkchen vor dem Abt und las von dem Blatt, das ihr vorgehalten wurde, mit fester Stimme und ohne zu stocken: »... *das geistliche Regiment, so mir jetzt anbefohlen wird, meinem Vermögen nach unseren Regeln und Statuten des Ordens halten, meinen geistlichen Töchtern in guten Exempeln vorgehen, die Wohltat lieben und loben, die Untugend so viel möglich strafen, das Versetzte so viel möglich beibringen, das Versparte wohl verwahren und meinem geistlichen Vater und Herren mit ganzer Demut gehorsam zu sein*«, und dachte, als sie zu Ende gelesen hatte, dass der Herr von Wassenberg zwar ein schönes Kreuz trug, sogar ein juwelengeschmücktes, aber doch nicht so ein besonderes wie das, das er ihr nun umlegen würde, das Stubener Doppelkreuz, das sie für sich hatte anfertigen lassen. Und wirklich, als ihm die Schatulle hingehalten wurde, aus dem er Maria Ferdinandas Kreuz nahm, stutzte er, ein winziger Funke leuchtete in seinen stumpfen Augen auf und erlosch sofort wieder.

Nach der Messe eilten die vielen Menschen, die nach Stuben gekommen waren, zurück in ihre Dörfer. Immer noch fiel pulvriger Schnee. Vor der Dunkelheit wollte jeder zu Hause sein.

Die lange vorbereitete Festlichkeit war schnell zu

Ende, viel zu schnell für die neue Meisterin. Bald lag Stuben wieder allein, mattgrau im Dämmerlicht des späten Dezembertages unter der dünnen Schneedecke. Fast wie eine Insel, von dem engen Moselbogen umflossen. Stille. Hin und wieder ein Knistern im Eis am Ufer. Leises Wellenschlagen. Vereinzelte Tierlaute aus den Ställen, die zum Kloster gehörten. Ab und zu verhuschte Schritte zwischen den Gebäuden, lautlos über den Schnee. Kein Festmahl für Maria Ferdinanda. Seine Ehrwürden, der Herr von Wassenberg, wünschte heute Abend alleine zu speisen, nur in Gegenwart seines Kammerdieners, und dann zu ruhen.

Es gefiel ihm, ein paar Tage in Stuben zu bleiben. Das Prälatenzimmer war, wie es Pflicht der Nonnen war, für ihn bereitgehalten. Es bot zwar bei weitem nicht die Bequemlichkeit wie seine Wohnung in Springiersbach, jedoch war es gut beheizt.

Er ließ sich bedienen. Die Gespräche mit ihm verliefen zäh und unergiebig. Sein kurzer Aufenthalt kostete einigen Hühnern das Leben und verminderte den Bestand an alten Weinen im Klosterkeller beträchtlich, was angesichts stattlicher Vorräte jedoch weniger ins Gewicht fiel und zu verschmerzen war. Und die Meisterin ließ es sich nicht nehmen, angemessen daran Teil zu haben, auch wenn der Abt an niemandes als an seines Dieners Gegenwart Interesse zeigte. Sie sah es mit Erstaunen und zunehmendem Unbehagen, dann eher mit Belustigung über die seltsame Abhängigkeit. Was ging vor zwischen den beiden Männern? Die Undurchschaubarkeit dieses Verhältnisses blieb ihr ein Rätsel. Sie verspürte keine Lust, es zu lösen.

An einem der ersten Tage des neuen Jahres reisten Johann von Wassenberg und sein Kammerdiener ab. Nach Springiersbach war Bescheid ergangen, dass der

Abt mit seiner bequemen Kutsche in Bremm abgeholt werden wollte. Schnell war der Eisrand abgeschlagen, dort wo der Nachen im Wasser lag. Als der Abt vom Stubener Ufer aus übersetzte, stand der Konvent vollzählig versammelt, um ihn zu verabschieden. Die Meisterin hatte es angeordnet. Widerwillig gehorchten die Damen. Man wusste, dass man es büßen würde, wenn man dem Befehl nicht nachkam. Die Gleichgültigkeit, mit der die Geste von dem Springiersbacher hingenommen wurde, ärgerte die Nonnen.

»Lassen wir ihn gehen«, beschwichtigte die Meisterin, »der kommt so schnell nicht wieder. Doch immer noch besser, wenn der Herr von Wassenberg kommt als der Herr von Horrich. Wie der Horrich durch unser Kloster tobt und Jüngstes Gericht spielt, das möge uns erspart bleiben.«

Am anderen Ufer der Mosel sahen sie die wartende Kutsche, sie hörten das Schnauben der Pferde. Gleich würde der lästige Besuch verschwunden sein. Stuben wäre wieder sich selbst überlassen. Sie warteten nicht ab, bis der Nachen auf der anderen Seite angelegt hatte, und flohen vor der Kälte in ihre warmen Stuben. Jede für sich.

## Oberst von Sohlern

Keine zwei Monate waren vergangen, da lag eines Abends nach Einbruch der Dunkelheit am Bremmer Ufer ein schwarzbeflaggtes Schiff. Es war moselaufwärts unterwegs von Koblenz nach Trier und trug den Leichnam des Kurfürsten und Erzbischofs Franz Georg von Schönborn. In der kurfürstlichen Burg zu Ehrenbreitstein war er gestorben. Die Trierer Kurfürsten zogen seit längerer Zeit das offenere Koblenz dem abgelegenen Trier vor, sie residierten meistens in der Festungsstadt Ehrenbreitstein am rechten Rheinufer. Franz Georgs Herz war in der Kreuzkirche zu Ehrenbreitstein beigesetzt worden. Doch sein Leib sollte an dem Ort ruhen, der immer noch als der Mittelpunkt der alten Erzdiözese angesehen wurde, im Dom zu Trier. Die Mosel war soweit eisfrei, dass sie für seine letzte Reise der Weg sein konnte. Oberst August von Sohlern führte das Ehrengeleit seines toten Dienstherren auf dem Leinpfad am Ufer entlang. Er hatte die Halfen in die Herberge in der Nähe des Leinpfades beordert. Auch die Pferde ließ er dort unterstellen und versorgen.

Oberst von Sohlern war kein Mann großer Gefühle, doch um Franz Georg empfand er tiefe Trauer. Der war ein Herr nach seinem Herzen gewesen: einer, der die Regierungsgeschäfte selbst in die Hand nahm, anstatt sie dem Statthalter und den hohen Beamten zu überlassen. Der im Innersten ein Soldat war, auch wenn er seit langer Zeit der erste Trierer Erzbischof war, der die höheren Weihen erhalten hatte und selbst ein Pontifikalamt halten konnte. Der keine halben Sachen liebte, auch das hatte dem Oberst imponiert. Dem Kurfürsten zu Ehren hatte Sohlern darauf bestanden, seinen Sohn auf den Namen Franz Georg taufen zu lassen. Der Kurfürst hatte diese Form der Huldigung erfreut zur Kenntnis genommen. Dem Täufling hatte er sogar ein Geschenk überbringen lassen. Es erfüllte den Oberst mit Stolz, dass ihm nun die Aufgabe übertragen worden war, den toten Kurfürsten auf seiner letzten Reise zu geleiten. Schon in der dritten Generation stand die Sohlernsche Familie in Diensten der Trierer Kurfürsten. Der Großvater war seiner

Verdienste wegen in den Adelsstand erhoben worden. Ansehnlicher Reichtum war erworben worden. Seine Mutter war eine von Bastheim, eine Dame aus uraltem Reichsadel. Und eine von Bastheim war auch Anna Theresia, seine, Augusts Frau. Das Kind, das vor zwei Monaten zur Welt gekommen war, Maria Theresia, hätte nach seiner Vorstellung wieder ein Sohn sein sollen. Der kleine Franz Georg war ein zartes, ja schwächliches Kind. Konnte man wissen, ob er stark genug wäre, die Tradition fortzusetzen? Die von Sohlern sollten nach den Vorstellungen des Oberst Soldaten im Dienst des Kurfürsten sein.

Mit dem kleinen Mädchen, das bei seiner Taufe so beschämend laut und ausdauernd geschrien hatte, konnte er nichts anfangen. Die Kleine zeigte auch weiter beachtliche Ausdauer darin, den Hausstand mit kräftigem Geschrei bei Tag und bei Nacht in Bewegung zu halten. Es war dem Oberst nur recht, der Wohnung im Thal Ehrenbreitstein so oft wie möglich fernbleiben zu können.

Er hatte sich selbst zu der Wache eingeteilt, die bis Mitternacht bei dem ruhenden Schiff blieb. Ein Feuer war am Moselufer angezündet worden. Es war nötig, sich bei der Kälte in Bewegung zu halten und immer wieder aufzuwärmen. Mondhelle Nacht. Schimmernder Fluss. Drüben am anderen Ufer das mondbeschienene Kloster. Erleuchtete Fenster. Töne wehten herüber. Aus der Klosterkirche Frauenstimmen, verhaltener Gesang: Das Requiem, das zu halten befohlen worden war, wenn der tote Erzbischof auf seiner letzten Reise gegenüber dem Kloster zur Nacht eine Rast einlegte.

Der Oberst dämpfte die Stimme bei den Kommandos zur Wachablösung um Mitternacht. Noch vor Tagesanbruch wollte er nach zwei, drei Stunden Schlaf geweckt werden, um einen geordneten Aufbruch organisieren zu können. In der ersten Morgenhelle sah er schweigend verharrende Gestalten nahe am Ufer. Einige Bürger von Bremm hatten unbemerkt auf stumme Weise mit den Soldaten dem Toten die letzte Ehre erwiesen. Sie harrten aus, bis das Schiff ablegte.

Vom Kloster auf der anderen Moselseite drang noch kein Laut herüber, als die Halfen die Pferde heranführten und bald darauf das Schiff sich moselaufwärts in Bewegung setzte.

Die Trierer ehrten den verstorbenen Herrn, wie es sich gebührte, doch das Empfinden wirklicher Trauer war ihnen nicht anzumerken. Kaum war er begraben, fand die feierliche Inthronisation des neuen Erzbischofs statt. Dem Johann Philipp von Walderdorf hatten sie schon, sehr zum Ärger Franz Georgs, bei seiner Ernennung zum Koadjutor zugejubelt, hatten nächtliche Freudenfeuer angezündet und den Wein in Strömen fließen lassen. Sie hatten den ausdrücklichen Befehl aus Ehrenbreitstein, jede laute Festlichkeit zu unterlassen, einfach ignoriert. Den leutseligen Johann Philipp liebten sie, und der liebte seine Trierer. Er trank ihnen zu mit seinem Trinkspruch: *Uns wohl – und niemandem übel!* So hatten sie es gern, *more Treverensi*, wie seit Jahrhunderten nach gern und ausgiebig geübtem Trierer Brauch.

Gleich nach seinem Amtsantritt erteilte Walderdorf den Auftrag zum Bau eines neuen Südflügels des Kurfürstlichen Schlosses zu Trier, dennoch wählte er Ehrenbreitstein zu seiner Hauptresidenz. Die Trierer hätten es gern gesehen, wenn er geblieben wäre, obwohl er über seine Verhältnisse zu leben beliebte. Viele ihrer zahlungskräftigen Bürger verlor die Stadt dadurch, dass auch der Hofstaat und die hohen Beamten mit dem Regenten an den Rhein zogen. Während der neue Kurfürst versicherte, er bleibe mit Herz und Gemüt weiter bei ihnen in Trier, ließ er zu seiner Abreise nach Koblenz rüsten. Oberst von Sohlern, der sich als zuverlässig erwiesen hatte, wurde beauftragt, die Reise mit dem Schiff auf der Mosel zu organisieren. Er löste seine Aufgabe, so wie man es von ihm erwartete.

Am 1. April, genau wie geplant, legte das Schiff am linken Moselufer oberhalb von Koblenz an. Eine festlich geschmückte Landebrücke war eigens zu diesem Zweck aufgebaut worden. Böllerschüsse, militärische und bürgerliche Ehrenbezeigungen, Wagen und Pferde, Ansprachen, viele Pokale Wein natürlich, eine Mahlzeit im Koblenzer Rathaus. August von Sohlern hatte die Ehre, den neuen Dienstherrn zu begleiten und für seine Sicherheit zu sorgen.

Seit Wochen hatte der Oberst seine Familie nicht gesehen. Selten hatte er an sie gedacht, er war ganz in seinen Aufgaben aufgegangen, war ganz auf Soldatenton gestimmt. Unterwegs auf dem Schiff, in Momenten der Ruhe, verspürte er, je mehr sie sich Koblenz näherten, eine zunehmende Aufregung. Die junge angenehme Frau. Er gestand sich ein, dass er sich auf sie freute. Der Sohn. Das kleine Mädchen. Es war nun einmal da. Und sollte es doch schreien. War es nicht üblich, dass Säuglinge schrien und dass sie eines Tages damit aufhörten? Weitere Kinder, hoffentlich Söhne, würden gewiss noch kommen. Er wollte nicht ungerecht sein gegen seine Frau.

Noch vor der Nacht wollte der Kurfürst in seinem neuen Zuhause, in der kurfürstlichen Burg, sein. Von

Sohlern sorgte dafür, dass die »fliegende Brücke« ihn sicher über den Rhein von Koblenz hinüber nach Ehrenbreitstein brachte. Eine Karosse, mit sechs Pferden bespannt, stand am anderen Ufer bereit. Die festlich geschmückte und erleuchtete Hofstraße hinauf standen die Ehrenbreitsteiner Bürger Spalier. Sie begrüßten Johann Philipp mit Hochrufen. Die Feierlichkeiten schienen ihn nicht ermüdet zu haben, er nahm die Huldigungen leutselig entgegen.

Vom Rücken seines Pferdes aus warf der Oberst einen Blick hinauf zu den Fenstern seiner Wohnung. Morgen. Heute musste seine Aufgabe zu einem guten Ende gebracht werden.

Als er am Abend des folgenden Tages den kleinen Sohn begrüßte, erfasste ihn ungewollt Rührung beim Anblick des blassen ernsten Gesichtes, der artigen Verbeugung und der scheu hingehaltenen Kinderhand. Dem Vater zu Ehren hatte man den Jungen mit einem kleinen Soldatenmantel und einem Dreispitz als Kopfbedeckung gekleidet.

»Nun, mein tapferer Soldat, wollen wir morgen schauen, wie die Soldaten vor dem neuen Herrn salutieren?«

»Ja, Papa.«

»Du weißt doch, wie man salutiert?«

»Ja, Papa.«

»Die Frau Mama hat es dir gezeigt?«

Der Kleine nickte.

»Und die Pferde anschauen? Wollen wir den kleinen Soldaten auf einem Pferd reiten lassen?«

Da schlug das Kind erschrocken die Augen nieder.

Am gleichen Abend führte Anna Theresia von Sohlern

den Oberst an die Wiege der kleinen Maria Theresia. Er spürte er, wie sein Herz fester schlug. Befangen fühlte er sich vor dem kleinen Wesen, das ihn aus großen klaren Augen ansah, als wolle es fragen: Wer bist du? Der Oberst hatte sich nicht erinnern können, wie das Kind ausgesehen hatte. Da war ein verschwommenes Bild in seiner Erinnerung. Nun sah er ein unverwechselbares Kindergesicht. Anna Theresia nahm die Kleine aus der Wiege und sprach zu ihr in einer Sprache, die Sohlern fremd und seltsam war, und das Kind antwortete mit seinem Lächeln.

»Wie gefällt Ihnen Ihre Tochter? Ist sie nicht ein schönes Kind, unsere Maria Theresia?«, und sie wollte ihm die Tochter in den Arm legen.

Schön? Er wusste nichts davon, ob ein kleines Kind schön sein konnte. Sollte es erst einmal wachsen, dann würde man sehen.

»Später«, wehrte er verlegen ab, »später.«

## Springiersbach

Einen tiefen Seufzer der Erleichterung konnte Johann von Wassenberg nicht unterdrücken, nachdem er die Klosterfrauen von Stuben verlassen hatte. Das Gefühl, als habe er sich mit der kurzen Fahrt über den Fluss an ein rettendes Ufer geflüchtet, bemächtigte sich seiner.

Er gestand sich dennoch ein, dass die Tage im Kloster an der Mosel angenehmer gewesen waren als erwartet, nicht nur dank der steten Nähe seines Vertrauten, sondern vor allem wegen der erfreulichen Vorräte in Klosterküche und Keller. Gut beheizt waren alle Räume. Mit Holz sparten sie nicht in Stuben. Die neue

Meisterin hatte offensichtlich versucht, ihn zu beeindrucken. Wassenberg musste widerwillig zugeben, dass ihr das teilweise sogar gelungen war. Das goldene Kreuz, Respekt, Geschmack hatte die Dame! Für ein Frauenzimmer schien sie bemerkenswert klug zu sein. Sie hatte es jedenfalls verstanden, sich nicht aufzudrängen und ihn nach Belieben gewähren zu lassen. Dennoch: Weiberwirtschaft! Er hatte Frauen, gleich welchen Standes und Alters, nicht gerne in seiner Nähe. Ihr Gehabe, ihre Stimmen, ihr Geruch. Vor allem ihr Geruch war ihm unangenehm, sie rochen so fremd, so anders, der Geruch nach anderem Fleisch war auf ihrer Haut, in ihren Kleidern. Sein Widerwille wurde nicht geringer, wenn sie geistlichen Standes waren. Das Weibermäßige an ihnen konnte dann sogar besonders aufdringlich sein. Es war ihm unverständlich, dass einige der Springiersbacher Chorherren es liebten, sich mit Frauen abzugeben, ohne sich im geringsten um die Ordensregeln zu scheren. Sie verbargen es nicht einmal. Sollten sie ihren Spaß haben. Wenn er nur nicht damit behelligt wurde.

Zu den Besuchen der Nonnenklöster, die mit Springiersbach verbunden waren, hatte von Wassenberg bisher meist den Prior Horrich geschickt. Das war nun nicht mehr möglich. Den Horrich waren sie in Springiersbach, Gott sei dank, losgeworden. Auf Betreiben Wassenbergs hatte er sich in ein anderes Kloster zurückziehen müssen, und nun ließ es sich hier in Springiersbach gut und bequem leben. Man wollte es sich nicht länger bieten lassen, von Horrich als *Ferkel, Flegel, Bärenhäuter, Diebe, Narren* beschimpft zu werden, als *Esel, Stockfische, faule Trüffel.* Bitter beklagt hatten sie sich bei dem Visitator, der aus Trier geschickt worden war, um die Streitsache zu klären.

Doch was ihm, Johann von Wassenberg, am Ende vorgeworfen worden war, hatte ihm gar nicht schmecken wollen. So war es nicht gemeint, als er um Hilfe nachgesucht hatte!

»Wie konnte es nur so weit kommen!«, hatte der Visitator ihn angeklagt. »Ist es nicht auch Ihre Schwäche, die den Herrn von Horrich so dreist werden ließ?«

Beleidigt hatte Wassenberg alle Schuld von sich gewiesen, doch er hatte sich mehr anhören müssen: »Die Abtei Springiersbach ist nun älter als ein halbes Jahrtausend. Wohl wahr, die Zeiten ändern sich. Wo Menschen leben, kann im Wandel der Zeiten nichts bleiben, wie es war. Doch hat der Herr von Horrich nicht den Finger in manche Wunde gelegt? Sind es nicht wirkliche Missstände, auf die er mit allzu großem Ungestüm hingewiesen hat? Was ist den Augustinerchorherren hier geblieben vom Ideal ihres ersten Abtes, dem Abt Richard?«

Heiliger Richard, war es Wassenberg durch den Kopf gegangen, was sollen wir mit deiner verstaubten Frömmigkeit anfangen! Und was mit deinem »Armen Christus«! Wir sind Herren von Adel und haben als Kavaliere das Recht, standesgemäß zu leben. Was haben wir mit dem Vergangenen zu tun? Jetzt leben wir! Den Horrich soll man uns vom Leibe schaffen. Ich will ihn hier nicht mehr haben. Er stört uns!

Wassenberg hatte tatsächlich erreicht, dass Horrich verschwinden musste.

Der Abt hatte erwartet, nach dem Aufenthalt in Stuben sofort wieder in die Bequemlichkeit des Springiersbacher Alltags eintauchen zu können. Doch es war anders gekommen: Ein Brief Horrichs war während Wassenbergs Stubener Aufenthalts eingetroffen.

Notariell beglaubigt! Und dieser Brief machte ihm nun zu schaffen.

Horrich setzte sich zur Wehr. Beanspruchte sein Amt. Und – gelobte Gehorsam! Der Horrich und Gehorsam. Das sollte ihm einer glauben. Scheinheiliges Gehabe, mit dem er nur seinen Zweck erreichen wollte. Darauf fiel man hier natürlich nicht herein.

Es war Wassenbergs Sache nicht, sich lange von unangenehmen Dingen belästigen zu lassen. So viel war gewiss: Er wollte den Horrich nicht zurückhaben, um keinen Preis. Eine Lösung würde sich finden lassen.

Der Besuch in Stuben lag nicht lange zurück, als sich unverhofft die Gelegenheit bot, die Sache ohne ein Eingreifen von übergeordneter Stelle aus der Welt zu schaffen: Sofort, als man in Springiersbach vom Tod des Erzbischofs Franz Georg von Schönborn erfahren hatte, und noch ehe in Trier ein Nachfolger sein Amt antreten konnte, setzte Wassenberg in ungewohnt schnellem Entschluss den Prior Horrich ab und sorgte dafür, dass Karl Kaspar von Holtrop in dieses Amt gewählt wurde. Er selbst hielt den Herrn von Holtrop zwar für einen Windhund, der sich in den Dingen dieser Welt besser auskannte und auch mehr für sie übrig hatte als für die Ordensregeln, dennoch setzte er sich für ihn ein. Ein Prior von Holtrop würde bessere Manieren haben. Er wusste sich jedenfalls als Kavalier zu betragen.

Sofort nach der Wahl stellte sich heraus, dass die getroffene Entscheidung für die Interessen der Springiersbacher Kavaliere förderlich war. Herr von Holtrop war ein Mann der Tat. Er machte nicht lange Federlesens. Die Papiere, die schriftlichen Unterlagen brauche er, um sein Amt antreten zu können.

»Der Herr von Horrich rückt die Schlüssel nicht heraus? Aufbrechen! Die Tür aufbrechen! Hier ist viel zu lange gefackelt worden.«

Mit Gewalt verschaffte er sich Zugang zu Horrichs Wohnung. Die vielen Gegenstände, die vorgefunden wurden, ließ er ordentlich auflisten. Bücher, immerhin vier Bücher wurden vorgefunden. Die interessierten hier niemanden. Sie hatten in Springiersbach mit papiernem Gelehrtenzeug nichts im Sinn. Sollten sie in der Klosterbibliothek mit den anderen alten Büchern verstauben. Die Frauenbildnisse aus Gips und das »Salzburger Jesuskindlein« amüsierten ihn, die kostbaren Tabakdosen hätte er gerne an sich genommen. Besonders die Flinten hatten es ihm, dem leidenschaftlichen Jäger, angetan. Aber der Herr von Holtrop war Edelmann genug, sie nicht anzutasten.

Das hatte er auch nicht nötig. Es gab für ihn genug, was er sich nehmen konnte. Und er nahm es sich. Horrich gab zwar aus der Ferne keine Ruhe, er setzte es auch durch, dass ihm sein Titel nicht aberkannt wurde. Doch Holtrop hatte nun in Springiersbach das Amt des Priors inne und ließ es sich nicht wieder abnehmen. Er wusste es, seine Zeit würde kommen. Zielstrebig arbeitete er auf sein nächstes Ziel hin, das er auf jeden Fall erreichen wollte: Nach Wassenbergs Tod gedachte er, Abt in Springiersbach zu werden.

Zwei Jahre wartete er darauf. Der Herr von Wassenberg wurde mit der Zeit immer schwerfälliger. Er aß und trank mehr, als ihm zuträglich war. Immer fetter wurde sein Leib, noch schwammiger das Gesicht. Er ging kaum einen Schritt zu Fuß. Selbst kleine Wege ließ er sich in einer Sänfte tragen. Keinen Augenblick wollte er ohne seinen Kammerdiener sein. Der verließ ihn nicht, als es ans Sterben ging. Da hielt das Band zwischen den beiden Männern. Es hatte Bestand bis zum letzten Atemzug, nun jenseits von allem Spott, der das rätselhafte Verhältnis heimlich begleitet hatte.

Dann endlich, als Abt von Wassenberg das Zeitliche gesegnet hatte, kam es, wie der Herr von Holtrop es gewollt hatte. Der Springiersbacher Konvent wählte ihn zu Wassenbergs Nachfolger.

Sollte Karl Kaspar von Holtrop eines Tages als Abt nach Stuben kommen, hätte Maria Ferdinanda wohl kaum wie bei dem Wassenberg etwas zu lachen.

Noch hatte der neue Abt keine Eile mit einem Besuch im Kloster der Augustinerchorfrauen. Doch Besuche und Visitationen in Stuben waren unausweichlich. Seit seiner Gründung vor hunderten von Jahren war das Frauenkloster dem Abt von Springiersbach und dem Trierer Erzbischof unterstellt. Verbrieftes Recht mit päpstlicher Bestätigung! Vor allem seit Stuben ausschließlich Frauen von adligem Stand vorbehalten war, hatte es oft Spannungen gegeben. Die Damen liebten es nicht, wenn man einen allzu genauen Blick auf ihre Lebensweise warf. Und, was oft unerlässlich war, eingreifen musste!

Der Herr von Holtrop würde das Kloster an der Mosel sicherlich nicht öfter als nötig aufsuchen. Er hatte durchaus großes Vergnügen am Umgang mit Frauen, weit mehr, als seinem geistlichen Stande angemessen war, doch hatte er dabei keinesfalls die Stubener Nonnen im Sinn.

# Maria Theresia

Im Thal Ehrenbreitstein war der Familie von Sohlern wieder ein Kind geboren worden. Wieder eine Tochter, die dritte nun schon.

Vor zwei Jahren erst war die kleine Antoinette zur Welt gekommen. Zunächst war der Oberst enttäuscht gewesen, vergeblich auf einen zweiten Sohn gehofft zu haben. Doch er war bald getröstet. Die kleine Antoinette erwies sich als besonders liebenswertes Kind. Bei ihrer Taufe hatte sie alles still über sich ergehen lassen, kaum dass sie das Mündchen verzog, als das Weihwasser über ihre Stirn floss. Sie war ein hübsches Mädchen, mit blonden Locken und strahlend blauen Augen, eine entzückende kleine Schönheit. Bereits in den ersten Lebensmonaten trat die Bastheimsche Familienähnlichkeit hervor, für eine Tochter ein großer Vorteil: Die Bastheimschen Frauen waren schöne Frauen. Es würde nicht schwer sein, diese Tochter angemessen zu versorgen.

Die erste Tochter, Maria Theresia, schien in ihrem Aussehen eine echte Sohlern zu werden. Diese Familienähnlichkeit wäre für männlichen Nachwuchs eine Empfehlung gewesen. Das schmale Kindergesicht der nun fünfjährigen Tochter zeigte schon deutlich die Sohlernsche Kennzeichnung: das starke Kinn, die schmale lange Nase, die großen graublauen Augen. Das Haar der Tochter, das zunächst auch blond gewesen war, hatte dunklere, mattere Färbung angenommen. Schlank war die Gestalt, fast ein wenig knochig wie eine Knabengestalt. Wahrhaftig, es hätte ihr angestanden, ein Junge geworden zu sein! Auch im Temperament glich sie eher einem Jungen. Sie hatte nichts von der Sanftheit Antoinettes, nichts Schwächliches wie … ach, wie der Sohn, Franz Georg. Vom ersten Tag ihres Lebens an hatte sie lautstark von ihrer Existenz Kunde gegeben, und so war es geblieben. Kaum hatte sie ihr erstes Lebensjahr vollendet, hielt es sie nicht mehr auf irgend einem Schoß. Laufen wollte sie, laufen. Oft fiel sie hin, der pelzgefütterte Fallhut verhinderte schlimmere Verletzungen. Die Mutter überließ das lebhafte Kind der Obhut der Kinderfrau. Die hatte alle Mühe, es zu bändigen. In unbewachten Augenblicken kletterte das Mädchen auf Stühle, und als es älter war, sprang es auch herunter. Es schrie aus Leibeskräften, wenn es unsanft auf dem Boden aufschlug. Der Herr von Sohlern wusste nicht immer, ob er über das ungebärdige Kind lachen oder sich ärgern sollte. Es war ihm jedoch recht, als die Mutter der Kinderfrau erlaubte, es zu strafen. Die strenge Erziehung zeigte Wirkung. Maria Theresia lernte, sich zu beherrschen und zu fügen. Die sanfte, die friedliche Antoinette machte es den Eltern leichter.

Und nun war also wieder ein Mädchen geboren. »Ein Blondchen! Was für ein niedliches Blondchen!«, rief die Hebamme gleich nach der Geburt der kleinen Amalie aus. Das Neugeborene ließ ahnen, dass es Antoinette einmal aufs Haar gleichen würde. Nun denn, wenn schon wieder eine Tochter, dann wenigstens eine nach Bastheimschem Aussehen. Der Oberst hatte inzwischen Übung darin, seine Erwartungen den Zufällen der Natur williger unterzuordnen, es war auch praktisch, sie als Willen Gottes zu interpretieren. Noch war nicht aller Tage Abend. Noch war er nicht alt, seine Frau noch jung. Drei Töchter – kein Gegengewicht zu nur einem Sohn. Von Soldaten für den Kurfürsten und der Ehre des Kurfürstentums ganz zu schweigen. Kommt Zeit, kommt Rat, dachte er schließlich. Zumindest um zwei blauäugige Blondchen nach Bastheimschem Schlag brauchte man sich keine Sorgen zu machen.

Wenige Tage nach der Geburt wurde die kleine Amalie zur Taufe in die Pfarrkirche gebracht. Auch Maria Theresia durfte dabei sein. Neugierig beobachtete sie alles, was um sie herum geschah.

»Amalia«, flüsterte Maria Theresia immerfort vor sich hin, »Amalie, Amalchen.« Eine neue Schwester, ein neuer Name. Sie musste ihn ausprobieren, ihn über die Zunge laufen lassen, spüren, hören.

»So sei doch still!«, befahl der Oberst mit leiser Stimme und schaute mahnend auf sie herab.

Maria Theresia presste die Lippen aufeinander. Sie fürchtete den Herrn Papa. Er lachte schon lange nicht mehr über sie, scherzte nicht mehr mit ihr, wenn sie ihm vorauslief und ihn im Spiel aufforderte, sie einzufangen. Streng verbot er ihr das Laufen, das schicke sich nicht für junge Damen, und über Hindernisse springen schon gar nicht. Jetzt nahm der Papa das Antoinettchen auf den Arm und hielt es so, dass es zuschauen konnte bei dem, was da vor sich ging. Maria Theresia stellte sich auf die Zehenspitzen, um besser sehen zu können, was mit der kleinen Amalie geschah. Lange war es her, dass der Papa sie auf den Arm genommen hatte. Schickte sich das auch nicht mehr?

So war es wohl. Sie war schon groß. Sie trug keinen Fallhut und kein Kinderröckchen mehr. Man zog ihr nun Kleider von der Art an, wie die Damen sie trugen, über einem Reifrock, in dem man sowieso nicht laufen und nicht springen konnte. Doch die Kleider der Damen waren viel schöner als ihre. Ihre waren aus Kattun gemacht, manche aus abgelegten Kleidern der

Erwachsenen. »Maria Theresia macht sich immer schmutzig. Maria Theresia fasst alles an. Maria Theresia nimmt Katzen auf den Arm. Sie kriecht in Hecken, um in Vogelnester zu schauen.« Keine schimmernde Seide für sie, kein heller, bunt gemusterter Stoff. Auch heute nicht zum Tauffest für die kleine Amalie. Ihr Kleid war ganz ohne Glanz und Schmuck. Sie schaute hinauf zu Antoinettchen auf dem Arm des Vaters. Die trug ein helles neues Kleidchen mit Rüschen und Schleifen. Und rote Schuhe. Sie sah hinunter auf ihre eigenen Füße: schwarz, ihre Schuhe waren schwarz. Wenn sie doch auch einmal so schöne rote Schuhe hätte wie die Schwester. Und ihre Schuhe drückten! Alles war so eng. Seit einiger Zeit band die Kinderfrau sie in ein Schnürleibchen, die Frau Mama bestand darauf, so sehr sie sich auch beklagte. »Halt still! Jammere nicht! Die Maria Theresia will sich nicht schnüren lassen? Junge Damen müssen sich schnüren! Will sie keine schöne junge Dame sein? Wem wird sie denn gefallen, wenn sie nicht schön ist?« Maria Theresia zupfte an dem eng anliegenden Kleid über der engen Schnürung und trat von einem Fuß auf den andern.

»Halte dich still!«, ermahnte wieder der Papa. Antoinettchen auf seinem Arm hatte ihren Kopf auf seine Schulter gelegt und lächelte zu ihr hinunter.

Antoinettchen, immer wieder das Antoinettchen! Die Kinderfrau hätschelte es, die Mama gab ihm schöne Kleider und rote Schuhe, der Papa nahm es manchmal auf den Arm. Das neue Schwesterchen? Noch war es winzig. Würde es auch einmal rote Schuhe bekommen?

Beim Gang von der Pfarrkirche nach Hause nahm der große Bruder Maria Theresia bei der Hand. Franz

Georg war freundlich. Sie durfte zuhören, wenn der Hauslehrer mit ihm las und rechnete. Franz Georg zeigte ihr, wie man schreibt. Viel Ausdauer hatte sie dabei nicht, aber der Bruder war geduldig mit ihr. Sie gönnte ihm seine schöne blaurote Uniform und die Stiefelchen, die ihn nach dem Bild des Vaters wie einen kleinen Soldaten aussehen ließen. Schön war er, wenn er an Festtagen die gelbseidene Kniehose und die gelbe Weste trug, dazu weiße Strümpfe und das weiße Hemd mit Spitzenjabot, darüber den dunkelblauen Rock. Und eine gepuderte Perücke durfte er haben, mit den gerollten Locken an den Seiten und dem Zopf im Nacken, wie der Papa. Natürlich, Franz Georg war ein Junge. Ein Junge war doch etwas anderes als ein Mädchen! Kinderfrauen und Mamas und Papas erlaubten Jungen selbstverständlich mehr. Sie wäre gerne ein Junge gewesen! Manchmal, wenn der Papa mit Franz Georg übte, wie es die Soldaten tun, ahmte sie es nach, heimlich, denn es war nicht erlaubt. Es schickte sich nicht für junge Damen.

Zu Hause brachte man die kleine Amalie zur Mama, die in ihrem Bett liegen musste. Gerne wäre Maria Theresia auch zu ihr gegangen, doch die Tür zu ihrem Zimmer wurde geschlossen. Die Kinderfrau spielte mit Antoinettchen. Maria Theresia war sich selbst überlassen.

Sie lief hinaus in den Garten. »Minou!«, rief sie, »Minou!«, bis die schwarzweiß gefleckte Katze zu ihr kam. Maria Theresia kniete sich ins Gras und nahm die Katze in den Arm. Als das Tier sich nicht mehr streicheln lassen wollte, ließ sie es laufen, es huschte davon. Das Kind sprang auf.

»Du darfst aber nicht auf den Baum klettern und die Vögel erschrecken«, rief es. »Ich darf auch nicht hinauf. Das schickt sich nicht. Hat die Frau Mama gesagt.«

Nicht lange sah sie der Katze nach. Sie spürte, wie über ihre Hand ein Käfer krabbelte, schaute ihm zu, wie er sich langsam bis an die Spitze des Zeigefingers bewegte, hielt vorsichtig den Zeigefinger der anderen Hand daran und leitete ihn so hinüber. Auf dem gebogenen Handrücken brachte sie den Käfer nahe an ihre Lippen. Als sie ihn leicht anhauchte, breitete er die Flügel aus und flog davon, sie schickte ihm ein leises Lachen hinterher.

Frau von Sohlern war ihrem Gatten dankbar, dass er seine Enttäuschung über die Geburt einer weiteren Tochter vor ihr verbarg. Sie kannte ihn gut genug, natürlich hatte er auf einen Sohn gehofft. Doch als ihm die kleine Amalie präsentiert worden war, hatte er gesagt: »Gottes Wille. Wir wollen ihn respektieren.«

Respektieren! Dem Untergebenen befehlen und dem Höhergestellten gehorchen! Nichts ging ihm über das Soldatsein und die Erfüllung der Pflicht. Dem hatte sich alles in seinem Leben unterzuordnen. Die Familie war nur im Hintergrund. Frau von Sohlern wusste es, sie nahm es als der Ordnung nach hin. Auch damals hatte sie sich gefügt, als sie mit ihm verheiratet worden war. War ihr denn eine Wahl geblieben? Als eine von Bastheim war sie von altem Reichsadel, der ein Oberst, erst in der dritten Generation adlig von kurfürstlichen Gnaden, eigentlich nicht ebenbürtig war. Doch die Familie hatte mehrere Töchter zu versorgen, und die von Sohlern hatten nicht nur einen guten Ruf, sondern auch Vermögen. Sie musste zufrieden sein, und sie war es. Sie war gut versorgt.

Auch ihre Kinder sollten es einmal gut haben. Eines

Tages würde auch der Oberst einsehen, dass man aus Franz Georg keinen Soldaten machen konnte. Klug war der Junge, liebenswert, doch nicht aus dem Holz, aus dem man Soldaten schnitzt. Im Staatsdienst wurden nicht nur Soldaten gebraucht. Das sollte der Oberst bedenken. Wäre für einen Sohlernschen Sohn nicht die Stellung eines Beamten bei Hofe erstrebenswert? Sie musste den Oberst behutsam mit dem Gedanken vertraut machen.

Und die Töchter? Drei Töchter zu versorgen – eine schwere Bürde für eine Familie. Sie hatte es am eigenen Leib erfahren. Bei ihr war es gut gegangen. Warum sollte es mit den eigenen Töchtern nicht glücken? Es musste nur frühzeitig alles bedacht und in die richtigen Bahnen gelenkt werden.

Sie wiegte die kleine Amalie, die an ihrer Brust eingeschlafen war. Würde dieses Kind so liebreizend werden wie Antoinettchen? Die war ein Kind nach ihrem Herzen, so ruhig und freundlich, und so hübsch dazu. Es machte Freude, sie wie eine Puppe herauszuputzen.

Die ältere Tochter, die Maria Theresia. Ach, dieses Kind! Wie glücklich war Anna Theresia in den ersten Lebensmonaten über ihre hellen Augen, ihre Lebhaftigkeit. Sie gestand es sich ein, und sie erschrak darüber: Immer schwerer wurde es ihr, dieses Kind zu lieben. Es war so anders geartet, als eine Tochter sein sollte. Man musste streng mit ihr sein. Immer wieder versuchte sie, die kleine Katze in die Wohnung zu bringen. Obwohl es ihr verboten war! Das konnte man nicht zulassen, ein Tier in einer Wohnung, in der es einen Säugling gab. Was da passieren konnte! Man musste die Katze wegschaffen. Ob man Maria Theresia vielleicht erlauben sollte, an Franz Georgs Unterricht teilzunehmen? Sie schien an manchem interessiert zu sein. Zunächst einmal könnte sie einfach zuhören. Was sie dabei lernte, würde für ein Mädchen vielleicht genügen. Die Kinderfrau hatte versucht, sie in kleine Handarbeiten einzuweisen. Sie schien keine Freude daran zu finden, und vor allem hatte sie ungeschickte Hände. War sie vielleicht noch zu jung dafür? Doch hatte sie, Anna Theresia, selbst nicht auch in diesem Alter angefangen, das zu lernen, was für adlige Töchter nötig war?

Und mit wie wenig Anmut die Tochter sich bewegte. Es lohnte sich nicht, ihr schöne Kleider nähen zu lassen. Sie gab nicht darauf acht, schnell waren sie verschmutzt oder gar zerrissen. Aber gegen das Schnürleibchen wehrte sie sich vergebens, das konnte sie ihr nicht ersparen. Sie konnte es nicht zulassen, dass die Tochter ganz und gar verwahrloste. Zumal sie auch nicht besonders hübsch war. Wurde ihr nach der Mode das Haar streng aus der Stirn gekämmt, sah sie mit ihrem Kindergesicht schon fast aus wie ein kleines Ebenbild der anderen, der erwachsenen Therese, der Sohlernschen, der Schwester ihres Gatten. Die war unverheiratet geblieben, obwohl sie von ihrem Wesen her durchaus eine angenehme Person war. Auch sie trug diese Unrast in sich. Sie war sogar mutig genug, alleine auf Reisen zu gehen, statt an ihrem angestammten Platz in Lorch zu bleiben. Dort konnte sie sehr bequem leben. Das Geld dazu hatte sie. Es war klug, mit Therese von Sohlern gut auszukommen. Die Kinder in einem guten Licht darzustellen. Die Schwägerin sollte wissen, wo ihr Vermögen einmal in guten Händen wäre, wenn Franz Georg eine angemessene Grundsicherung brauchte.

Doch erst einmal das Naheliegende bedenken. Therese von Sohlern hatte ihren Besuch zur Begrüßung des neugeborenen Kindes angekündigt. Gleich mussten Vorbereitungen getroffen werden.

Und wenige Tage später fand Therese von Sohlern im Haus ihres Bruders, des Herrn Oberst, alles zu ihrer Bequemlichkeit gerichtet.

Sie bemerkte es bald: Anna Theresia, die Frau des Bruders, war sehr darum bemüht, Belästigungen durch die Kinder von dem Gast fernzuhalten. Das war durchaus nicht nötig! Es machte Therese von Sohlern Freude, mit dem Neffen und besonders mit den kleinen Nichten umzugehen. Nicht nur zuschauen wollte sie, wie die Kinder sich bewegten, wie sie sprachen und schauten und spielten. Sie hatte Freude daran, an der Lebendigkeit der Kinder Anteil zu haben. Schnell hatte sie zu dem kindlich ernsten Franz Georg Zugang gefunden, auch zu dem fröhlichen Antoinettchen. Das Wiegenkind Amalie trug sie auf dem Arm in der Stube umher, die Kinderfrau ließ sie nach heftigem Widerspruch auf Befehl der Schwägerin gewähren.

Maria Theresia. Spröde war ihr das Kind in der ersten Zeit ihres Besuches erschienen. Es hatte einige Tage gedauert, bis Maria Theresia Zutraulichkeit zu zeigen imstande war. Der Blick aus den großen hellen Augen! Bei ihrer Ankunft war Therese von Sohlern erschrocken. Für einen Augenblick war ihr, als blicke sie in einen Spiegel. Als sei da jemand wie sie selbst, eine andere Therese. Nach und nach entdeckte sie an Maria Theresia die Sohlernsche Familienähnlichkeit. Und mit jedem Tag empfand sie stärker, wie ihr das Kind ans Herz wuchs. Auch Maria Theresia wandte sich mehr und mehr der Tante zu. Die hatte leichteren Zugang zu ihr als ihre Eltern.

Was war nur mit der Schwägerin? Die älteste Tochter konnte ihr nichts recht machen. Hatte sie für das Kind nicht mehr als Tadel und Zurechtweisung? Therese von Sohlern hatte selbst keine Kinder, aber sie erkannte es deutlich: Maria Theresia war das von den Eltern am wenigsten geliebte, ja das zurückgesetzte Kind. So klein und blass, in den farblosen Kleidern so unscheinbar. Wie verschüchtert es war, wenn es zurückgewiesen wurde.

Therese spürte das Bedürfnis, dem Mädchen etwas Gutes zu tun, es in die Arme zu schließen. Sie suchte es in der Wohnung und fand es schließlich im Garten. Hinter einem Busch saß es weinend auf der Erde.

Therese erschrak. »Maria Theresia! Was ist denn geschehen?«

Mit beiden Händen bedeckte das Kind sein Gesicht.

»Was ist denn? So steh doch auf!« Die Tante beugte sich zu Maria Theresia hinunter. Sie duldete, dass ihr sanft die Hände vom Gesicht gelöst wurden. Therese zog sie an einer Hand von der Erde hoch und drückte sie an sich, das Kind barg sein Gesicht an ihrem Kleid. Sie strich ihm übers Haar.

»Sag es mir. Was ist denn?«

Maria Theresia hörte auf zu weinen. Sie schaute die Tante an. Mit dem Handrücken wischte sie die Augen.

Therese nahm ein Tüchlein hervor und tupfte dem Mädchen das Gesicht ab. »Wir wischen die Tränen fort. Nun sagst du mir, was dir fehlt.«

Lange konnte das Kind nicht sprechen, dann brachte es heraus: »Die Minou ...«

»Minou? Ist das dein Kätzchen?«

»Die Minou ist weg!«

»Dein Kätzchen? Dein Kätzchen ist weg?«

Wieder flossen die Tränen. »Die Minou ist weg!«,

schluchzte das Kind. Es dauerte lange, bis es sich beruhigen konnte.

»Wir suchen deine Minou. Wir werden dein Kätzchen finden«, versuchte Therese zu trösten.

Maria Theresia schüttelte den Kopf. »Die Mama hat es gesagt.«

Therese von Sohlern verstand. Die Katze durfte nicht bleiben, weil die Schwägerin sich um das Kind in der Wiege sorgte. Sie hatte also wahr gemacht, was sie angedroht hatte. Bedachte sie nicht den Kummer dieses kleinen Mädchens? Hatte sie keinen Trost für das Kind? Und war es denn unmöglich, in der geräumigen Wohnung einen Platz für eine Katze zu finden?

»Hier nimm das Tuch, du kannst es behalten. Das Tränchen da … und das … so. Du bist ein großes Mädchen, das weint nicht mehr. Siehst du, nun ist es gut. Komm, wir wollen einmal schauen …«

Therese wusste selbst noch nicht, was es da zu schauen gab und wie das Kind zu trösten sei. Sie nahm es an der Hand und führte es ins Haus. Ein Ausweg aus dieser Not musste gefunden werden. Und sie fand ihn.

Dem Oberst und seiner Frau legte sie ihre Gedanken dar. Bei ihr zu Hause in Lorch sei viel Platz für ein kleines Mädchen. Es wäre doch gewiss eine Erleichterung für die Familie mit den kleinen Kindern … und eine Sorge weniger … und für sie, Therese, die keine Kinder hatte, eine Freude, ein Kind zu erziehen und zu versorgen. Ja, sie schlage vor, ihr das Kind anzuvertrauen.

So kam es, dass die fünfjährige Maria Theresia in die Obhut ihrer Tante Therese von Sohlern gegeben wurde.

Ein verwirrtes Kind beim Abschied aus dem Thal Ehrenbreitstein.

»Mama! Mama!«

Die Mama duldete keine Tränen. Mit den kleinen Schwestern beschäftigte sich die Kinderfrau. Den Herrn Papa vermisste man nicht, er war sowieso meistens nicht zu Hause, und wenn er da war, hielt er sich von der Kinderstube fern. Franz Georg salutierte wie ein Soldat und schenkte Maria Theresia seinen schönsten Federhalter.

»Schreibst du mir einen Brief, wenn du in Lorch bist?«

»Ich kann ja noch nicht schreiben.«

»Bald kannst du es. Dann schreibst du mir.«

Für einen winzigen Augenblick huschte ein Lächeln über ihr Gesicht. Sie nickte stumm. Dann Peitschenknall, ratternde Räder, Klappern der Hufe.

Rheinaufwärts fuhr die Kutsche. Heute noch kämen sie nach Lorch, sagte Therese, und legte den Arm um Maria Theresia. Lange saß das Kind stumm da und schaute mit großen Augen vor sich. Doch noch ehe die Kutsche hielt, hatte es mit der Tante munter zu plaudern begonnen.

In Lorch wurde es Maria Theresia leicht gemacht, sich einzuleben. Eine Kinderfrau wurde nicht gebraucht. Therese von Sohlern versorgte sie selbst und war auch ihre Lehrerin.

»Was wünschst du dir, Maria Theresia? Sage mir einen Wunsch, und ich will sehen, was sich machen lässt.«

Einen Wunsch? Sich etwas wünschen können? Wie zu Hause das Antoinettchen?

»Wie Antoinettchen«, sagte Maria Theresia.

»Was ist es denn? Was wünschst du dir?«

»Wie Antoinettchen.« Und dann nach einer Weile: »Rote Schuhe. Antoinettchen hat rote Schuhe.«

Rote Schuhe. Ein helles Kleid mit Schleifen daran. Doch das Schnürleibchen darunter blieb ihr nicht erspart, auch wenn es ein wenig gelockert wurde. Junge Damen ohne Schnürleibchen konnten niemals schöne Damen sein, und es war wichtig, schön zu sein. Die Puppe, die schon Tante Therese gehört hatte, als sie ein Kind war, bekam nun ein Kleid, genauso eines wie die Maria Theresia, auch wenn die Puppe meistens unberührt auf einem Stuhl saß. Tante Thereses Puppenhaus, Maria Theresia saß davor und schaute und rührte es kaum an. Lieber spielte sie draußen im Garten. Bei Tante Therese durfte sie auch im Garten und im Weinberg helfen. Und die Katze, die zum Haus gehörte, wurde nach und nach Maria Theresias Katze, die auf sie hörte, wenn sie nach ihr rief.

So war es gut. Maria Theresia hatte bei Tante Therese Geborgenheit gefunden.

## Stuben

Fast auf den Tag seit sieben Jahren war Maria Ferdinanda nun Meisterin in Stuben. Sie hatte die uneingeschränkte Herrschaft über diese kleine Welt fest in der Hand. Nichts geschah, ohne dass sie es wollte. Wenn die Klosterfrauen sich Freiheiten herausnahmen, dann deshalb, weil sie es duldete.

Vor Weihnachten hatte sie in die Schatulle mit den Geldvorräten gegriffen. Zu ihrem Schrecken hatte sie festgestellt, dass diese weniger gut gefüllt war als erhofft. Es war Maria Ferdinandas Sache nicht, über

Einkünfte und Ausgaben genau Buch zu führen. Hier und da ein Zettel mit einer Notiz, in einer Schublade lose verwahrt. Schulden? Was, Schulden! Irgendwie fügte sich immer alles. Geld floss herein, floss davon. Dazu war es da. Was sollten Zahlen, mit Tinte auf Papier geschrieben? Damit konnte sie wenig anfangen. Mit ihren Händen wollte sie anfassen, was an Geld hereinkam und, wenn es denn nötig war, auch das, was ausgegeben wurde. Nur wenn man in eine volle Schatulle hineingreifen konnte, hatte es für sie einen Sinn.

Kälte und graue Trübnis krochen auch in diesem Winter durch das Moseltal. Die staubfeinen Schneeflocken reichten nicht aus, die grauen Berge mit einer Schneelage weiß zu bedecken. Maria Ferdinanda hätte sich am liebsten in Stuben verkrochen und auf freundlichere Tage gewartet. Doch am Morgen hatte sie den Pferdeknecht die Kutsche anspannen lassen. In einigen Weinhöfen, die dem Kloster den Zehnten entrichten mussten, wollte sie selbst mit Nachdruck die fälligen Abgaben einfordern. Am frühen Abend war sie wieder zurück. Nur wenig hatte sie ausrichten können: Dem neuen Wein müsse man Zeit lassen. Das Frühjahr sei abzuwarten.

Das Elsjen kam über den Klosterhof gelaufen, noch ehe die Kutsche hielt.

»Jesses, Ehrwürdije Mutter, wat müssen Se bei der Kält wegfahren! Se sein ja ganz blau um die Nas!«

»Schwatz sie nicht. Nehme sie lieber die Decke«, fuhr Maria Ferdinanda die Magd an.

Die kümmerte sich nicht um die Decke. Sie ließ sich nicht davon abhalten, der Meisterin aus der Kutsche zu helfen. Maria Ferdinanda ließ sie gewähren. Sie duldete ohne Widerspruch, sich am Arm halten und ins

Haus führen zu lassen. Das Elsjen war ihr unbegreiflich. Die Magd war der einzige Mensch im Kloster, der sich von ihr nicht einschüchtern ließ. Kein noch so grobes Wort konnte sie beirren. Sie diente der Herrin auf ihre eigensinnige Weise unerschütterlich. Maria Ferdinanda hatte sich daran gewöhnt. Sie nahm die betuliche Fürsorge als unabwendbar hin, schließlich war es immer zu ihrem Nutzen.

In der Wohnung nahm Elsjen der Meisterin den pelzgefütterten Mantel ab. Ehe sie etwas sagen konnte, kniete die Magd auf dem Fußboden, um ihr die Schuhe auszuziehen.

»Nu setzen Se sich mal. Ich han en Ziejelstein in den Ofen getan. Warten Se, den wickeln ich in en Deck' ein, und dann stellen Se die Füß' drauf. So, dat gibt wieder warm' Füß'.«

Die Wärme des Steins drang langsam durch ihre Fußsohlen, der ganze Leib sehnte sich nach der wärmenden Wohltat.

»Sie bringt mir etwas Heißes zu trinken«, befahl Maria Ferdinanda.

Elsjen hatte schon Kaffee bereitgestellt und goss, ehe sie ihn servierte, einen guten Schluck Branntwein hinein, so wie Maria Ferdinanda es liebte. Elsjen wusste, die Herrin wollte nun allein sein. Da es dämmrig wurde, zündete sie einige Kerzen an, fütterte den Ofen mit Holzscheiten und ging.

Gut. So war es gut. Warm war es hier. Für alles gesorgt. Maria Ferdinanda erhob sich aus dem Sessel, der in der Nähe des Ofens stand. In einer Schublade ihres Tisches verwahrte sie Pfeife und Tabak. Nur wenn sie alleine war, griff sie danach. Nicht, dass sie das Tabakrauchen geheim halten wollte. Sie wusste, dass dies unmöglich war. Sie hatte es nicht nötig, sich für irgend etwas, was sie tat, zu rechtfertigen. Doch das Rauchen war ein Vergnügen, das ihr ganz allein gehörte! Sie stopfte Tabak in den Pfeifenkopf, nahm mit einer dünnen Papierrolle Feuer aus dem Ofen und zündete die Pfeife an. Sie setzte sich wieder in den Sessel und lehnte sich zurück. Mit Behagen sah sie in die weißen Rauchwölkchen, schmeckte die würzige Strenge des Tabaks, atmete tief, genoss das Gefühl des Schwebens. Viel Besseres konnte ihr nicht widerfahren an einem winterlich grauen Tag im grauen Tal, vor dem starrenden Berg an dem Fluss, auf dem die Eisschollen trieben. Hinter den Mauern, die sie verließ, wann immer sie wollte. Hinter die sie immer zurückkehren musste, weil für sie sonst nirgends auf der Welt ein verlässlicher Ort war. Hier in ihrer Stube war für sie der Winter in Stuben erträglich. Das Frühjahr war noch weit.

Noch nicht ans Frühjahr denken! Abt von Holtrop aus Springiersbach hatte seinen Besuch für das Frühjahr angekündigt. Der Brief! Sie hatte ihn voller Zorn weggelegt, kaum dass sie ihn gelesen hatte. Jeden Gedanken daran hatte sie weggeschoben, so, als könne sie ihn damit aus der Welt schaffen. Doch nun, gerade mitten hinein in ihre Behaglichkeit, drängte sich die Erinnerung an dieses lästige Schreiben: Klagen seien von höchster Stelle aus Trier nach Springiersbach gekommen. Eine Visitation sei nötig geworden. Die Meisterin möge dafür Sorge tragen, dass ... ach, weg damit! Nicht daran denken! Hier in Stuben lebten sie, wie sie es wollten. Sie mussten sehen, wie sie zurechtkamen.

Der Ziegelstein unter ihren Füßen hatte sich abgekühlt, der Kaffee war kalt geworden, der Tabak schmeckte nicht mehr. Der Holtrop! Dass ihn der

Kuckuck ...! Ärger durchdrang sie bis in die Magengrube. Dieser hochmütige Mensch, der die Nonnen mit spöttischer Herablassung die männliche Dominanz spüren ließ, jedesmal wenn er für einen Tag nach Stuben kam und geruhte, die Damen gnädig mit seiner Anwesenheit zu beglücken.

Sie ahnte, wem der angekündigte Besuch zu verdanken war. Der Hympler mischte sich in alles ein, was in Stuben vor sich ging. Der spielte hier den Wächter über Sitte und Moral. Was der sich anmaßte! Dachte, dass man auch im Nonnenkloster ohne Mann nicht auskam! Mit den Pferden und der Kutsche kämen die Frauen, wenn es sein musste, auch ohne männliche Hilfe zurecht. Doch es gab Dinge, für die nur die andere Hälfte des Menschengeschlechts geeignet war, musste sie sich voller Grimm eingestehen. Das männliche Geschlecht galt als das wichtigere, das wertvollere. Jeder Mensch wusste es. Sie konnte zwar nicht ergründen, warum das so war, dennoch musste sie es hinnehmen. Also sollte der Hympler die Messe lesen. Das war sein Auftrag. Und die Sündenbekenntnisse der Nonnen konnte er sich auch anhören. Mochte er sich darüber aufregen und dann, wenn er etwas erfuhr, worüber sich aufzuregen lohnte, über jeder Sünderin seine Bußpredigten ausgießen, jedoch ohne den ganzen Konvent damit zu belästigen.

Ehe ihre Wut verraucht war, wollte sie den Hympler in seine Schranken weisen. Heftig zog sie an der Glocke, die das Elsjen herbeirief.

»Lauf. Den Hympler holt sie mir her.«

»Aber Ehrwürdije Mutter, Hochwürden hält doch grad die Vesper.«

»Sie schickt ihn so schnell wie möglich zu mir.«

»Aber zuerst ...«, Elsjen ging zum Fenster und

öffnete es. »Zuerst lassen mer mal frische Luft rein. Der Qualm hier drin … Hochwürden hat dat nit gern.«

»Was fällt ihr ein? Soll ich wohl erfrieren? Sie macht sofort das Fenster zu!«

»Is ja gut. Aber Hochwürden hat dat nit gern.«

Bevor Elsjen das Fenster schloss, hantierte sie eine Weile am Ofen herum und legte einige Scheite in die Glut. Dann ging sie.

Während Maria Ferdinanda auf Hochwürden Hympler wartete, wich das Tageslicht der Dunkelheit. Ihr Ärger wurde nicht schwächer. Als Hympler endlich an ihre Tür klopfte und sie ihn zornig hereinrief, überfiel sie ihn sogleich mit Vorwürfen, weil er sie hatte warten lassen.

»Ehrwürdige Mutter«, fiel er ihr ins Wort, »wieder einmal musste die Vesper ohne Ihre Anwesenheit gehalten werden. Wie sollen die Schwestern sich dazu verpflichtet fühlen, wenn Sie selbst …«

»Ich hindere keine, an der Vesper teilzunehmen!«, unterbrach sie ihn. »Erledigen Sie Ihren Dienst, dafür sind Sie hier. Und überlassen Sie es gefälligst uns, zu tun, was wir für richtig halten.«

»Sie halten es für richtig, die Chorgebete zu vernachlässigen? Zum frühen Morgengebet erscheinen seit Tagen nur zwei der Schwestern!«

»Unsere kleine Bucklige wahrscheinlich. Sie ist so fromm, wie Sie es wünschen. Und unsere liebe Schwester Franziska!«

Maria Ferdinanda lachte auf. Die Dreißig hatte Schwester Franziska noch nicht überschritten und sie war schon länger als ihr halbes Leben in Stuben. In den vielen Jahren hatte sie genau das getan, wozu sie angehalten worden war. In der letzten Zeit war jedoch eine gewisse Veränderung mit ihr vorgegangen. Das musste mit dem jungen Herrn, ihrem Vetter, zu tun haben. Er besuchte sie seit einiger Zeit öfter. Und seit dem Herbst war er bei seinen Besuchen auch über Nacht geblieben, in einem der Gästezimmer hatte er geschlafen.

»Schwester Franziska!«, rief Hympler aus und hob die Hände. »Die Dame empfängt Besuch in ihrer Wohnung, Männerbesuch sogar, und das zu unziemlicher Zeit! Sie wissen es, und Sie lassen es zu!« Seine Stimme überschlug sich.

»Sollen wir den jungen Herrn in Nacht und Kälte hinausjagen? Gibt es bei uns nicht genügend Zimmer für unsere Gäste?«, schrie Maria Ferdinanda.

Sie behielt es für sich, dass sie Schwester Franziska für eine Gans hielt, die so dumm war, sich mit einem Mann einzulassen. Nichts davon, dass der junge Herr, der das Fräulein zu besuchen beliebte, derjenige war, der sie selbst, Maria Ferdinanda, in die Freuden des Tabakrauchens eingeweiht hatte. Jedesmal, wenn er nach Stuben kam, steckte er ihr einen Beutel von dem kostbaren Kraut zu. Da konnte Hympler mit den Augen rollen und mit den Händen fuchteln, wie er wollte! Den aufmerksamen jungen Herrn würde sie auf keinen Fall vergraulen!

»In Nacht und Kälte?«, ereiferte sich Hympler. »Haben Sie nicht vor einigen Tagen den Goldschmied aus Koblenz in Nacht und Kälte hinausgeschickt, wieder einmal, ohne Ihre Schulden bei ihm bezahlt zu haben? Eine Schande, wie hier Schulden gemacht werden! Für Nichtigkeiten und überflüssiges Zeug! Mein Haus ist ein Bethaus, spricht der Herr, und was habt ihr daraus gemacht? Unser Herrgott wird gewiss nicht länger straflos …«

Mit einem schrillen Schrei ging Maria Ferdinanda auf ihn los. Mit den Fingern wäre sie ihm durchs Gesicht gefahren, wäre er nicht zurückgewichen.

»Wir werden sehen, wie die Obrigkeit demnächst dazwischenfahren wird«, keuchte er.

»Sie, Sie haben uns bei den Springiersbachern angeschwärzt!«, schrie sie. »Sie haben uns den Holtrop an den Hals gehetzt!«

Hympler flüchtete hinterrücks zur Tür hinaus. Durch den dunklen Flur tastete er sich die Treppe hinunter. Tränen des Zorns und der Beschämung liefen ihm übers Gesicht. Dieser Frau war nicht beizukommen! Würde der Abt von Holtrop soviel Macht haben, einen Wandel in diesen verlotterten Zuständen möglich zu machen? Würde es für Stuben noch einmal einen Neuanfang geben können?

Maria Ferdinanda hätte am liebsten mit den Fäusten an die Tür gehämmert, die sich hinter Hympler geschlossen hatte. Sie schlug sie schließlich gegeneinander, bis die Knöchel schmerzten. Zornig war sie nicht nur auf den Priester, zornig war sie auch auf sich selbst. Das Gespräch war anders verlaufen, als sie es sich vorgestellt hatte. Sie hatte sich das Heft aus der Hand nehmen lassen. Über den Mund hatte sie sich fahren lassen von diesem Menschen. Ein Geistlicher war er zwar, ein geweihter Priester, ein Auserwählter also! Dennoch im Stand weit unter ihr.

Lange dauerte es, bis ihre Wut sich legte. Endlich hörte sie den Gong durch das Haus schallen, der zur Abendmahlzeit rief. Es fiel ihr nicht ein, das Essen mit den Schwestern im Refektorium einzunehmen. Sie befahl dem Elsjen, ihr eine warme Mahlzeit in die Wohnung zu bringen. Dazu eine Kanne Wein. Den würde sie brauchen, um den Rest des Ärgers hinwegzuspülen.

Nachdem der Abt von Holtrop seinen Visitationsbesuch im Kloster Stuben im zeitigen Frühjahr hinter sich gebracht hatte, machte er sich auf die Heimreise nach Springiersbach. Er ließ sich im Nachen über den Fluss rudern und ritt nun flussaufwärts auf dem Leinpfad am Ufer der Mosel. Der Schreiber, der ihn begleitete, hielt sich in gebührendem Abstand hinter ihm. Holtrop genoss den milden Morgen, das strahlende Licht. Heraus aus dem Stubener Mief! Endlich frische Luft! Er war es schnell leid geworden, sich mit der kratzbürstigen Meisterin abzugeben. Mühsam hatte er ihr Einblicke in die verlotterte Wirtschaft abgetrotzt. Zunächst hatte er es amüsant gefunden, sie herauszufordern. Noch jetzt musste er lachen über das zornige Funkeln ihrer braunen Äuglein. Ihre Abwehr war jedoch immer dreister geworden, das hatte ihn verärgert. Sollte er sich von diesem listigen alten Weib hinters Licht führen lassen?

Andere Töne hatte er anschlagen müssen! Wie die Nonnen sich dann doch duckten. Fast hatten sie ihm leid getan, diese freudlosen verhuschten Gestalten. Einige noch jung an Jahren, doch alt ihr Blick, ihr Schritt. Er hatte ein Auge für Frauen. Konnten Nonnen eigentlich hübsch sein? Waren sie hübsch? Holtrop wusste es nicht zu sagen. Er hatte ihre Gesichter schon vergessen. Er hatte sie gar nicht richtig angeschaut. Was sollte er Nonnengesichter anschauen, sie interessierten ihn nicht. Was waren das für Frauen? Wenn er wenigstens Frömmigkeit, wenigstens Bescheidenheit hätte erkennen können. In ihren gesenkten Köpfen, den abweisenden Gesichtern sah er schlecht verborgenen Hochmut, Eigensinn. Nein, sie dauerten ihn nicht.

Eher schon tat ihm der vergrämte Hausgeistliche

leid. Nun ja, wenn das der Wahrheit entsprach, was er von ihm gehört hatte ... Holtrop lachte auf. Ein hartes Lachen. Die Springiersbacher Chorherren waren keine Duckmäuser und den weltlichen Freuden durchaus zugetan – aber sie waren Männer. Herren von Adel, die sich nahmen, was ihnen zustand. Von diesen Frauen war zu verlangen, dass sie klösterlich lebten, wenn sie schon Klosterfrauen waren! Das durfte ihnen nicht durchgehen, dass sie sich ihre eigenen Gesetze machten. Man musste einschreiten, Einhalt gebieten. Schon des eigenen Ansehens wegen.

Lang waren ihm die drei Tage geworden, die er brauchte, um sich ein genaues Bild von den Zuständen in Stuben zu machen. An höchster Stelle in Trier hatte man auf dieser Visitation bestanden. Dort erwartete man nun genauen Bericht über alles, was von Interesse war. Holtrop wollte vermeiden, die Aufmerksamkeit auf sich selbst zu lenken. Darum war er bereit, in seinem Bericht alle Beobachtungen lückenlos mitzuteilen. Er würde dem Schreiber am besten gleich nach der Ankunft in Springiersbach die wichtigsten Punkte diktieren. Der hatte sich in Stuben schon Notizen gemacht und käme mit der detaillierten Darstellung der einzelnen Punkte allein zurecht. Mit der nächsten Post konnte er sich die Angelegenheit vom Halse schaffen. Hoffentlich ließ man ihn dann damit in Frieden. Von verkniffenen Nonnengesichtern hatte er einstweilen genug.

Und von den Damen im allgemeinen. Zu viele Umstände. Machten zuviel von sich her. Dagegen die frischen einfachen Mädchen vom Land. Die wussten noch zu schätzen, was ein Kavalier ist. Die Kleine da in Kröv, die Tochter des Truchsessen, dessen Stieftochter eigentlich, die Sibylla. Jede Wette würde er eingehen, dass sie noch Jungfrau war. Wenn er den Truchsess …

Als Holtrop noch vor dem Abend in Springiersbach einem Knecht das Pferd übergab, befand er sich in bester Laune. Er gab dem Schreiber sogleich genaue Instruktionen, was dem Erzbischof mitzuteilen sei. Der Misswirtschaft in Stuben musste doch beizukommen sein.

Schon im frühen Sommer kam aus Trier die Reaktion auf den schonungslosen Bericht. Seine Durchlaucht der Erzbischof Johann Philipp von Walderdorf hatte das Dekret eigenhändig unterzeichnet. Und es war eingetroffen, was Abt von Holtrop befürchtet hatte: Man gab ihm unmissverständlich zu verstehen, dass er, Holtrop, die Verantwortung für die notwendige Erneuerung des Klosters Stuben trage. Der Ruf des altehrwürdigen Ortes … die Ehre der Heiligen Kirche … die Rettung der geheiligten Stätte einer der kostbarsten Reliquien des Erzbistums …

Drei Wochen ließ Holtrop sich Zeit. Gerade jetzt, nachdem sich die Verbindung zu der Sibylla in Kröv so vielversprechend angelassen hatte, wusste er besseren Zeitvertreib. Doch er durfte nicht zögern. Es blieb ihm nichts anderes übrig, als erneut an die Mosel zu reiten. Um der Hitze des Julitages zu entrinnen, brach er vor Tagesanbruch auf. Zwei Diener nahm er zur Begleitung mit. Keine Ankündigung diesmal! Die Dame von Maffey würde nicht entzückt sein. Voller Schadenfreude dachte er daran, wie sein Erscheinen die Nonnengesellschaft in Aufregung versetzen würde. Er rieb sich die Hände und lachte. Bis nach Eller hinunter ritt er. Die Fähre brachte ihn über die Mosel.

Das Lachen verging ihm, als er in Stuben ankam.

Die Diener versorgten die Pferde. Sie lärmten und scheuchten die Stubener Knechte. Die Ankunft des Abtes musste bemerkt worden sein. Zu seinem Empfang ließ sich jedoch niemand blicken.

»Da soll doch der Donner dreinschlagen!«

Hochwürden Hympler lief aufgeregt herbei. Er wusste sich vor Ehrerbietigkeit nicht zu fassen. In ihm fand der Abt ein erstes Opfer, an dem er seinen Ärger auslassen konnte. Sofort hatte Hympler dafür zu sorgen, dass sich der gesamte Konvent in kürzester Zeit im Konventzimmer einfand.

In Abständen trafen die Damen ein. Holtrop hatte kaum einen Blick für sie. Am längsten ließ Maria Ferdinanda auf sich warten. Mit hochrotem Kopf kam sie schließlich herein, zwang sich zur vorgeschriebenen Geste der Ehrerbietung. Auf dem großen weißen Kragen ihres Gewandes glänzte wahrhaftig das prächtige goldene Doppelkreuz, der Abt sah es trotz seines Ärgers mit Belustigung. Sie würde sich noch wundern, wie sehr dieser Glanz heute angekratzt werden würde. Heute noch würde dieses Weib den trotzigen Blick senken müssen! Die Begrüßung fiel frostig aus, von ihrer Seite deutlich abweisend, von seiner mit kalter Überlegenheit.

Drückende Hitze stand im Raum. Von seinem Leibdiener ließ der Abt sich den Schweiß vom Gesicht wischen. Durstig war er. Fiel diesen Frauen denn nicht ein, ihm einen Trunk anzubieten? Welche Frechheit, ihm die einfachsten Dinge, die Sitte und Anstand erforderten, vorzuenthalten!

»Viel Wasser fließt hier an uns vorbei«, rief er zornig und zeigte zum Fenster in Richtung der Mosel, »und mein Pferd hat von dem Wasser aus eurem Brunnen gesoffen! Wird es für den Abt von Springiersbach, der euer Herr ist, wohl etwas von diesem Überfluss zu trinken geben, bevor er hier vor euren Augen verdurstet?«

Maria Ferdinanda zuckte zusammen. Sie tuschelte mit ihrer Nachbarin, es war die junge Schwester Franziska, und die eilte davon.

Holtrop stand am Kopfende des großen Tisches und sah auf die Klosterfrauen herab, die alle um den Tisch herumsaßen, regungslos. Er ließ den Blick über die verschlossenen Gesichter wandern, sah, wie sie alle unter der Hitze litten, spürte selbst auch, wie die schwüle Luft das Atmen schwer machte, ärgerte sich, dass die Nonnen diese Hitze erduldeten und keine Anstalten machten, frische Luft hereinzulassen. Mit einer Handbewegung befahl er seinem Diener, die Fenster zu öffnen. Der Windhauch, der von draußen hereinwehte, brachte keine Erfrischung. Gewitterluft.

Franziska kam mit einem Krug und einem Becher. Sie schenkte ein und schaute mit scheuem Blick zu ihm auf, als er nach dem gefüllten Becher griff, ehe sie ihn reichen konnte. Schau an, was haben wir denn da! Ein Gesichtchen! Das Nönnchen hat ein Gesichtchen! In diesem erstickenden Mief wenigstens ein Gesichtchen mit hellen Äuglein.

Der Tropfen aus dem Stubener Keller, den sie ihm gebracht hatte, war nicht übel. Er trank in großen Zügen. Sollte er milde gestimmt werden? Es half ihnen nichts! Sie mussten sich anhören, was Seine Erzbischöfliche Durchlaucht zu tadeln und zu mahnen hatte, auch zu drohen: dass mit empfindlichen Strafen zu rechnen sei, wenn den allerhöchsten Anordnungen nicht unverzüglich und ohne Vorbehalte entsprochen werde!

Sie hörten es mit versteinerten Mienen: Der Chordienst müsse in vollem Umfang der Vorschriften wieder ernst genommen werden. Untadeliger Lebenswandel sei von den Klosterfrauen zu erwarten und Missstände seien abzustellen, *da es mit dem geistlichen Beruf keineswegs vereinbarlich sei, mit allerhand zumalen zu Ausschweifungen und unanständigen Freiheiten geneigten Mannspersonen vielen Umgang zu haben, von selbigen öfteren Besuch zu ungewohnten Stunden anzunehmen.*

Endlich kam Bewegung in die reglose Gesellschaft. Die Meisterin fasste mit der Rechten nach dem goldenen Kreuz. Holtrop sah, wie sie erbleichte, als er sich an sie wandte und ihr die Verwahrlosung des klösterlichen Haushalts vorwarf: Die Gewalt über die Wirtschaft dürfe nicht länger in ihrer Hand bleiben. Eine Schwester, der man vertrauen könne, habe das Amt der Kellnerin zu übernehmen. Der Hausgeistliche sei zur gewissenhaften Überwachung aller Einnahmen und Ausgaben sowie zur jährlichen Rechenschaftsablegung verpflichtet. Anordnung des Erzbischofs!

Mit einem schrillen Schrei fuhr die Meisterin auf. Sie zerrte den Schlüsselbund von ihrem Gürtel und warf ihn auf den Tisch. Sie habe vor dem Herrn von Wassenberg die Übernahme ihrer Pflichten als Meisterin gelobt, aber *»sie wolle auf solche Weise keine Schlüssel noch Regierung führen!«*, kreischte Maria Ferdinanda. Und sie rauschte wutentbrannt hinaus.

Dunkler war es im Raum geworden. Das Gewitter, das sich mit der Schwüle angekündigt hatte, begann sich zu entladen. Blitze und krachender Donner. Regen schlug durch die offenen Fenster herein. Die aufgebrachten Nonnen schrien durcheinander, die meisten verließen ihre Plätze und stoben davon. Der Abt befahl, ihm sofort Wohnung für die Nacht zu geben.

Er war es satt, sich mit diesen widerspenstigen Frauen zu befassen.

Das helläugige Nönnchen hielt er am Ärmel fest, bevor es entweichen konnte. Er trug ihm auf, zu der Abendmahlzeit, die er in seine Wohnung gebracht haben wollte, noch eine Kanne von dem Wein zu bringen, der das einzig Gute an diesem Tag für ihn gewesen sei. Sie ließ sich nicht mehr blicken. Den Wein schickte man ihm in die Prälatenwohnung, die er in annehmbarem Zustand vorfand.

Von den Felsen des Calmont hallte gewaltiger Donner nach Stuben herüber. Bis weit in die Nacht hielt das enge Moseltal das Gewitter fest, ehe es sich vor Anbruch des neuen Morgens ausgetobt hatte. Als der Abt von Holtrop nach kurzem Schlaf aufstand, ließ er sofort die Pferde satteln. Außer dem verstörten Hausgeistlichen erschien niemand zu seinem Abschied. Keine der Nonnen war zu sehen, still war es noch in der Klosterkirche, zum frühen Chorgebet waren sie also auch nicht gegangen.

Er fluchte vor sich hin, als er über aufgeweichte, von Schlammlawinen überflutete Pfade an der Mosel entlangritt. Das nächtliche Gewitter hatte die Luft ein wenig erfrischt. In der Morgensonne erwärmte sie sich schnell, bald war sie mit verdampfender Feuchtigkeit gesättigt. Holtrop war froh, dass er vor der Mittagshitze das Moseltal hinter sich lassen konnte. Wie angenehm lag doch sein Springiersbach in Wiesen und Wälder hineingebettet, abseits von der Straße, aber dennoch nahe an allen Verbindungslinien, die man brauchte, um am Strom des Lebens, am Herzschlag der Zeit teilhaben zu können. Und weit genug weg von den Blicken, die hätten sehen können, was sie nichts anging.

Von Springiersbach aus schickte Holtrop mit Eilboten Nachricht nach Trier, dass in Stuben keine Besserung zu erwarten sei. Und schon eine Woche später kam die Antwort. Der Stubener Meisterin sei unverzüglich und unmissverständlich mitzuteilen: Dem Dekret sei innerhalb von acht Tagen zu folgen. Bei Zuwiderhandlung werde die Meisterin des Amtes enthoben.

Nicht schon wieder nach Stuben! Dem Abt stand der Sinn nach anderem. Von den Springiersbacher Kavalieren hatte keiner Lust, den Auftrag zu übernehmen. Sie hatten sich alle um eigene Angelegenheiten zu kümmern, die interessanter waren als unbotmäßige Klosterfrauen. Einer der Hauskapläne könnte das Mandat nach Stuben bringen.

## Kreuzreliquie

Im Sommer desselben Jahres lag im Thal Ehrenbreitstein der Sohn des Oberst von Sohlern auf den Tod krank darnieder. Die kleinen Töchter wurden bei Verwandten untergebracht. Anna Theresia von Sohlern kannte nur noch die Sorge um das kranke Kind.

Der Oberst hatte als Kommandant der Feste Ehrenbreitstein Pflichten, denen er sich nicht entziehen konnte, um am Bett eines kranken Kindes zu wachen. Was hätte er auch ausrichten können? Und dem Leiden tatenlos ins Gesicht sehen, sich gar hilflos von dem Schmerz verletzen lassen, das konnte und das wollte er nicht.

Die Frauen in der Wohnung taten, was sie konnten. In der Sommerhitze sorgten sie für das fieberheiße Kind und hofften auf Kühlung. Peinlich war es dem

Oberst, wenn sie sich aufs Beten verlegten. Das war nun ganz und gar Frauensache.

Als dann das Fräulein von Berg aus dem Kloster Stuben, eine Freundin Anna Theresias, zu Besuch kam und eine Kerze um die andere anzündete, hielt er sich tagelang auf der Festung auf, ohne seine Wohnung aufzusuchen. Er kam zurück, als die Dame wieder abgereist war. Sie war in ihr Kloster zurückgekehrt mit dem Versprechen, bei der wundertätigen Kreuzreliquie um die Genesung des Kindes zu beten.

Nach einigen Tagen trat wirklich leichte Besserung ein, die mehr und mehr fortschritt. Anna Theresia glaubte fest an Franz Georgs Genesung. Sie klagte nicht, als der Oberst im Auftrag seines Herrn nach Trier reisen musste.

»Ich bitte Sie, auf der Heimreise die Damen in Stuben aufzusuchen. Zünden sie eine Kerze an vor dem Heiligen Kreuz. Und dies bringen Sie dem Kloster als Dank für die Gebete ... und für die Rettung Ihres Sohnes. Geben Sie das Geschenk in die Hände des Fräulein von Berg, ich vertraue ihr.«

Sie gab ihm einen Beutel, der mit Geldstücken gefüllt war. Er versagte es sich, die Münzen zu zählen. Er wusste, was sie gab war von ihrem persönlichen Eigentum, mit dem sie sparsam umzugehen pflegte. Ihr Glaube an die Hilfe aus Stuben musste groß sein, auch ihre Dankbarkeit.

»Sie versprechen es?«

Er versprach ihr in die Hand, zu tun, worum sie ihn gebeten hatte. Mit dem uneingestandenen Gefühl der Erleichterung verließ er die Familie.

Als der Glut des Sommers allmählich ein milder Herbst folgte, war Oberst von Sohlern zu Pferd unterwegs von Trier nach Koblenz. Er ritt in Begleitung einiger bewaffneter Soldaten. Froh war er, schneller als erwartet nach Hause zurückreiten zu können. Sein Aufenthalt in Trier war ohne die befürchteten Schwierigkeiten verlaufen.

Oberst von Sohlern war Soldat mit Leib und Seele und nichts ging ihm über die Pflichterfüllung im Dienst seines Kurfürsten, doch nun drängte es ihn nach Hause. Franz Georg hatte sich schon auf dem Weg der Besserung befunden, als der Oberst in Erfüllung seines Auftrags aufgebrochen war. So sehr er sich gescheut hatte, am Bett des kranken Sohnes zu stehen, konnte er es nun kaum erwarten, ihn gesund wieder in die Arme zu schließen. Der Oberst hoffte, dass das blasse Gesicht des Jungen wieder Farbe angenommen hatte, dass die Hände wieder kräftig genug waren, um das Essen ohne fremde Hilfe zum Mund zu führen. Er konnte sich darauf verlassen, dass Anna Theresia alles tat, was dem Jungen aufhelfen konnte. Sie wusste es, der Sohn bedeutete ihm viel. Der Adelstitel, den nun der Sohn in der vierten Generation trug, sollte sich für seinen Zweig der Familie nicht als kurzlebiges, wertloses Geschenk herausstellen. Die drei Töchter waren gesunde, starke Kinder, aber eben nur Töchter. Die Maria Theresia, ja, wenn die ein Junge geworden wäre! Sie wäre ein Kind nach seinem Geschmack gewesen. Ein Glück, dass seine Schwester Therese sich ihrer annahm. Auch seine Frau gab sich Mühe, als Mutter ihr Bestes zu tun. Leider waren ihm bisher die Söhne außer diesem einen versagt geblieben.

Er wäre gern auf dem kürzeren Weg durch die Eifel in Richtung Koblenz geritten. Doch von der Höhe aus nahm er, ohne seiner Begleitung eine Erklärung dafür zu geben, die Landstraße, die durch das Alftal hinunter an die Mosel und von Alf aus moselabwärts nach Bremm führte. Dort machte er Halt. Er übergab seinen Leuten das Pferd und ließ sich im hellen Mittagslicht mit dem Nachen nach Kloster Stuben übersetzen. Er wollte sein Versprechen einlösen.

Der Oberst spürte es gleich, als er seinen Fuß ans Ufer setzte: Hier betrat er eine eigene Welt. Abgeschieden vom gewöhnlichen Lauf der Zeit. Er fühlte sich unbehaglich. Hier war nicht der Ort für einen Soldaten, der es gewohnt war, nach Belieben seine Stimme zu erheben und den Raum, in dem er sich bewegte, mit seiner Gegenwart auszufüllen.

Nahe am Ufer stand die Kirche mit den hohen spitzbogigen Fenstern. Nach Süden hin, dem Ufer abgewandt, schlossen sich die Wohngebäude und einige Wirtschaftsgebäude an, daran Gärten und Wiesen, von einer Mauer umfriedet. Unschlüssig blieb er an dem Portal stehen, durch das man von der Moselseite her die Kirche betreten konnte. Schließlich entschied er sich, an der Pforte nebenan zu läuten. Eine Magd öffnete, sie beäugte ihn mit Neugier, schien einige Mühe zu haben, die Bedeutung seiner Erscheinung einzuordnen und bat ihn endlich einzutreten. Ungeduldig verlangte er das Fräulein von Berg zu sprechen.

»Oh je, da hat der Herr aber kein Glück. Dat Fräulein von Berg is mal wieder verreist. Die is mal wieder nach Kobelenz. Die hält dat hier immer nit lang aus ohne zu verreisen. Der Herr muss warten. Ich gehen mal gucken, ob ...«

Dieses dumme Weibsbild! Er wurde ungeduldig. »Sie wird mir sofort eine der Schwestern oder eine andere Person holen, die den Oberst von Sohlern empfängt!«

»Jesses. Is ja gut.« Sie ließ sich nicht verunsichern.

In dem engen Flur, der durch den Schein der Kerzen erleuchtet war, ließ sie ihn zurück. Kerzen zur hellen Mittagszeit! Was für eine seltsame Welt! Er würde Anna Theresias Auftrag erfüllen und sofort verschwinden. Jetzt zwang er sich zu reglosem Ausharren.

Nach einiger Zeit des Wartens kam endlich jemand, der sich um ihn kümmerte: der Hausgeistliche, Hochwürden Hympler. Gleich wusste der einzuschätzen, mit wem er es zu tun hatte. Viele Entschuldigungen. Er führte den Oberst aus dem düsteren Flur und bot ihm Bewirtung an. Der Oberst lehnte ab. Nein, nein, kein Aufenthalt. Da die Dame von Berg nicht da sei, wolle er ihm die Gabe anvertrauen, die seine Gattin zum Dank für die Genesung des Sohnes zu überbringen ihm aufgetragen habe. Die Gebete der Stubener Damen vor der wundertätigen Reliquie … er selbst wisse ja nicht, was von solcherlei zu halten sei … doch der Sohn sei auf dem Weg der Besserung, und er respektiere den Glauben seiner Gattin. Sein eigener Glaube sei eher sachlicher Natur, wenn es gestattet sei, dies zu sagen. Hochwürden mögen der Dame von Berg mit der Gabe zugleich die besten Grüße und die Versicherung der Dankbarkeit übermitteln.

Hympler nahm den Beutel, den der Oberst ihm reichte, und verneigte sich.

»In cruce salus«, sagte er mit Blick zum Himmel. »Verzeihen Herr Oberst, ich lege dem geneigten Herrn Oberst inständigst ans Herz, unsere kostbare Reliquie wenn nicht als frommer Pilger, so doch mit dem Wunsch nach Erbauung anzuschauen, und wenn der Herr Oberst wollen, auch davor zu knien, um nicht nur den Dank der gnädigsten Frau Gemahlin, sondern auch den eigenen Dank darzubringen.«

Der Oberst stimmte zu. Ja, da habe Hochwürden recht, den Anblick des berühmten Gegenstandes wolle er sich nicht versagen. Schon um der Gattin davon berichten zu können. Mit Dank nehme er an.

»Wir bereiten das Fest der Kreuzerhöhung vor, das die Kirche alljährlich in diesen Tagen feiert. An einem solchen Festtag hätten der Herr Oberst wenig Muße, das Kreuz in Ruhe betrachten zu können. Heute ist ein guter Tag«, sagte Hympler.

Er führte August von Sohlern durch das Portal in die Kirche. Ohne zu verweilen, durchquerte Sohlern gemeinsam mit Hympler die Breite des Kirchenschiffes. Durch eine Pforte gegenüber dem Portal traten sie in die Kreuzkapelle. Ein schlichter, überwölbter kleiner Raum. In der Rundung des Chores ein Altar. Im Altaraufsatz, in einer Höhe, die vom Boden aus nicht mit den Händen zu erreichen war, das Reliquiar.

Mildes Licht füllte den Raum, gedämpftes Sonnenlicht durch kleine Fenster, Lichtschimmer von vielen brennenden Kerzen. Goldglanz des wunderbaren Gegenstandes. Stille Feierlichkeit. Den Oberst, der solches nicht erwartet hatte, überlief ein Schaudern. Weihrauch. Hier sollte Weihrauchduft im Raum sein, wie bei den feierlichen Messen, die der Erzbischof hielt. Das Reliquiar weckte nach seiner Größe und Form bei ihm die Vorstellung kostbarer Buchdeckel von Messbüchern, die bei hohen Feierlichkeiten von Weihrauchschwaden umweht waren. Nach einigen Atemzügen vermochte er sich zu fassen und des Erschauderns Herr zu werden. Nun konnte er das, dessen Anblick in seiner Ganzheit ihn überwältigt hatte, in Einzelheiten wahrnehmen: das Doppelkreuz aus schmalen braunen Holzstreifen, goldgefasst in der Mitte. Sein Schaft über dem Querbalken von einem schmäleren zweiten Balken durchkreuzt. Goldgefasste Juwelen. In goldenem Grund farbige Abbilder geflügelter Gestalten.

»In cruce salus«, flüsterte Hympler, er sank in eine tiefe Kniebeuge und bekreuzigte sich. Der Oberst tat es ihm nach.

»Wir knien vor einem Splitter des Heiligen Kreuzes, an dem unser Herr Jesus gestorben ist und uns durch sein Blut erlöst hat«, sagte Hympler voller Andacht. »Wir hier in Stuben hüten eine der größten Kostbarkeiten der Christenheit.«

Und er sprach mit Begeisterung von seiner großen Dankbarkeit gegenüber dem Ritter Heinrich von Ulmen, der das Wunderbare vor vielen hundert Jahren mitgebracht hatte aus der fernen Stadt Konstantinopel, zu einer Zeit, als fromme, tapfere Ritter jenes Land, in dem der Heiland gelebt und gelitten hatte, von den Heiden zurückerobern wollten.

Das war etwas, das dem Oberst imponierte. Ein eroberter Schatz! Eine glorreiche Errettung!

»Den Heiden abgerungen?« fragte er.

Hympler zögerte einen Augenblick, dann sagte er: »Nun, Heinrich von Ulmen hat das Heilige Kreuz mitgebracht. Diese unschätzbar kostbare, heilbringende Reliquie ins Moseltal gebracht! Und seiner Schwester Irmingard geschenkt, die war Meisterin in Stuben, zu einer Zeit, als ...«, er schwieg, und seine Augen folgten dem betrachtenden Blick des Oberst.

»Smaragde, Saphire, Almandine, Perlen, Aquamarine, Amethyste«, murmelte Hympler und deutete mit ausgestrecktem Zeigefinger hinauf. »Und unter den Goldfeldern verbergen sich andere unschätzbare Heilsbringer, wie die goldenen Schriftbänder uns sagen: ein Stück der Dornenkrone, ein Stück der

Windeln des Gottessohnes, der Schwamm des geduldigen Christus am Kreuz, der Gürtel der allzeit jungfräulichen Gottesgebärerin, das ehrwürdige Haar des heiligen Johannes des Vorläufers ...«

Er sah den skeptischen Blick des Oberst, und mit einem Lächeln fuhr er fort: »Ich nehme dem Herrn Oberst seine Zweifel nicht übel. Das ist wohl Soldatenart, dem Augenschein zu misstrauen. Hier aber lernen wir das demütige Hinnehmen, den fraglosen Glauben. So steht es schon in der Urkunde, in der Ritter Heinrich, selig sei er bei Gott, dem Kloster den Schatz geschenkt hat: *Zu seinem Glück besitzt irdische Schätze, wer vermittels derselben ewige zu gewinnen trachtet.*«

Darüber nachzugrübeln stand dem Oberst nicht der Sinn. Er wollte handfeste Erklärungen zu klar ersichtlichen Dingen.

»Diese seltsamen, fremden Gestalten«, sagte er und deutete auf die bunten Bilder der geflügelten Wesen, »sie sind mir ein Rätsel.«

Hympler sprach in feierlichem Ton: »So steht es beim Propheten Isaias geschrieben: Serafim standen über ihm. Jeder hatte sechs Flügel: mit zwei Flügeln bedeckten sie ihr Gesicht, mit zweien bedeckten sie ihre Füße und mit zweien flogen sie. Und weiter steht in der Schrift: Seinen Engeln befiehlt er, dich zu behüten, und: Sie werden dich auf ihren Händen tragen, damit dein Fuß nicht an einen Stein stößt.«

Sie schwiegen eine Weile. Dann zeigte Hympler zum Altartisch, auf dem ein Gegenstand von gleicher Art und Größe lag.

»Der Herr Oberst haben Glück. Wir bereiten das Fest des Heiligen Kreuzes vor. Die Bedeckung der Reliquie haben wir abgenommen, damit die vielen

Pilger, die kommen werden, das Kreuz anschauen können. Die Anschauung wird ihren Glauben stärken.«

Auch hier ein Übermaß an Edelsteinen und Perlen. Farbige Gestalten in strengen Formen, in den Goldgrund eingelegt. Der Oberst gestand es sich ein, diese fremde Schönheit blieb ihm fern und unverständlich, doch sie berührte sein Innerstes, und er ließ es für diese Augenblicke widerstandslos zu. Wunder? Konnten durch diesen Gegenstand Wunder bewirkt werden? Hatte sein Sohn dieser Kreuzreliquie das Leben zu verdanken? Mochte es sein, wie es wollte, das Kind war auf dem Weg der Besserung. An diesem Ort empfand er tiefe Dankbarkeit.

Hochwürden Hympler schien die innere Bewegung des Oberst zu bemerken, er flüsterte: »Auch die Mächtigen dieser Welt werden still vor diesem Heiligtum. Selbst Kaiser Maximilian suchte Stuben einst auf, um hier zu beten, damals, als er sich auf der Reise zum Reichstag nach Trier befand.«

Der große Maximilian? Den sie den »letzten Ritter« nannten? Dann durfte auch ein Oberst von Sohlern sich hier anrühren lassen, ohne sich dafür zu schämen.

Seine Gattin hatte ihn gebeten, vor der Reliquie eine Kerze anzuzünden. Nein, entschied er. Keine Kerze. Hier brannten Kerzen genug. Er hatte genug getan, das Versprechen einzulösen. Nun wollte er gehen. Es drängte ihn, vor dem Abend wieder am anderen Moselufer bei seinen Leuten zu sein. Bei Hochwürden Hympler bedankte er sich. Der wollte ihn nicht ohne Bewirtung gehen lassen. Er bat ihn, ihm die Ehre zu erweisen, sein Gast zu sein, wenigstens für eine kleine Stärkung. Der Oberst konnte die Bitte nicht abschlagen.

Sie verließen die Kapelle und die Kirche. Durch eine Pforte traten sie in den dunklen Flur, dann in den Kreuzgang. Sie gingen über lange Korridore durch die Klostergebäude. Abgestandene Luft. Schwaches Licht. Schwere dunkle Schränke. Düsterfarbene Bilder. Kreuze und immer wieder Kreuze. Nicht glanzvoll war die Einrichtung, doch zeugte sie von Wohlhabenheit.

Die Mahlzeit, die eine Magd ins Gastzimmer brachte, war üppiger, als der Oberst es hinter Klostermauern vermutet hatte. Der Wein war weit besser als in den Schenken unterwegs. Sohlern tat Hochwürden Hympler den Gefallen, ausgiebig zuzugreifen. Der schien es zu genießen, männliche Gesellschaft zu haben.

»Ich habe keine der Damen hier zu Gesicht bekommen. Sie halten sich wohl in frommer Abgeschiedenheit«, sagte der Oberst.

»Die Damen tun, was sie wollen«, antwortete Hympler. Seine Miene verschloss sich.

Der Oberst verstand, dass es nicht angebracht war, nachzufragen, ihn interessierte diese Angelegenheit auch nicht.

»Sie, Hochwürden, mögen als Diener Gottes glücklich hier leben. Verzeihen Sie, aber mir wäre es unmöglich. Doch für Damen von Stand, in dieser, nun ja, gediegenen Umgebung, ohne Mangel an den Bedürfnissen eines guten Lebens, in Sicherheit vor den Plagen und Kämpfen der Welt, frei von allen Lasten …«

»… und ihren Familien eine Bürde weniger, deren Versorgung man ledig ist. Und dies, so mag es scheinen, im Dienst an dem Reich, das nicht von dieser Welt ist«, fügte Hympler leise hinzu. »Im Hause meines Vaters sind viele Wohnungen, so steht es geschrieben. Jedoch …« Er presste die Lippen fest aufeinander, senkte den Blick und schwieg.

Den Oberst drängte es fort. Derlei rätselhafte Reden machten ihn unruhig. Er wollte nun nicht länger verweilen.

Die Sonne ging unter hinter dem westlichen Ausläufer des Calmont, als der Stubener Fährmann ihn ans andere Ufer zurückruderte. Vom Kloster ertönte die Angelusglocke, ihr Klang schwebte mit dem Echo, das von den Felswänden des Calmont herüberschwang, über dem Fluss. Den Oberst berührte es nicht mehr. Er sah, wie der Fährmann seine Mütze abnahm, doch ihn hatten auf dem Fluss schon die Gedanken an die Aufgaben eingeholt, die auf ihn warteten.

## Maria Ferdinanda

Zu Kloster Stuben saß Anna Maria von Berg, die Priorin, im Teestübchen an den hohen Kachelofen gelehnt. Sie genoss die Wärme, die ihren Rücken durchströmte und dem ganzen Körper wohltat. Noch fiel Sonnenlicht auf den feinen weißen Stoff, den sie in den Händen hielt und mit golddurchwirkten Fäden bestickte. Bald würde die Sonne hinter dem Berg verschwinden. Dann musste sie die Arbeit Schwester Franziska überlassen, die bei ihr saß. Auch Franziska hatte eine Stickarbeit vor sich. Ihre Gesellschaft war der Priorin lieb. Die kleine Schwester sprach nicht viel, sie schwieg auf angenehme Weise, ohne Verschlossenheit. Stets war sie geneigt, geduldig zuzuhören, wenn es das Fräulein von Berg zu erzählen drängte von dem, was sie draußen in der Welt gesehen und gehört hatte.

Franziska hatte sich auf den Platz am Fenster gesetzt. Als das Fräulein von Berg beim Erzählen von ihrer Arbeit aufschaute, sah sie mit stillem Gefallen, wie der späte Sonnenstrahl das Gesicht der jungen Frau weich und freundlich erscheinen ließ. Die Priorin hütete sich, etwas von ihren Gedanken erkennen zu lassen. Sie plauderte weiter und erzählte von ihrem Besuch in der nahen Stadt Cochem vor einigen Tagen, wo endlich das Marktschiff aus Koblenz eingetroffen war. Sie sei sehr erfreut gewesen, dass das, was sie in Koblenz bestellt hatte, eingetroffen war, nämlich das allerfeinste weiße Leinen, feiner, als es in Stuben gewebt werden könne, und auch dieses ganz besondere Stickgarn. Und welch ein Gott wohlgefälliges Werk sie beide nun vollbrachten, indem sie diese neuen Altartücher für die Kreuzkapelle stickten, um das Heilige Kreuz zu ehren, das so großen Segen nach Stuben bringe. Sie habe alles bezahlen können mit der großherzigen Gabe der gnädigen Frau von Sohlern, es sei sogar noch etwas übrig geblieben. Hochwürden Hympler glänze durchaus nicht immer durch kluges Handeln. Aber diesmal habe er das Richtige getan, als er das Geldgeschenk, das der Herr von Sohlern ihm anvertraut habe, in ihre Hände gelegt hatte. Schließlich sei vor allem sie es gewesen, die das Wunder an dem Sohlernschen Kind erbetet habe, auf ihren Knien erbetet habe. Wusste man, was der Meisterin wieder eingefallen wäre, wenn sie das Geld in die Finger bekommen hätte?

»Wer weiß, was ihr eingefallen wäre«, stimmte Franziska zu, ohne von ihrer Arbeit aufzuschauen.

Und beide genossen eine Weile schweigend die Behaglichkeit in der kleinen Stube.

Schritte im Flur. Hartes Klopfen an der Tür. Bevor die Frauen darauf antworten konnten, wurde geöffnet. Die Meisterin stand in der Tür. Ihr Blick verhieß nichts Gutes. Die beiden Nonnen ließen erschrocken ihre Stickereien sinken.

Maria Ferdinanda stürmte herein und fuhr auf das Fräulein von Berg los. Sie zerrte an dem Tuch in ihren Händen und riss es an sich.

»Ich weiß es wohl!«, schrie sie. »Es gibt wachsame Augen! Das Marktschiff in Cochem, und das Fräulein von Berg macht ihre Händel! Und mit welchem Geld zahlt sie? Mit ihrem eigenen Spielpfennig etwa? Sie wissen, die Gaben, die nach Stuben gebracht werden, gehören in die Schatulle, die ich verwahre. Und wenn Hochwürden Hympler nicht weiß, was sich gehört, so hätten Sie doch ...«

Fräulein von Berg hatte sich gefasst und fiel ihr ins Wort: »Sie wissen, in wessen Hände unser Herr Abt die Verwaltung des Geldes gelegt haben will. In Ihre jedenfalls nicht.«

Der ruhige Ton schien Maria Ferdinanda noch mehr zu erzürnen. Sie warf das Tuch auf den Boden und stampfte mit dem Fuß auf.

»Und die Stube wärmen noch vor dem Winter! Feuerholz wird hier verschwendet! Haben wir etwa Feuerholz im Überfluss, dass eine kleine Stube mit einer solchen Glut gewärmt werden kann? Wissen die Damen, was es kostet, genügend Feuerholz für den Winter zu beschaffen?«

Franziska hob zaghaft das Tuch vom Boden auf und gab es dem Fräulein von Berg. Mit gesenktem Kopf blieb sie am Fenster stehen. Maria Ferdinanda murmelte Unverständliches und verschwand so schnell, wie sie hereingekommen war. Ihre harten Schritte hallten durch den Flur. Franziska schloss die Tür und setzte sich ans Fenster. Mit zitternden Fingern nahm sie die Arbeit wieder auf und beugte sich schweigend darüber, ihre Augen füllten sich mit Tränen.

»Weinen Sie nicht, Schwester«, sagte Fräulein von Berg. »Die ehrwürdige Mutter kann ihren Zorn nicht beherrschen. Sie wird wohl wissen, dass sie im Unrecht ist. Uns soll das nicht kümmern.«

Die Sonne war untergegangen. Die Glocke zur Vesper ertönte. Dämmerlicht in der Stube. Die beiden Nonnen falteten ihre Arbeiten sorgsam zusammen und legten sie in einen Korb. Nach der Magd wurde geläutet.

Die Priorin befahl ihr: »Zünde sie Kerzen an und lege Holz nach. Und Tee bringt sie uns.«

Kaum hörbar sagte Franziska: »Die Vesper ...«

Die Priorin drückte den Rücken fester an die Ofenkacheln und legte die Hände im Schoß ineinander. »So gehen Sie«, sagte sie gleichgültig. Und als Franziska zögerte, wiederholte sie: »Gehen Sie!«, und zu der Magd, die unschlüssig in der Tür stehen geblieben war: »Den Tee!«

Tee schlürfend genoss das Fräulein von Berg die Dämmerung, bis zum Abendessen gerufen wurde.

Lang zog sich der Winter hin. Der Felsen des Calmont schien noch näher an die Mosel heranzurücken und das Tal zu verengen. Das abgelegene Kloster, so nahe am fließenden Wasser, lag an vielen Tagen fern vom Fluss der Zeit. Die Nonnen von Stuben waren für eine geraume Zeit in ihre kleine Welt eingeschlossen, alleine mit sich und den Menschen, die in ihren Diensten standen. Kaum einmal kam an solchen Tagen ein Pilger, hin und wieder nur klopfte einer an die »rothe

Pforte«, der einen Kummer herbeizutragen oder ein Versprechen einzulösen hatte.

Keine Reisen für die Priorin! Der uralte, mit Steinen befestigte Weg moselabwärts bis nach dem Dorf Senheim war in dieser Jahreszeit oft vom Moselwasser überflutet. Der Weg über den Petersberg war bei Schnee und Eis für das Pferdegespann schwer zu bewältigen. Gefährlich war die Fahrt im Nachen über die Mosel bei starker Flut, bei Nebel, Schneetreiben und stürmischem Wind. Respekt hatten sie vor dem Fluss. »Die Mosel ist groß!« Das hieß: Gebt acht, hütet euch, die Flut ist stärker, als es vom Ufer aus scheint!

Die Besuche bei Freunden in Koblenz und im Thal Ehrenbreitstein musste das Fräulein von Berg auf das Frühjahr verschieben. Nicht einmal Ausflüge nach Cochem waren möglich, das Marktschiff legte bei Hochwasser und Eisgang nicht allwöchentlich an. Wenn sie wenigstens die Verwandten hätte besuchen können! Doch denen war es sowieso angenehmer, das Fräulein hin und wieder im Kloster aufzusuchen und bei ihr Quartier zu nehmen, als sie bei sich zu Hause zu empfangen. Dort war sie, das spürte die Dame, manchmal eher im Weg als willkommen. Während des Winters aber scheuten auch ihre Angehörigen die gefährlichen Straßen.

Anna Maria von Berg wusste, dass nichts zu ändern war. Es war ihre Sache nicht, sich der Trübsal hinzugeben. Dies war ihr Leben. Sie nahm es als unabänderlich hin, und sie hatte sich darin eingerichtet, eingehüllt in das Nonnengewand, umschlossen von der Hülle ihrer Wohnung hinter den Klostermauern. Das Gelübde? Die Ordensregeln? Die legte sie so aus, dass sie darin ihr behagliches Auskommen hatte. So war es, seit sie dem Kloster übergeben worden war, noch ehe der Hauch der Welt sie ernsthaft hatte berühren können. Entfliehen dann und wann! Hinausschauen, teilhaben, aber nicht zu sehr. Zurückkommen und in Sicherheit sein. Von den Annehmlichkeiten eines guten Lebens so viele wie möglich in ihr kleines stilles Dasein mithineinnehmen. Und draußen lassen, was stören konnte.

Ruhe und Frieden hätten sein können in der Stube der Priorin. Nur ungern setzte sie einen Fuß in die Kälte. In die Kirche ging sie nur zur Messe. Der Bequemlichkeit halber nahm sie mit den Nonnen die Mahlzeiten gemeinsam im Refektorium ein. Die Mägde sorgten dafür, dass der Tisch gedeckt und der Raum gewärmt war.

Die Meisterin ließ sich von Elsjen das Essen zubereiten und in ihre Wohnung bringen. Doch zur Tischzeit stürmte Maria Ferdinanda regelmäßig in den Raum, in dem die Schwestern aßen, und hob die Deckel von den Schüsseln. »Fleisch! Schon wieder Fleisch! Wollen Sie alle unsere Vorräte aufessen? Wer kann so viel Fleisch herbeischaffen, wie hier gegessen wird! Und der Ofen, rot vor Glut! Denken die Damen, das Feuerholz kommt auf der Mosel herangeschwommen? Wein am helllichten Tag! Am helllichten Tag! Und unsere Schwester Antoinette kann nicht einmal bei Tisch für Bescheidenheit sorgen, man sehe sich ihren gefüllten Teller an! Kellnerin soll sie in Stuben sein! Man wird nicht glauben, dass ich das zulasse …«, und täglich neue Vorwürfe. Ihr Keifen wurde ihr selten mit Widerspruch geradewegs ins Gesicht hinein beantwortet. Die Nonnen senkten die Köpfe und taten so, als ließen sie sich nicht den Appetit verderben. Schwester Franziska tropften oft Tränen in ihr Essen. Sie war, wenn der junge Herr sie lange nicht besucht hatte, leicht zum Weinen geneigt. Keine der Schwestern versuchte, sie zu trösten.

Im Februar kam über den Petersberg ein Bote. Nach langer Zeit traf wieder Post in Stuben ein.

Hochwürden Hympler hielt einen Brief in Händen und wedelte damit in der Luft, als er zu der Priorin kam. Sie sah die flackernde Röte auf seinem Gesicht. Seine ständige Aufgeregtheit, die ewigen Nörgeleien waren ihr lästig.

»Schwester Anna Maria, wertes Fräulein von Berg, Sie müssen uns helfen«, stieß er hervor.

In ihre Stube wollte sie ihn nicht hereinbitten.

»Im Takenzimmer wird ein Feuer in Gang gehalten«, sagte sie, »wenn Hochwürden dort auf mich warten wollen.«

Was es denn gäbe, das er mit ihr besprechen wolle?

Stockend und in umständlichen Wendungen kam es nach und nach aus ihm heraus: Aus Springiersbach sei Post gekommen. Ob den Anordnungen, die im Sommer auf Grund der misslichen Zustände getroffen worden waren, Folge geleistet sei? Ob die Meisterin für den Fall, der in Kenntnis ihres Charakters zu befürchten sei, nämlich dass sich nichts gebessert habe, von ihrem Amt zurückgetreten sei? Ob sie dem Geistlichen, der er ja selber sei, die Verwaltung des Vermögens zu treuen Händen übergeben und die Verantwortung für die klösterliche Bewirtschaftung einer Kellnerin übertragen habe? Gesetzt den Fall, dass dies alles nicht geschehen sei, und so sei es ja nun einmal, müsse auf allerhöchsten Befehl den Anordnungen unverzüglich stattgegeben werden. Keine weitere Verzögerung. Strengste Bestrafung sei zu erwarten, wenn die Meisterin sich nicht als gehorsam erweisen würde.

Bestrafung! Gehorsam! Die Priorin konnte ein Lachen nicht unterdrücken. Glaubte die Obrigkeit wirklich, bei Maria Ferdinanda mit Drohungen etwas ausrichten zu können? Trier, Koblenz, Springiersbach waren weit weg, und das war gut so, nicht nur für die Meisterin.

»Ich sehe nicht, wie ich helfen könnte«, sagte die Priorin.

»Sie sind als Priorin die Erste nach der Meisterin. Als solche tragen Sie für den gesamten Konvent Verantwortung. Wer, wenn nicht Sie, könnte beim Erzbischof bewirken, dass er härter eingreift? Sie sind des Schreibens kundig ...«

Sie fühlte sich geschmeichelt. Das Schreiben ging ihr wirklich leicht von der Hand, leichter als sonst jemandem im Kloster, sie pflegte eine umfangreiche Korrespondenz zu führen. Nun, da es um den Frieden im Kloster ging, konnte dies von Nutzen sein. Sie war bereit, über Hymplers Vorschlag nachzudenken.

Das Fräulein von Berg ließ sich Zeit. Nach dem Ende des Winters gab es viel Ablenkung in Stuben, Gäste, Pilger, Prozessionen. Den Mägden und Knechten auf die Finger schauen, damit die notwendigen Arbeiten getan wurden.

Als während des Sommers Maria Ferdinanda ihr eine Reise verbieten wollte, stand ihr Entschluss fest. Sie tat endlich, was sie sich vorgenommen hatte, und schrieb im Namen des Konvents an den Erzbischof:

*»Stuben, den x. Juli 1763*
*Hochwürdigster Erzbischof*
*Durchlauchtigster Kurfürst*
*Gnädigster Herr«.*

Sie klagte, dass die Meisterin für die Missstände im Kloster verantwortlich sei, *»und die unter uns Leib* *und Seele durchdringende Missmut vermehrt würde, wodurch … unser Kloster von denen nötigen anzuwerbenden jüngeren Fräulein geschweret«* sei. Die Meisterin intrigiere mit Vorwürfen gegen die von der Obrigkeit zur Kellnerin vorgesehene Schwester Antoinette, *»welches ihr der Eigensinn, Rachsucht und Eifersucht eingeben können.«* Und sie klagte, *»… dass wir zu Tisch nicht anderst als zur Folter gerufen zu werden vermeinet.«*

Zu ihrer großen Enttäuschung kam keine Antwort. Da die Priorin nun einmal damit begonnen hatte, sich gegen die Ausfälle der Meisterin zu wehren, entschied sie sich zu einem weiteren Brief. Wieder keine Antwort.

Und wieder ein Winter, und alles wie immer.

Für sich selbst hatte die Stubener Meisterin eine Veränderung vornehmen lassen. Sie hatte ihre Wohnung noch gemütlicher eingerichtet. Einen Spiegel mit breitem Goldrahmen hatte sie in Fensternähe aufhängen lassen. Den alten Ofen hatte man ins Blaue Zimmer gebracht, in dem Pilger von höherem Rang als Gäste empfangen und bewirtet wurden. Ein neuer Eisenofen, ein hoher schwarzer Turm mit zwei übereinandergesetzten Stockwerken aus viereckigen Eisenplatten, wurde in ihrer Stube aufgestellt. Ohne dass Maria Ferdinanda je daran erinnern musste, war Elsjen darauf bedacht, auf der breiten Ablage zwischen den beiden Stockwerken stets eine Kanne mit starkem schwarzem Kaffee bereitzuhalten. Jetzt lagen oben auf dem Ofen hinter der Abschlusskrone einige Äpfel, sie schmorten vor sich hin. Ihr Duft überdeckte den leichten Tabakgeruch im Raum. Das Feuer erlosch nicht bei Tag und bei Nacht, dafür sorgte Elsjen. Maria

Ferdinanda hatte auch einen weiteren Sessel gekauft, ebenfalls mit rotem Samt bespannt, aber bequemer als der alte Sessel, den sie aus Anna Charlottas Besitz übernommen hatte. Den neuen Sessel hatte sie ans Fenster stellen lassen. Sie liebte es, sich dort ans Licht zu setzen, um zu lesen. Als sie bei Verwandten in Koblenz zu Besuch gewesen war, hatte sie sich Bücher und Zeitungen besorgt. Man hatte ihr auf ihren Wunsch hin weitere Bücher geschickt. Nicht alle waren nach ihrem Geschmack. Nach frommen Traktaten stand ihr der Sinn nicht so sehr. Sollte man im Kloster nichts wissen dürfen davon, wie es draußen in der Welt zuging? Nichts von Abenteuern und dunklen Begebenheiten? Fromm zu sein hatte man hier Gelegenheit vom Morgen bis zum Abend, wenn man wollte. Heute wollte sie nicht.

Sie saß in ihrem Lesesessel und schlug das Buch zu, mit dem sie an diesem Wintertag einige angenehme Stunden verbracht hatte. Für heute hatte sie genug gelesen von all den Händeln und Verwicklungen draußen in der Welt, ermüdet war sie davon. Der Kaffee schmeckte abgestanden, auch als sie ihn mit viel Zucker verrührte. Elsjen musste ihr frischen Kaffee bringen. Als sie ihn heiß getrunken hatte, fühlte sie sich erfrischt. Um es bequemer zu haben, nahm sie den schwarzen Nonnenschleier ab. Wie wohl es tat, mit geschlossenen Augen zu sitzen und nur dem flüsternden Feuer im Ofen zu lauschen. So war es für einige Augenblicke ganz still in ihr.

Nicht lange konnte sie diese Stille aushalten. Sie öffnete die Augen und ließ den Blick im Raum umherwandern. Da! Da lag sie wieder! Die Katze! Sie musste mit Elsjen hereingekommen sein. Der vielen Mäuse wegen duldete man es, dass sie durch die

Wohngebäude streifte. Immer wieder gelang es ihr, in eines der beheizten Zimmer zu schlüpfen und sich am Ofen niederzulassen. Das fehlte noch, ein Tier im Zimmer! Maria Ferdinanda stand auf und scheuchte die Katze hinaus. Dass man niemals seinen Frieden haben konnte! Maria Ferdinanda legte den Schleier wieder an.

Sie erkannte die Schritte im Flur sofort. Und schon klopfte es an ihrer Tür. Hympler! Den würde sie nicht so schnell loswerden wie die Katze. Sie öffnete die Tür einen Spalt. Er deutete eine Verbeugung an. Also wollte er etwas von ihr.

»Ehrwürdige Mutter, ein Anliegen. Ich habe Ihnen ein Anliegen …«

»Im Konventzimmer«, unterbrach sie ihn schroff und schlug die Tür zu. »Nicht hier«, murmelte sie, »hier will ich ihn nicht haben.«

Maria Ferdinanda ließ einige Minuten verstreichen, ehe sie zu ihm ging. Die Tür des Konventzimmers stand offen. Sie blieb in der Tür stehen und sah Hympler zu, der in dem unbeheizten Raum auf und ab ging und sich die Hände rieb, als wolle er sie wärmen. Hympler zuckte zusammen, als sie sich bemerkbar machte.

»Das Anliegen«, sagte sie und trat ins Zimmer.

Er verneigte sich, legte die Hände ineinander, verneigte sich wieder, räusperte sich und fing endlich an: »Der Pfarrherr von Düngenheim. Da Sie, Ehrwürdige Mutter, nicht für ihn zu sprechen waren, hat er sich vertrauensvoll an mich als seinen Konfrater und als den vom Springiersbacher Prälaten bestellten Kellner gewandt. Er klagt …«

»Der Pfarrherr von Düngenheim hat immer etwas zu klagen!«, brauste sie auf.

»Er klagt, das Pfarrhaus sei so baufällig geworden, dass es ihm hereinregnet«, fuhr er unbeirrt fort. »Der viele Schnee hat es an manchen Stellen eingedrückt. Er lässt die Ehrwürdige Mutter in aller Demut daran erinnern, dass Stuben verpflichtet ist ...«

Wieder unterbrach sie ihn: »Verpflichtet ist vor allem das Dorf Düngenheim, dem Kloster den Zehnten zu leisten. Noch ist uns vom vergangenen Jahr nicht alles geleistet worden!«

Sie nahm einen Schlüssel von dem Bund, den sie stets bei sich trug, und schloss den großen Eichenschrank auf, der im Zimmer stand. Ihr Finger fuhr an der Reihe der Akten entlang, schnell hatte sie gefunden, wonach sie suchte: das Weistum der Gemeinde Düngenheim. Sie blätterte die entsprechenden Seiten auf, las die Bestimmungen laut vor und schlug, als wolle sie diese bekräftigen, mit der flachen Hand darauf. Sie wusste, dass dies für Hympler eine Demütigung war. Nach den Anordnungen, die aus Springiersbach gekommen waren, hätte er den Schlüssel zu den Akten verwahren müssen. Das kümmerte sie nicht.

»Da hören Sie, was uns zusteht«, fuhr sie ihn an. »Haben wir etwa alles erhalten? Der Zins, der zum Martinstag fällig war, ist noch nicht nach Stuben geliefert worden!«

»Die Witterung. Der viele Schnee in der Eifel, bedenken Sie doch.« Hympler bemühte sich um beschwichtigenden Ton. »Eier und Butter kamen im Mittsommer. Korn, alle 16 Malter, Grundbirnen, Honig, Flachs, alles hat der Hofmann pünktlich eingezogen und gebracht. Was noch fehlt, wird bei besserem Wetter gewiss geliefert. Die Düngenheimer haben immer alles pflichtgemäß gebracht.«

Sie antwortete mit unverständlichem Gebrummel,

schlug wütend die Akte zu, legte sie in den Schrank zurück, schloss ab, hängte den Schlüssel wieder in den Bund ein und sah Hympler mit triumphierendem Blick an. Er schlug die Augen nieder.

»Warum zeigen Sie mir nicht, wo die Verpflichtungen des Klosters aufgeschrieben sind?«, sagte er leise. Als Maria Ferdinanda schwieg, fuhr er fort: »Unsere verstorbene Meisterin Anna Charlotta, Gott hab sie selig, hat den Pfarrer von Düngenheim damals nach ihren Vorstellungen ausgesucht und präsentiert, das war ihr Recht. Und der Pfarrer hat das Recht, vom Kloster bezahlt und erhalten zu werden, auch ein ordentliches Dach über dem Kopf zu haben. Nun bittet er Sie durch mich, dafür zu sorgen.«

»Jaja, wir werden sehen«, sagte sie unwillig. »Im Frühjahr mag er ein neues Dach bekommen, wenn es denn sein muss.«

»Und der Altar in der Düngenheimer Pfarrkirche, den unsere selige Anna Charlotta dort hat aufstellen lassen, weist einige Schäden auf. Der Pfarrer bittet in aller Bescheidenheit um Abhilfe.«

»Abhilfe, Abhilfe! Wir werden erst dann entscheiden, wenn der restliche Zins entrichtet wird.«

Sie wartete nicht ab, was er sonst noch zu sagen hatte. Ehe er weitere Forderungen stellen konnte, war sie davongeeilt.

## Exerzitien

Die Briefe der Priorin von Kloster Stuben, Anna Maria von Berg, waren nach Trier abgesandt worden. Sie hatten den Kurfürsten Johann Philipp von Walderdorf während des Sommers nicht erreicht. Der residierte in der Philippsburg am Fuße der Feste Ehrenbreitstein. Er konnte sich beruhigt fern der eigentlichen Hauptstadt aufhalten. Auf seinen Statthalter in Trier konnte er sich verlassen. Der Herr von Boos zu Waldeck erfüllte seine Aufgabe sehr gewissenhaft, so wie er es schon zu Zeiten des Kurfürsten Franz Georg von Schönborn getan hatte. Boos zu Waldeck hatte alle Hände voll zu tun, durch strenge Sparsamkeit die Ausgaben der Staatskasse zu begrenzen. Der Stadtmagistrat und vor allem der Kurfürst und Erzbischof gingen allzu leichtfertig mit dem Geld um, ohne auf die Schulden zu achten, die sich anhäuften. Das machte Herrn von Boos zu Waldeck Sorgen genug. Sollte er sich nun auch noch darum kümmern, was eine Nonne aus diesem abgelegenen Kloster zu klagen hatte? Auch hier erfuhr er von Misswirtschaft und Zügellosigkeit! Das machte ihn wütend. Er legte die Briefe der Priorin, kaum dass er sie überflogen hatte, zu den anderen Papieren. Man musste sich mit dieser Sache befassen, sobald Gelegenheit dazu wäre. Sollte Seine Allerhöchste Durchlaucht sich zuerst einmal dazu äußern.

In der kalten Jahreszeit wurde dem Erzbischof die Philippsburg in Koblenz zu unbequem. Wozu hatte er gleich nach seiner Inthronisation den Baumeister Seiz damit beauftragt, an das kurfürstliche Schloss zu Trier einen neuen Südflügel anzubauen? Dieser war seit drei Jahren fertig und komfortabler als die alte Burg am Ehrenbreitstein.

Johann Philipp von Walderdorf schätzte das offene Rheintal sehr, den breiten belebten Strom, das sehr angenehme Koblenz. Während des Winters aber wollte er längere Zeit in Trier bei seinen lieben Trierern wohnen. Walderdorf gönnte sich auch dort ein gutes

Leben. Wie sein eigenes lag ihm das Wohl seiner Landeskinder am Herzen. Er versäumte nicht, alle Briefe zu lesen, die an ihn gerichtet waren.

Waren die Briefe der Stubener Priorin ernst zu nehmen? Weibergeschwätz – oder ernsthafte Sorgen? Er musste der Sache nachgehen. Die Klagen häuften sich. Adlige Familien beschwerten sich, dass es nicht mehr möglich sei, ihre Töchter guten Gewissens dem Kloster anzuvertrauen, um sie im geistlichen Stand versorgt zu wissen.

War es nicht Aufgabe des Abtes von Springiersbach, sich um ordentliche Verhältnisse in diesem Kloster zu kümmern? Einen ungnädigen Brief schickte er auf der Stelle an den Herrn von Holtrop: Ungeachtet der kalten Jahreszeit sei sofort eine erneute Visitation in Stuben durchzuführen!

Holtrop fühlte sich gestört, ja belästigt. Die winterlichen Vergnügungen bei der Jagd waren für die Chorherren zu Springiersbach eine wichtige Angelegenheit. Das sollte der hohe Herr in Trier eigentlich respektieren. Doch Holtrop wollte sich weiter keinen Ärger zuziehen. Nachlässigkeit in dieser Sache könnte eine Visitation im eigenen Haus heraufbeschwören. Die könnte lästig werden, zur Zeit sehr lästig. Die Ausritte nach Kröv, die Besuche bei der Sibylla, die gingen niemanden etwas an. Schnell musste er handeln. Den Herrn von Dunckel schickte er nach Stuben, der war damit am wenigsten aus seinen Gewohnheiten herausgerissen. Außerdem hatte der sowieso einen guten Blick für wirtschaftliche Angelegenheiten. Und ging es nicht vor allem um Misswirtschaft?

Der Herr von Dunckel brauchte nur wenige Tage, um sich ein Bild von den Stubener Zuständen zu machen. Er erzwang Einblick in das gesamte Kloster. Die Meisterin musste ihm nicht nur die Akten vorlegen und das, was sie Haushaltsführung nannte, er verlangte auch Zugang zu allen Räumen. Wie verwirrend war diese Ansammlung einzelner Gebäude! Vereinzelt, teilweise auch ineinandergeschachtelt standen da viele Häuser von unterschiedlicher Größe und Höhe, ganz offensichtlich stammten sie aus verschiedenen Jahrhunderten. Sowohl die Wirtschaftsgebäude als auch die Wohnhäuser stellten kein einheitliches Gebilde dar. Das Ganze erschien ihm wie ein Sinnbild für die Verworrenheit der Zustände. Jedes der Gebäude wollte er in Augenschein nehmen. Schweigend ließ er sich überall hinführen, in die Ställe für die Kühe, Schafe, Hühner und Gänse, den Pferdestall, die Schmiede, die Scheune, die Fassbänderei, den Holzschuppen, die Mehlstube, die Backstube, die Vorratslager für Korn, Rüben, Gemüse und Grundbirnen, das Rauchhaus, das Brauhaus, die Weinkeller, die große Küche. Überall Türen, Eingänge von allen Richtungen. Nirgends eine klare Abtrennung. Ringsherum die Stubener Wiesen und Gärten. Vom Petersberg her der Wald bis tief ins Tal herunter. Die Klostermauer in weitem Abstand zu der Anlage, auch darin Türen und Tore, und nicht alle verschlossen. Nirgends Ordnung, nichts instand gesetzt! Die Kirche, die Kreuzkapelle und den Kreuzgang fand er zum Glück in zufriedenstellendem Zustand. Zum Hafen hinunter an die Mosel ging er und nahm den Nachen und das Fischerboot in Augenschein, auch die Schiffsmühle auf dem Fluss.

Widerwillig gewährte die Meisterin schließlich Einblick in die Wohnräume der Nonnen. Muffige Gemütlichkeit hier. Es roch nach Kaffee, nach Tee, nach Speisen aller Art, nach ungelüfteten Kleidern. Nach

Tabak? Dunckel konnte es kaum glauben, doch es war nicht zu leugnen: eindeutig nach Tabak. Er beobachtete schweigend, wie sich der Tag der Nonnen gestaltete. Ließ sich von Hochwürden Hympler berichten.

Die Nonnen gingen ihm aus dem Weg. Außer der Priorin ließ sich keine dazu bewegen, mit ihm zu sprechen. Gesprächiger zeigten sich die Mägde und Knechte, nur der Fährmann war so wortkarg wie die Klosterfrauen.

Er hatte genug gesehen, genug gehört. Der Bericht nach Trier verschwieg nichts. In Stuben sei *solche Verwirrung und Zerrüttung inzwischen entstanden, die den ganzen Umsturz des Klosters … nach sich ziehen könnte.*

Keinesfalls wollte der Erzbischof Johann Philipp von Walderdorf zulassen, dass ein solch bedeutendes Frauenkloster im Erzbistum zugrunde ging.

Hatte nicht der Abt von Springiersbach, der Karl Kaspar von Holtrop, einen gewichtigen Anteil daran, dass Stuben in diesem Ausmaß auf Abwege geraten war? Der Erzbischof konnte nicht überall sein! Er hatte das große Ganze im Auge zu behalten, die Politik, die Hofhaltung. Noch einmal bedachte Walderdorf, was der Herr von Dunckel nach seiner Visitation berichtet hatte. Missstände über Missstände. Unverzüglich sandte der Erzbischof nun eine Verordnung nach Springiersbach, die in allen Einzelheiten, und es waren viele, in Stuben umzusetzen sei: Die geistlichen Übungen sind gewissenhaft einzuhalten. Keine Schwester darf das Kloster nach Belieben verlassen. Unschickliche Besuche sind keinesfalls zu dulden. Es ist den Klosterfrauen nicht erlaubt, nach der Komplet Besuch gleich welcher Art zu empfangen. Insbesondere die

Meisterin hat sich auf ihre Pflicht, Vorbild zu sein, zu besinnen. Es kann nicht hingenommen werden, dass sie, so wie es geschehen ist, französischen Besuch bis drei Uhr in der Nacht in ihrer Wohnung aufnimmt. Kein Besucher darf über längere Zeit aufgenommen und beköstigt werden. Den Klosterfrauen darf nicht gestattet sein, auf Kosten des Klosters Boten in eigenen Angelegenheiten auszuschicken. Die Kellnerin muss die Schlüssel zu Brot, Milch, Wein und Kaffee verwahren. Kaffee, Milch und Zucker müssen die Konventualinnen von ihrem eigenen Spielpfennig bezahlen, sie dürfen sich nicht aus dem Klostereigentum bedienen, auch muss den Mägden der Zugang dazu verwehrt sein. Die übermäßige Anzahl der Fleischspeisen muss begrenzt werden. Die Meisterin ist dazu angehalten, ihr üppiges Privatleben bescheidener zu gestalten, so dass die Grenzen der Schicklichkeit nicht überschritten werden!

Wahrhaftig eine lange Liste! Der Abt sollte zusehen, dass die Nonnen sich daran hielten. Die Fastenzeit war die richtige Zeit, sie wieder auf den rechten Weg zu führen.

Der Erzbischof traf eine weitere Anordnung. In der Mitte des Monats März, als sich an der Mosel die ersten Anzeichen des Frühjahrs andeuteten, schickte er einen Jesuitenmissionar nach Stuben. Seit nun zwei Jahrhunderten wirkten die Jesuiten mit großem Erfolg im Erzbistum. Sie waren erfahrene Missionare, sie kannten die rechten Wege in die Seelen, die Pfade der Erneuerung. In Stuben sollten unter ihrer Leitung Exerzitien gehalten werden.

Die Priorin, Anna Maria von Berg, hatte schon fast die Hoffnung aufgegeben, dass ihre Beschwerde über die

Meisterin an höchster Stelle Beachtung finden würde. Den Visitator Dunckel hatte sie nicht ernst genommen. Der hatte sich den Nonnen gegenüber kaum geäußert. Mit keinem Wort hatte er ihre Briefe erwähnt. Keinen Tadel hatte er offen ausgesprochen, obwohl ihm seine Unzufriedenheit deutlich anzumerken war. Schweigend hatte er beobachtet, und schweigend war er davongefahren.

Sie war hocherfreut, als eines Tages unangekündigt der Abt von Springiersbach, Karl Kaspar von Holtrop, in Begleitung eines fremden Geistlichen eintraf. Endlich! Endlich würde einer den Mund auftun! Der Abt war keiner von denen, die schweigend über etwas hinweggingen. Der hatte sogar seine besondere Freude daran, wortgewaltig dazwischenzufahren. Sie hatten es in Stuben am eigenen Leib erfahren.

Die Meisterin Maria Ferdinanda schien überrascht zu sein. Mit hochrotem Gesicht kam sie herbeigeeilt. Sie war verlegen, war für Augenblicke sprachlos, und das gefiel der Priorin. Wie würde sie erst verstummen, wenn der Abt sie wegen ihres Fehlverhaltens tadeln würde!

Noch vor der Abendmahlzeit hatten die Nonnen sich auf Anweisung des Abtes im Konventzimmer zu versammeln. Und dem Fräulein von Berg verging schnell ihre fröhliche Zuversicht. Der Abt zog aus seinem Ärmel einen Brief, faltete ihn sehr langsam auseinander und las Punkt für Punkt mit immer lauter werdender Stimme die Verordnungen des Erzbischofs. Verwundert zunächst, ungläubig, dann immer tiefer enttäuscht die Priorin. Die Mahnung der Obrigkeit an die Meisterin, blass und unverbindlich. Kein Wort von ihr, der Klägerin.

Der Abt schien es zu genießen, wie Verwirrung sich

auf den Gesichtern zeigte, dann Ablehnung und Trotz. Ein spöttisches Lächeln, als er den fremden Geistlichen vorstellte: Die tief besorgte Obrigkeit zu Trier habe diesen frommen Jesuitenmissionar ausgewählt und in ihrer Gnade und Güte nach Stuben gesandt, damit er zum Heil ihrer jetzt noch verderbten Seelen Umkehr bewirke während der Zeit zweiwöchiger Exerzitien. Er wünsche nicht nur, sondern als ihr Herr befehle er, dass dem hochwürdigen Herrn Pater mit Demut und Gehorsam, vor allem mit Gehorsam zu begegnen sei.

»Wir speisen zusammen«, sagte Holtrop in die atemlose Stille hinein, drehte sich um und verschwand mit dem Pater.

Den Mägden in der Küche wurde schnell Anweisung erteilt. Heute durften sie keine Fleischspeisen auftragen, auch nicht für die kränklichen Damen, denen vom Kurfürsten erlaubt und sogar schriftlich bestätigt worden war, während der Fastenzeit, mit Ausnahme der Freitage, Fleisch zu sich zu nehmen. Fische waren dieser Tage in großen Mengen aus der Mosel gezogen worden, sie wurden in gedünsteten und gebratenen Speisen zu Tisch gebracht. Es konnte nicht schaden, den Abt damit versöhnlich zu stimmen. Milch- und Eierspeisen waren den Stubener Nonnen schon seit langer Zeit als Fastenspeise erlaubt. Also wollte man heute damit erst recht nicht sparen. Wenn sie nur keinen Wein kredenzen, durchfuhr es die Priorin. Das wäre wohl zu viel des Guten! Zwar stand den Nonnen täglich ein ansehnliches Quantum Wein zu, sie nahmen dieses Recht auch gerne in Anspruch, aber man konnte nicht wissen, wie der Jesuit auf Wein zur Fastenzeit reagieren würde. Sie atmete auf, als Bier gebracht wurde.

Auch die Meisterin war zum gemeinsamen Essen erschienen. Hochwürden Hympler saß neben ihr mit gerötetem Gesicht. Die Nonnen warteten mit niedergeschlagenen Augen. Die Blicke hoben sich, als die Gäste erschienen. Der Abt setzte sich auf den Ehrenplatz und überblickte die Tafel. Was er sah, schien ihm zu gefallen.

Der Jesuit sprach zum ersten Mal ein Wort: »Oremus.«

Eine leise, aber scharfe Stimme. Er blieb stehen und faltete die Hände. Dann sprach er ein langes Tischgebet. Nach dem »Amen« stand er unbeweglich, er schien auf etwas zu warten.

»Die Lesung«, sagte er schließlich, »wer von Ihnen betritt die Kanzel und liest uns während des Mahles aus den Heiligen Schriften?«

Erstauntes Gemurmel, fragende Blicke. Seit vielen Jahren war dieser Brauch nicht mehr geübt worden.

Hochwürden Hympler sprang erregt auf: »Ich bitte die Damen schon seit langer Zeit, wenigstens zur Fastenzeit ...«

»Wir lesen in unseren eigenen Kammern«, unterbrach ihn ärgerlich Maria Ferdinanda.

Der Jesuit schüttelte den Kopf, er betrat die Lesekanzel an der Fensterseite des Raumes.

»Nun, da eine Schrift hier nicht vorhanden zu sein scheint, werde ich damit beginnen, Ihnen darzulegen, auf welche Weise ich Sie in der Zeit, die vor uns liegt, mit geistigen Speisen zu stärken gedenke, während Sie nun den Leib mit irdischer Nahrung versorgen mögen.«

Und er fing an, ihnen zu predigen.

Sie trauten sich erst, mit dem Essen zu beginnen, als sie sahen, dass der Abt ungeniert zugriff. Rascher als sonst beendeten sie ihr Mahl. Maria Ferdinanda schob verärgert ihren Teller von sich. Langsam, unendlich langsam kaute die Priorin an einem Stück Brot, als habe sie vergessen, den Bissen hinunterzuschlucken. Schon seit einer Weile verspürte sie keine Lust mehr zuzuhören, was ihnen gepredigt wurde. Die monotonen Worte gingen über sie hinweg.

Stille plötzlich. Der Jesuit stieg die Stufen hinunter in den Raum und setzte sich an seinen Platz. Er ließ sich einen Becher Wasser reichen und spülte schluckweise ein Stückchen Brot und kleine Brocken eines gedünsteten Fisches hinunter. Er war fertig, als der Abt eben sein Mahl beendete.

Wieder sprach der Jesuit ein langes Gebet, stand auf und sagte im Weggehen: »Wir sehen uns zur Complet.«

»Sie haben es gehört: zur Complet«, sagte Hympler, Triumph in der Stimme, und folgte ihm mit dem Abt.

Die Meisterin äffte ihn nach: »Sie haben es gehört, zur Complet! Und es wird angeraten sein, dass dieser Tage alle ohne Ausnahme zu den Chorgebeten erscheinen. Solange wir … Besuch haben.«

Und alle verstanden.

Tage der Verwirrung. Sie mussten den Jesuiten gewähren lassen, duckten sich, ertrugen wortlos. Die Priorin sah zu ihrer Genugtuung, dass auch die Meisterin sich kleinlaut fügte. Sie schien es für klüger zu halten. Dann Tage der Zerknirschung. Furcht in den Gesichtern. Der Pater bestand drauf, dass die Nonnen zur Beichte gingen.

Ja, beichtete die Priorin, sie hasse bisweilen die Meisterin. Sie neide ihr, dass sie im Rang über ihr stehe, obwohl eigentlich sie … Und die geistlichen

Übungen? Die Versenkung im Gebet? Der Dienst an den Armen und Kranken? Ja, sie gestand es: Sie fürchte sich vor Kälte und ziehe es vor, in der warmen Stube zu bleiben, anstatt … Nein, nein, sie wolle die ewige Seligkeit nicht weiter durch das Laster der Bequemlichkeit aufs Spiel setzen. Wolle die Chorgebete gewissenhaft einhalten und den Mitschwestern, ja, auch der Meisterin, mit christlicher Nächstenliebe begegnen …

Mit jedem Tag wurden die Mahlzeiten spärlicher. Der Jesuit bestand auf Bescheidenheit. Es sei Fastenzeit. Für sie jetzt außerdem eine besondere Zeit der Buße. Die Lust am Essen verging ihnen mehr und mehr. Die alte Bibel, die nicht viele Spuren des Gebrauchs aufwies, lag nun im Refektorium. Hympler übernahm es, während der Mahlzeiten daraus vorzulesen, denn die Nonnen erwiesen sich im lauten Vorlesen als zu ungeübt. Sie verharrten auf ihren Plätzen vor den abgegessenen Tellern.

»Was geht in den Schwestern vor?«, dachte die Priorin. »Lauschen sie mit Andacht? Oder sind sie nur müde, so wie ich? Wir sind es nicht gewöhnt, so früh aufzustehen. Kaum dass es hell wird, müssen wir zum Morgengebet in die kalte Kirche. Können wir den Herrn nicht eine Stunde später loben?«

Einige Tage vor dem Ende der Exerzitien erhielt eines der Fräulein Besuch, verwandtschaftlichen Herrenbesuch, und nahm ihn in ihrer Wohnung auf. Das war für Hympler eine gute Gelegenheit, dem Jesuiten endlich an einem Beispiel zu zeigen, welche Unsitten eingerissen waren. Endlich, endlich einer, der einschreiten würde. Was er erhofft hatte, trat ein.

Der Jesuit verlangte, die Wohnungen der Nonnen und das Dormitorium zu inspizieren. Dormitorium?

Ja, es gibt eines. Vor einem halben Jahrhundert wohl ist es erbaut worden, auf Befehl von oben, aber damit sind schlechte Erfahrungen gemacht worden. Wir brauchen keines. Wir wollen keines.

Sie zuckten zusammen unter seiner Donnerstimme: Es sei mit dem Klosterleben nicht vereinbar, dass jede Nonne für sich wohne! Ein gemeinsames Dormitorium sei zu beziehen, und dort sei zu nächtigen, wie es sich gehöre. Es gebe doch in Stuben eine solche Einrichtung. Er bestehe darauf, dass sie genutzt werde. Keiner fremden Person sei Zutritt zu gestatten, von Mannspersonen schon gar nicht zu reden. Die jetzt noch offenen Zugänge seien zuzumauern, um Unbefugten den Zutritt unmöglich zu machen. Er sehe jetzt klar und deutlich, welches Ausmaß der Verdorbenheit hier herrsche. Buße hatten sie zu tun, die ganze Nacht auf Knien vor der Kreuzreliquie, deren Anwesenheit in Stuben sie sich als nicht würdig erwiesen hatten!

Während der langen Nacht der Buße sah die Priorin die gebeugten Köpfe der Schwestern immer tiefer sinken. Die Meisterin schien alles teilnahmslos hinzunehmen, dabei dachte sie wahrscheinlich an nichts anderes als an die Abreise des Jesuiten. Warum wehrte sie sich nicht? Wollte sie unnötigen Auseinandersetzungen aus dem Weg gehen? Maria Ferdinanda schien es für das Beste zu halten.

Das Fräulein von Berg hatte ebenfalls keine Lust, sich mit dem Jesuiten anzulegen. Doch seine Forderungen widerspruchslos hinnehmen, das wollte sie nicht. Ihre liebe Stube würde sie nicht aufgeben, niemals! Sie fasste den Entschluss, an den hohen Herrn in Trier zu schreiben.

Als der Jesuit endlich abreiste, ließ er nicht viel mehr zurück als eine Mischung aus Trotz, Gleichgültigkeit und mäßiger Zerknirschung. Schwester Franziska weinte tagelang und niemand sah einen Grund dafür. Man verspottete sie für ihre Wehleidigkeit. Sie schloss sich ein und weigerte sich eine Zeit lang, an den Chorgebeten teilzunehmen. Schwester Antoinette ließ sich von ihrer Familie ein Gebetbuch senden, und als es eingetroffen war, beschäftigte sie sich damit stundenlang; bald jedoch ließ ihr Eifer nach.

Das Fräulein von Berg aber griff zur Feder. Im April des Jahres 1764 schrieb sie an Seine Durchlaucht, den Erzbischof und Kurfürsten:
Ein gemeinsames Dormitorium sei den Klosterfrauen zu Stuben nicht zuzumuten. Sie, untertänigste Dienerin, bitte seine Durchlaucht, dem Kloster zu bestätigen, dass die hiesigen Klosterfrauen wie seit ältesten Zeiten ein Recht auf ihre eigenen, ihnen vertrauten Wohnungen hätten und dass ihnen dieses Recht nicht genommen werden solle. Nur in ihren privaten Stuben sei es ihnen möglich, Verwandte und Freunde mit Anstand zu empfangen und zu bewirten, auch mit dem lieben Besuch ungestört vertraulich Aussprache zu halten. Mochte seine Durchlaucht auch bedenken, dass ein erzwungenes Dormitorium beim gemeinen Volk den Verdacht aufkommen lasse, der Konvent von Stuben lebe in schändlichen Lastern.

Der Brief der Priorin erreichte den Kurfürsten nicht mehr. Johann Philipp von Walderdorf war zu Schiff von Trier nach Ehrenbreitstein abgereist. Als das Schiff an Stuben vorbeifuhr, dachte Walderdorf an das, was der Jesuit über das Kloster berichtet hatte. Gewiss hatte der übertrieben. Er ließ den Klosterfrauen über den Fluss hinweg seinen Gruß und Segen und die Ermahnung senden, ihre und des Klosters Ehre hochzuhalten. Er hatte sich um anderes zu kümmern als um zugemauerte oder nicht zugemauerte Dormitorien oder um was immer es da ging.

Das Fräulein von Berg wartete vergeblich auf Antwort.

In Stuben blieb alles, wie es war.

## Karl Kaspar von Holtrop

Die Kavaliere in Springiersbach schmückten inzwischen ihre Wohnungen mit geblümtem Samt auf den Polstern und mit samtenen Vorhängen an den Fenstern.

Ein Jahr war vergangen, seit der Abt von Holtrop den Jesuiten zur Visitation nach Stuben begleitet hatte. Keinen Gedanken verschwendete Holtrop jetzt noch daran, ob die Klosterfrauen durch die Exerzitien auf irgendeine Weise zu beeindrucken gewesen waren.

Er bereitete ein großes Fest vor. Der neue Wein war schon zur Fastnacht trinkbar, gemästete Schweine und große Mengen an Wildbret warteten auf angemessene Würdigung. Schon bevor Karl Kaspar von Holtrop Abt geworden war, hatte er angenehm zu leben gewusst. Doch sein Amt hatte ihm einen noch größeren Spielraum verschafft. Er genoss die Prälatenwürde. Er liebte es, sich darzustellen und Spuren zu hinterlassen. Das kunstvoll gestaltete Siegel des Klosters zeigte sein Wappen, den Adler im zweigeteilten Schild, dazu Helm, Helmzier, Mitra und Abtstab, geschmückt mit vielen verschlungenen Schnörkeln. Er war erfinderisch darin, an allen erdenklichen Stellen der Abtei sein Wappen anbringen zu lassen, als solle damit ein Besitzanspruch deutlich gemacht werden. Sogar die

Weihwasserbecken und die Wetterfahne hoch oben auf dem Dach blieben nicht ausgenommen.

An dem Fest zur Fastnacht gedachte er der Gesellschaft eine neue Errungenschaft zu präsentieren. Er hatte sein Porträt in Öl malen lassen. Das wollte er in der Galerie der Äbte neben dem Bild des Abtes von Wassenberg aufgehängt sehen. Mehr Geduld als er normalerweise aufbringen konnte, hatte er bei den Sitzungen zu dem Gemälde gezeigt. Statt der farbigen Kleidung nach der neuesten Mode, die er zu tragen bevorzugte, hatte Holtrop ausnahmsweise das dunkle Ordensgewand angelegt. Darüber lag, ähnlich einer Schärpe, das goldbestickte Ordensband. Als Zeichen seiner Würde trug er das Abtkreuz. Eine neue Perücke mit sorgfältig gerollten Seitenlocken hatte er sich anfertigen lassen und sie mit Puder eingestäubt.

Er besaß kaum Kunstverstand, aber er sah, dass das Porträt des Herrn von Wassenberg mit mehr Geschmack und Kunstfertigkeit gemalt worden war, mit mehr Glanz und farbigem Schimmer. Das kümmerte ihn wenig, denn worauf kam es ihm an? Dass er als Kavalier zu erkennen war! Und was er sah, gefiel ihm: die hohe Stirn, die Augen, die mit Stolz auf den Betrachter herabschauten, die klaren Linien von Nase, Mund und starkem Kinn. Ein Herr, auch vor dem kunstlosen Hintergrund. Das schön gemalte Weichgesicht des Herrn von Wassenberg verblasste dagegen.

Geld genug kostete das Bild! Herr von Dunckel würde wieder zu nörgeln haben. Das fehlte noch, dass er, Holtrop, sich in Geldangelegenheiten Vorschriften machen ließ! Wenn der Herr von Dunckel auch noch so sehr darauf pochte, der ordinierte Kellner von Springiersbach zu sein! Sollte er, als der Abt, etwa darauf verzichten, bei dem Händler Böcking in Trarbach Gewürze, Zucker, Kaffee und Wein zu bestellen? Den feinen süßen Wein aus südlichen Ländern? Die Kleine, die Sibylla aus Kröv, liebte nicht die herberen Weine von der Mosel. Sollte er dem süßen Kind den süßen Wein vorenthalten? Es war ja durchaus nicht so, dass er allein von seinem großzügigen Umgang mit dem Geld der Abtei profitieren wollte! Sämtliche Chorherren schätzten die Annehmlichkeiten, die er ihnen ebenso wie sich selbst gönnte. Das Bild jedenfalls war fertig, schon gerahmt in breitem braunem Holz mit vergoldeten Leisten. Es musste Eindruck machen.

Das Glanzstück, das er der Gesellschaft vorzustellen gedachte, war jedoch von ganz anderer Art. Er hatte es bisher zwar nicht geheim gehalten. Doch er hatte sich bis zu diesem Tag eher im Verborgenen daran erfreut. War hinunter an die Mosel geritten. Hatte sie im Haus des Stiefvaters besucht, wo man den feinen Herrn großzügig gewähren ließ. Hatte sie in der geschlossenen Kutsche spazieren gefahren.

Zu diesem glanzvollen Fest im Februar ließ er sie mit der Kutsche in Kröv abholen und von der Mosel herauf nach Springiersbach bringen. Da saß sie neben ihm an der Tafel, fast zwei Dutzend Augenpaare begafften sie: die Sibylla in blutrotem Seidenkleid. Das offene schwarze Haar in Locken bis über die Schultern, mit rot glühenden Wangen und scheu blickenden dunkelbraunen Augen, ein verlegenes Lächeln auf den Lippen, die rundlichen Händchen vor sich auf dem Tischtuch übereinandergelegt.

»Chevaliers!«, rief Holtrop in die Runde, »Messieurs, Mesdames! Trinken wir auf dieses schöne Kind an meiner Seite! Sibylla, wir trinken auf dein Wohl!«

Sibylla unterdrückte ein Kichern und schlug die Augen nieder.

Holtrop hob sein Glas zu ihr hin und lachte: »Dein Glas musst du nehmen, Kindchen, und erwidern!«

Sie verstand endlich. »Ja Herr«, kicherte sie und tat es den anderen nach.

Nur ein wenig nippte sie und schaute über den Rand des Glases nach Holtrop. Da er sein Glas in einem Zuge leerte, trank auch sie nun ohne abzusetzen ihr Glas leer. Lautes Gejohle folgte, und sie blickte stolz zu ihm auf.

»Braves Mädchen!«, rief man dem Abt zu.

»Wo findet man solch schwarzhaarige Fee?«

»Haben der Herr sie aus der Mosel gefischt? Ist sie eine Nixe?«

»Eine Waldhexe?«

»Eine Zauberin?«

Herr von Holtrop lachte: »Eine Göttin ist sie, über der Mosel für mich aus den Wolken herabgestiegen! Und zum Beweis dies!«, und er löste das weiße Spitzenhalstuch, das sie im Ausschnitt ihres Kleides trug, nahm es ab und schwenkte es wie eine Trophäe.

Er ließ seine Finger über ihren Hals und den entblößten Ausschnitt wandern, dann griff er in seine Tasche und zog ein Perlenhalsband hervor.

»Für die göttliche Sibylla!«, rief er und legte ihr das Halsband an. Lautes Lachen und Beifallklatschen. Und Sibylla lachte und trank, so oft ihr Glas gefüllt wurde.

Späte Nacht, ein abgelebtes Fest, mehr als genug von allem, abgestandene Reste. Der Gastgeber hob die Tafel auf.

»Sibylla, hierher zu mir, an meine linke Seite. Steht einem Kavalier nicht zu, angenehme Begleitung zu haben? Chevaliers Messieurs Mesdames, steht mir dies nicht zu?«, rief er, und unter dem Beifall der Gesellschaft führte er Sibylla in seine Wohnung.

Er behielt sie zehn Tage bei sich. Dann schickte er sie nach Hause.

Nicht lange konnte er sie entbehren. So oft es möglich war, ließ er die Kutsche nach Kröv fahren, um Sibylla nach Springiersbach zu holen.

Im Laufe des Sommers schien sie sich auf seltsame Weise zu verändern. Was war mit ihr? Ihre Gesichtszüge wurden weicher, doch gleichzeitig verlor sie ihre kindliche Anmut, die sie ihm so anziehend gemacht hatte. Auf den Wangen zeigte sich manchmal Blässe, dann wieder fleckige Röte. Die Hände, die Füße schwollen an, das Niedliche daran verschwand, sie sahen fast ein wenig plump aus. Der Leib nahm an Fülle zu. Das Rundliche gefiel ihm, dennoch befremdete ihn ihre Gestalt. War sie krank, da sie immer schweigsamer wurde und ihre natürliche Fröhlichkeit zu verlieren schien?

Wie in jedem Jahr wollte er zu seiner Erbauung nach Bertrich ins Kurbad fahren. Wäre es für ihn selbst und für Sibylla nicht angenehm, wenn er sie mitnähme? Vor den Konventualen rechtfertigte er seinen Entschluss damit, dass seine Freundin an Wassersucht erkrankt sei. Er nahm sie mit zur Kur. Während zweier Wochen blieb sie bei ihm in Bertrich.

Noch vor dem Herbst verstand er, dass Sibyllas Veränderung nichts mit Wassersucht zu tun hatte. Er ließ sie spüren, dass er ihr wegen ihres Zustands nicht böse war, sondern sein Vergnügen daran hatte. Da gewann sie ihre Fröhlichkeit zurück. Sie erschien ihm noch begehrenswerter als in der Zeit ihrer unschuldigen Jugend.

Es fiel ihm nicht ein, Sibylla zu verbergen. Sollte man wissen, wozu der Prälat imstande war! Die Kutsche war oft unterwegs von Kröv nach Springiersbach. Es kam ihm zu Ohren, dass man sich in Kröv über den *Hurenkasten* entrüstete. Darüber lachte er. Sollten sie reden! Was kümmerte es ihn. Der Pöbel hatte andere Maßstäbe als die Herren von Stand.

Anfang November, mitten in der Jagdsaison, rüstete er wieder zu einer großen Festlichkeit. Natürlich war Sibylla an seiner Seite.

»Messieurs, Mesdames!«, rief er, ein gefülltes Glas in der linken Hand und mit der rechten die starke Wölbung ihres Bauches liebkosend. »Wie wir sehen, ist unsere Schöne dabei, uns in absehbarer Zeit eine Überraschung zu bescheren. Sie werden mir zustimmen, ein gelungenes Unterfangen. Gratulieren wir ihr und dem Verursacher dieser Überraschung«, und die Runde trank ihm zu.

Herr von Dunckel hatte Sibyllas Zustand mit Empörung, mehr noch mit Scham betrachtet. Waren er und sein jüngerer Bruder die einzigen Chorherren in Springiersbach, die sich bemühten, nach den Ordensregeln zu leben? Der Abt wies seine Vorhaltungen mit Spott zurück.

Nach dem letzten Fest war das Mädchen in der Abtei nicht mehr aufgetaucht. Getuschel, Gerüchte, von Kröv herauf bis ins Alftal: Die Sibylla Schuph, die Stieftochter des markgräflich-badischen Beamten zu Kröv, hat ein Kind in die Welt gesetzt! Jeder weiß es, sie ist die Hure des Springiersbacher Prälaten, und der ist der Vater des Bankerts!

Herr von Dunckel ruhte nicht, bis der Pfarrherr von Kröv ihn ins Taufregister schauen ließ. Da stand es: Am 23. November des Jahres 1765 war Anna Maria, nicht eheliche Tochter der Sibylla Schuph, in Kröv getauft worden.

Wer der Vater sei, wollte Dunckel wissen. Was die Sibylla über Umstände der Geburt habe verlauten lassen? Wo das Kind sei und wer für es sorge?

Der Pfarrherr von Kröv rückte nach und nach damit heraus, was er wusste. Das Kind sei nicht mehr in Kröv. Die Mutter wolle es zwar verheimlichen, aber die Nachbarn wüssten genau, wo es sei. Für einen Kronentaler wöchentlich werde es von einer Frau in dem Moseldorf Briedel versorgt.

Ob der Prälat von Springiersbach, der Holtrop, dahinterstecke und die Kosten trage?

Der Pfarrer wollte es sich nicht mit den Springiersbacher Herren verderben. Er versicherte, *dass die hochadlige Abtei sich nicht zu fürchten habe, weil alle in casu Sibylla unschuldig wären.*

Der Herr von Dunckel wusste es besser. Natürlich war es der Abt seiner Abtei, der für das Hurenkind und seine Mutter sorgte. Es war nicht das erste und einzige. In der Stadt Metz lebte ebenfalls ein Fräulein auf Kosten der Abtei. Nun die neue Schande!

Er konnte dem schamlosen Treiben des Abtes nicht weiter tatenlos zusehen. Noch im Laufe des Monats Dezember schrieb Dunckel an den Erzbischof:
*»Ein abscheulicher Ruf breitet sich aus in hiesiger Gegend …«*, und endlich sollte die Obrigkeit in Trier rückhaltlos alles erfahren, was es über den Abt von Holtrop zu klagen gab.

Gleich zu Beginn des neuen Jahres schickte der Erzbischof einen Visitator nach Springiersbach, den bürgerlichen Abt einer anderen Abtei. Kein Adliger durfte es sein! Ein Bürgerlicher würde dem Herrn, der sich aufgrund seines gehobenen Standes so viel herausnahm, ohne Nachsicht auf die Finger schauen.

Holtrop war nicht im mindesten beunruhigt, als der Visitator zusammen mit einem Schreiber in Springiersbach erschien. Kein großes Licht, dachte er gleich, als er ihn empfing. Kein Schimmer von vornehmer Haltung, von Lebensart. Leicht zu beeindrucken, leicht in eine gewünschte Richtung zu lenken, wenn man ihm nur mit der richtigen Mischung von Überlegenheit und Entgegenkommen begegnete.

Zunächst war von der delikaten Angelegenheit, deretwegen er gekommen war, keine Rede. Punkt für Punkt ging der Visitator nach den alten Statuten vor. Holtrop zeigte sich zugänglich, und der Schreiber konnte notieren: Der Abt sei den Konventualen ein liebevoller Vater. Er ermahne lieber als dass er strafe. Er sorge für gutes Essen. Die Kranken lasse er ordnungsgemäß betreuen. Die Konventualen begegneten ihm mit Respekt. Es gab auch zu tadeln: Wie stand es mit den geistlichen Lesungen? Dem wöchentlichen Schuldkapitel? Dem Chordienst?

Abt Holtrop entschuldigte sich. Er kenne die Statuten leider nicht. Da sei der Herr von Horrich schuld, der habe die Aufzeichnungen damals mitgenommen. Die Wirtschaftsführung? Der Herr von Dunckel habe darüber geklagt, an der Ausübung seines Amtes als Kellner gehindert zu werden. Holtrop ließ sich darauf nicht ein. Jede Überprüfung lehnte er strikt ab.

»Die Einkünfte gehen selbstverständlich durch meine Hände. Und ich habe nicht die Absicht, irgend jemandem darüber Rechenschaft abzulegen!«

Der Visitator sah es ein. Er befürwortete lediglich, dass der persönliche Sekretär des Abtes einen jährlichen Rechenschaftsbericht vorlegen sollte.

Die Frauenzimmer schließlich. Man war mit dieser Frage, die der ursprüngliche Anlass der Beschwerde gewesen war, bei Punkt 25 angelangt. Holtrop zeigte keinerlei Schuldbewusstsein.

»Was heißt schon Gelübde? Hat nicht Eva im Paradies dem Adam die köstliche Frucht gereicht, und er nahm sie und aß?«

»Da wäre ein Kind zur Welt gekommen, das nicht hätte kommen dürfen. Man sagt, der Herr Prälat ...«

»Ein Kind? Sehen Sie hier irgendwo ein Kind?«

»Man sagt, der Herr Prälat sei der Vater eines Kindes. In der ganzen Gegend ist dieses Gerücht verbreitet. Ist es so, wie die Leute reden? Sagen Sie es ohne Umschweife: Sind Sie der Vater besagten Kindes?«

»Wer wird auf das Gerede des Pöbels hören!«

Der bürgerliche Visitator mochte sich denken, was er wollte. Und der machte keinerlei Anstalten, sich mit dem Herrn von Holtrop anzulegen. In seinem Bericht an den Erzbischof tadelte er zwar die Ausuferungen in höfischer Lebensweise und die Verstöße gegen die Ordensregeln. Doch er plädierte für milden Umgang mit den Kavalieren der Abtei, denn er habe *befunden, dass der Prälat in Direktion seiner Geistlichkeit ganz vernünftig und bescheidentlich verfahre und nicht weniger die Wirtschaft zum Besten der geistlichen Gemeinde unermüdlich versorge, die untergebenen geistlichen Capitulares aber ihres Orts dem Gottesdienst und geistlichen functionibus erbaulich obliegen und unter sich sowohl als mit ihrem vorgesetzten Haupt beständig gute Harmonie unterhalten.*

Eine Antwort auf jene peinliche Frage nach dem *lapsu carnali* wurde in der Schwebe gehalten, man durfte den Abt von Holtrop nicht diskriminieren. Was man vom Hörensagen erfahren hatte, musste genügen. Mit der eigenen Meinung hielt sich der Visitator zurück. Mochte die Obrigkeit in Trier ihre eigenen Schlüsse ziehen, das bekümmerte ihn nicht. Also: Man hatte gehört, *dass Herr Prälat nach der gemeinen Aussage für den Vater des unehelichen Kindes gehalten werde, und Herr Prälat machte sich verdächtig, da er die Person durch den Hurenwagen ließ abnehmen.*

Der Visitator fühlte sich überfordert, ja gequält. Für ihn stand die Erkenntnis dessen, was recht war, außer Zweifel. Doch hatte ein Bürgerlicher überhaupt das Recht, die Sitten der höheren Stände zu begutachten, gar zu tadeln? Die da oben würden sich immer damit herausreden, *dass sie Freiherren sich größere Freiheiten anmaßten*, denn in den Kreisen von *Cavaliers* und *Dames* war solches Verhalten üblich und geduldet.

Kam eine Antwort aus Trier? Änderten sich die Zustände in Springiersbach? Von besonderen Auffälligkeiten wurde nichts mehr berichtet.

Sibylla? Hat sie jemals erfahren, dass die Perlen, ihr im Übermut um den Hals gelegt, nicht echt waren? Was wurde aus ihr und ihrem Kind?

Wie die Spuren der Schiffe auf der Mosel sind ihre Spuren verschwunden im Strom der Zeit.

# Lorch

Im Sohlernschen Haus zu Lorch wurde das Weihnachtsfest gefeiert. Schon seit Tagen blies eisiger Wind stromaufwärts durch das Rheintal. Dunkle Wolken trieb er vor sich her. Die vielen Scheiben in den hohen Fenstern zur Rheinseite konnten ihm nicht alle standhalten. Tag und Nacht wurden sämtliche Öfen in Gang gehalten. Große Mengen an Holz mussten in dem weitläufigen Haus verfeuert werden. Trotzdem blieb es kühl in den meisten Räumen. Maria Theresia fror lieber ein wenig in ihrem dünnen Kleid, als ein wärmendes Tuch umzulegen. In diesem Kleid sah sie fast wie eine Erwachsene aus. Das war ihr wichtig. Gäste waren gekommen, Verwandte aus der Stadt Mainz. Neben dem Vetter, dem jungen Herrn von Belmont, der wenige Jahre älter war als sie, wollte sie keineswegs mehr wie ein Kind aussehen. Tante Therese hatte ihr das Kleid zu ihrem zwölften Geburtstag geschenkt. Es war aus grüner Seide und mit gelben Schleifen geschmückt. Genau ein solches Kleid hatte sie vor einiger Zeit an einem der adligen Fräulein im Städtchen gesehen. Sie hatte es nicht gewagt, den Wunsch nach einem Kleid wie diesem auszusprechen. Man war bescheiden, man nahm sich zurück, so hatte sie es gelernt. Es war gut, anzunehmen was man lernte. War man ein braves Mädchen, dann wurde man geliebt und belohnt. Tante Therese liebte sie, das war gewiss, und hatte wie so oft ihren heimlichen Wunsch erraten und ihn erfüllt, ohne dass sie ihn ausgesprochen hatte. Dieses grüne Seidenkleid war das schönste Geschenk, das sie je erhalten hatte. Sie trug es nun zum ersten Mal. Wie schön wäre es gewesen, wenn sie dieses Kleid im vergangenen Herbst schon gehabt hätte.

Ihre Familie wohnte damals seit geraumer Zeit in Trier. Von dort war die Mama mit den kleinen Schwestern angereist. Zur Zeit der Weinlese waren sie nach Lorch gekommen. Hätte sie das Kleid schon bei jenem Besuch besessen, hätte sie sich ihnen darin gezeigt: Schaut her, ich bin ein junges Fräulein, das grüne Seide tragen darf, ich weiß, wie man damit umgeht. Und Tante Therese erlaubt mir sogar, die Katze auf den Schoß zu nehmen, wenn ich es trage, und scheucht sie nicht hinaus. Antoinettchen und Amalie hätten sie bewundert, sie hätte ihnen sogar erlaubt, die Seide anzufassen und daran zu horchen, wie wunderbar sie raschelte. Mit kleinen Schritten wäre sie vor ihnen auf und ab gegangen wie eine Dame. Sie hätte die Schwestern freundlich angeschaut, und sie hätten ihr bewundernd zugelächelt.

Die Mama hatte bei ihrer Ankunft die Tochter genau betrachtet. Maria Theresia hatte den Blick nicht vergessen. Vom Kopf bis zu den Füßen war sie wortlos angeschaut worden. Ihr war unbehaglich zumute gewesen, sie konnte den Blick nicht deuten. Was dachte die Mama? Gefiel ihr nicht, was sie sah? Sie hatte nicht gelächelt. In dem neuen Seidenkleid hätte sie die Tochter bestimmt schön gefunden, hätte sie vielleicht in den Arm genommen und gefragt: »Willst du mit nach Hause kommen?«, und dann hätte Maria Theresia gesagt: »Ich bleibe lieber hier bei Tante Therese.«

Doch die Mama hatte es nicht getan. Sie hatte ihre Tochter nicht in den Arm genommen, und sie hatte nicht gefragt, ob sie mit nach Trier kommen wolle. Außer einem Händedruck bei der Ankunft und beim Abschied hatte sie keine Berührung mit ihr.

Sie hatte gefragt: »Gehorchst du der Tante Therese? Bist du ein frommes Mädchen? Ich will es hoffen.«

Maria Theresia hatte schweigend den Blick der Tante gesucht, sie hatte gesehen, wie sie lächelnd nickte.

»Was kann meine Tochter?«, wollte die Mama wissen. »Wie steht es mit dem Lesen und Schreiben? Weiß sie, wie eine Konversation zu führen ist? Französisch? Hat sie gelernt, sich im Französischen auszudrücken?«

Tante Therese hatte an Maria Theresias Stelle geantwortet: »Sie schreibt recht hübsch. Und sehen Sie hier, wie sie sich im Sticken übt.«

»Hat sie Umgang mit jungen Leuten unseres Standes? Ist sie freundlich? Interessiert man sich für sie? Weiß sie, wie man sich benimmt?«

»Sie wird alles lernen ... und sie wird alles haben, was sie braucht.«

Sie hatte auch jetzt alles, was sie brauchte. Tante Therese ließ sie fühlen, dass sie, Maria Theresia, ihr wie ein eigenes Kind war. »Du bist meine Tochter«, sagte sie, »es wird für dich gesorgt sein. Ich habe alles geregelt. Du weißt, was ich meine?«

Maria Theresia wusste es. Soviel hatte sie von der Welt der Erwachsenen verstanden, sie war ja selbst fast schon erwachsen. Bei den Besuchen der Eltern spielten die Erträge aus den Weinbergen immer eine große Rolle. Besitz war wichtig, lebenswichtig. Es war gut, zu wissen, dass man versorgt sein würde. Es war gut zu wissen, wo man hingehörte.

Jetzt freute sie sich, dass Besuch im Haus zu Lorch angekommen war. Sie durfte den Stickrahmen beiseite legen und an den Kartenspielen am runden Tisch teilnehmen. Schön war es, Gesellschaft zu haben.

Die Tage und besonders die Abende allein mit der Tante wurden ihr manchmal lang. Nicht dass sie sich beklagt hätte, das nicht. Es fehlte ihr an nichts. Fast nichts. In Lorch gab es viele vornehme Familien, Leute von Stand. Man besuchte sich hin und wieder. Wenn doch die Tante öfter erlaubt hätte, dass sie zu Kindergesellschaften ging! Und andere junge Fräulein, die auch gerade zwölf Jahre alt waren, lernten schon das Tanzen. Die Tante vertröstete sie auf später. Über den Spielkarten in ihrer Hand träumte Maria Theresia davon, wie sie in dem grünen Seidenkleid tanzen würde …

»C'est votre jeu, ma chère cousine!« rief der Vetter.

Sie erschrak, sie schämte sich, dass sie nicht aufgepasst hatte. Was wollte er von ihr? Sie verstand die fremde Sprache nicht. Der Vetter konnte sich im Französischen so gut ausdrücken wie im Deutschen. Er wechselte nach Belieben die Sprachen, manchmal mitten in einem Satz. Das verunsicherte sie. Nächstes Jahr, vielleicht auch erst im Jahr darauf, sollte sie wie die meisten Fräulein aus gutem Hause in einer Klosterschule alles lernen, was nötig war, auch die französische Sprache. Tante Therese hatte es angekündigt, als die Mama zu Besuch gewesen war. Eigentlich sollte sie sich darüber freuen, doch sie fürchtete sich davor. Nie, nie wollte sie hier wieder weg! Es sollte bleiben, wie es war. So wie jetzt in der Geborgenheit dieser Stunde.

Maria Theresia lachte, als der Vetter sie am Ohr zupfte, und sie versprach, nun beim Kartenspiel besser aufzupassen.

Am nächsten Morgen war der Wind ein wenig schwächer geworden. Die weiße Wintersonne schien vom hauchdünn verschleierten Himmel. Silbern glänzte der Strom, er schien an manchen Stellen wie erstarrt und im Fließen innezuhalten. Der Vetter erbettelte bei der Tante die Erlaubnis, mit der Cousine die Stadt ansehen und ans Rheinufer gehen zu dürfen, um herauszufinden, ob sich auf dem Fluss schon eine Eisschicht gebildet hatte.

Selten war es bisher vorgekommen, dass Maria Theresia ohne die Begleitung ihrer Tante das Haus verlassen hatte. Stolz ging sie nun mit gemessenen kleinen Schritten neben dem Vetter.

Er lachte: »Sie gehen wie eine alte Dame, ma chère, so kommen wir nicht weit! Allons! Geht es nicht ein wenig schneller?«

»Ich kann es wohl. Schauen Sie, wie ich laufen kann!«, und sie lief ein Stück voraus.

Rasch hatte er sie eingeholt. Sie nahm die Hände aus dem wärmenden Muff und raffte vorsichtig ein wenig den Rock, der beim Gehen hinderlich war. Es gefiel ihr, ihren Gang seinen weit ausholenden Schritten anzugleichen.

Sie lief mit ihm durch die Gassen, vorbei an den alten Mauern und Türmen des Städtchens, dann hinunter zum Rhein. Auf dem Strom trieben Eisschollen. Der Vetter zeigte ihr, wie man sie mit Steinwürfen treffen konnte. Sie war erstaunt, wie gut es ihr gelang. Bald versuchte sie, mit ihm um die Wette zu werfen. Sie bemerkte, dass er sie manchmal absichtlich gewinnen ließ. Da strengte sie sich um so mehr an, weit hinauszuwerfen. Manche Steine versanken in der Flut, einige trieben mit den Eisschollen davon. Sie spürte vor Eifer kaum den kalten Wind.

Die kurze Zeit voller Fröhlichkeit ging viel zu schnell vorbei. Gleich nach den Feiertagen reiste der Besuch ab.

Tante Therese schien erschöpft zu sein. Sie sah müde aus. In warme Kleidung gepackt fror sie, sie hustete Tag und Nacht. Immer mehr zog sich die Tante zurück. Bald konnte sie morgens nicht mehr aufstehen.

Maria Theresia war sich selbst überlassen. Sie stand in der Erkernische des Saales an einem der hohen Fenster und hauchte in die Eisblumen an den Scheiben eine freie Stelle, durch die sie hinaussehen konnte. Anders als im vorangegangenen Winter war der Rhein in diesem Jahr nicht zugefroren. Damals hatte sie von diesem Fensterplatz aus oft den Schlittschuhläufern zugeschaut. Zusammen mit der Tante war sie in einem Schlitten auf dem Eis gefahren, der von einem Pferd gezogen dahinglitt. Doch nun war Stille da draußen und dort unten am Fluss, nichts rührte sich, auch im Haus herrschte beklommene Stille. Seit Tagen leises Kommen und Gehen, flüsternde Geschäftigkeit. Niemand kümmerte sich um Maria Theresia. Niemand versorgte sie, nicht einmal die alte Gretel hatte Zeit. Tante Therese war krank. Seit Tagen schon lag sie schwer krank darnieder. Und man ließ Maria Theresia nicht zu ihr.

Jetzt trat jemand zu ihr ans Fenster und nahm sie an der Hand. Für kurze Augenblicke führte man sie ans Krankenbett. Erschrocken sah Maria Theresia das fremd gewordene Gesicht auf dem Kissen, die glühenden Wangen, die geschlossenen Augen. Sie schwieg lange, ehe sie sich zu sprechen traute.

»Tante Therese, wenn du nur bald gesund bist. Bist du bald wieder gesund?«

»Eis. Eis auf die Stirn.« Kaum war es zu hören.

»Ich habe Angst. Wenn du nur bald gesund bist.«

Ein matter Blick. »Sei ein braves Mädchen.«

»Ich bin doch brav«, und Maria Theresia fing an zu weinen. Man führte sie hinaus.

»Minou! Minou!« Sie suchte die Katze im Haus, fand sie endlich, nahm sie auf den Arm und drückte sie fest an sich.

»Nein, nein, Minou, ich habe keine Angst. Ich habe keine Angst.«

Maria Theresia lief zurück zum Krankenzimmer und bettelte: Man könne sie doch bei der Tante am Bett sitzen lassen. Und Eis könne sie von draußen hereinholen und helfen, der Tante die kalten Umschläge auf die Stirn zu legen, und ... Nein, das sei keine Sache für Kinderhände. Ein braves Mädchen könne auf andere Weise helfen. Sie solle hinauf zur Kirche laufen und Kerzen anzünden, und beten solle sie bei der lieben Muttergottes.

Man ließ sie alleine aus dem Haus gehen. Sie tat es, obwohl sie sich fürchtete. Wenn nur bald alles wieder wäre, wie es gewesen war!

Das verängstigte Kind verstand lange nicht, was vor sich ging. Bei der Tante war es in Sicherheit gewesen. Vor wenigen Tagen noch war alles gut gewesen. Wie konnte es möglich sein, dass plötzlich alles anders war?

Verwirrt stand das Kind am Sterbebett der Tante. Fürchtete sich bei dem matten, kaum fühlbaren Händedruck, mehr noch vor der erkalteten Hand, weinte, weil alle im Haus weinten, betete, wie man es zu beten hieß. Ahnte kaum, was es verloren hatte, als der Sarg in die Erde gesenkt wurde.

Die Gretel kümmerte sich um Maria Theresia. Man musste sie versorgen, bis der Herr Vater kam, um seine Tochter nach Hause zu holen. Hier in Lorch konnte sie nun nicht mehr bleiben.

Oberst von Sohlern war es nicht möglich, nach Lorch

zu reisen, um die Angelegenheiten der verstorbenen Schwester zu regeln. Es gab eine Reihe von schwerwiegenden dienstlichen Aufgaben zu erfüllen.

Zunächst hatte der Oberst einem anderen Toten den letzten Dienst zu erweisen. Wie zwölf Jahre zuvor den Franz Georg von Schönborn, so geleitete er nun den verstorbenen Kurfürsten und Erzbischof Johann Philipp von Walderdorf auf der Mosel nach Trier. Als seinen obersten Dienstherrn hatte er ihn pflichtgemäß respektiert, doch es blieb ihm unverständlich, dass um ihn nun so viele Tränen flossen. Dem Franz Georg hatte er trotz oder gerade wegen seiner Strenge mit größerer Hochachtung gedient. Es stand ihm jedoch nicht zu, zu urteilen. Dass Johann Philipp bei seinem Tod hohe Schulden hinterließ, ging ihn nichts an. Das war eine Sache, die nicht seine Sorge zu sein brauchte.

Im Februar wurde der neugewählte Kurfürst Clemens Wenzeslaus von Sachsen feierlich in sein Amt eingeführt. Der Oberst erschrak zunächst, als er den neuen Herrn sah, einen jungen Mann von noch nicht dreißig Jahren. Doch schon seine ersten Befehle gefielen ihm. Clemens Wenzeslaus verbot ausdrücklich jeden kostspieligen und unnötigen Aufwand zu seinem Empfang in Trier und in Koblenz.

Anfang März endlich kam der Oberst dazu, in Lorch nach dem Rechten zu sehen.

Seine Schwester hatte einen ansehnlichen Besitz, hauptsächlich aus den Erträgen der Weinberge, hinterlassen. Therese von Sohlern hatte in dem stattlichsten Haus in ganz Lorch gewohnt, das bereits der Vater, Karl Heinrich von Sohlern, in den zwanziger Jahren erworben hatte: In dem Haus mit dem hoch aufragenden Staffelgiebel zur Rheinseite hin und dem prächtigen zweigeschossigen Erker, der auf den beiden dicken Säulen ruhte. Einen veritablen Rittersaal und eine Hauskapelle gab es in dem alten Rittersitz der erloschenen Grafenfamilie, welcher das Haus ursprünglich gehört hatte. Von deren berühmtestem Spross, dem kaiserlichen Feldmarschall Hans Hilchen, befand sich in der Lorcher Pfarrkirche das Grabmal. Ein Ritter in voller Rüstung – das imponierte dem Oberst. Er war stolz, im Haus eines Ritters aufgewachsen zu sein.

August von Sohlern war seiner Schwester nach deren Tod noch immer dankbar, dass sie ihm und seiner Frau die Sorge für die ältere Tochter Maria Theresia abgenommen hatte. Dieses Kind war ihm völlig fremd geworden. Fast hätte er Maria Theresia bei seiner Ankunft nicht wiedererkannt. »Ja, Papa. Nein, Papa.« Hatte sie keine Worte? Spröde Zurückhaltung. Trotz um die zusammengepressten Lippen.

»Schau deinen Papa an, wenn er mit dir spricht!«

Sie sah ihn widerwillig an und senkte den Blick erst, als er sie anherrschte: »So steh doch gerade!«

Die magere Gestalt, die hochgezogenen Schultern, das verschlossene, herbe, so ganz unkindliche Gesicht. Es war ihm unergründlich, dass seine Schwester derart vernarrt in sie gewesen war. Nach dem letzten Besuch in Lorch hatte seine Frau ihm davon erzählt, wie Therese die Tochter kaum aus den Augen gelassen habe. Hatte sie Maria Theresia nicht zu fest an sich gebunden? Therese hatte Pläne gehabt, das Mädchen in eine Klosterschule zu geben. Der richtige Augenblick dazu war augenscheinlich verpasst worden. Es schien der Tochter an Bildung zu fehlen, ja, sie schien recht zurückgeblieben. Wie alt war Maria Theresia nun? Dreizehn? Oder zwölf? Es war Zeit, an die Zukunft zu denken. Die Schwester hatte ihr den größten Teil ihres Vermögens zugedacht. War das recht, dieses Erbe seinen anderen Kindern vorzuenthalten? Der Sohn, der das Geschlecht fortführen sollte, hatte der nicht eher einen Anspruch darauf? Wer sollte das herrschaftliche Haus bewohnen? Er musste die Angelegenheit mit seiner Frau besprechen, und zwar so bald wie möglich. Ehe es zu spät war. Für die nahe Zukunft sah er jedoch keine andere Möglichkeit, als Maria Theresia wieder zurück nach Hause zu holen.

Mit der Post kündigte er seiner Frau die Ankunft in Trier an. Er selbst konnte sich in Lorch nicht länger aufhalten. Auf dem Ehrenbreitstein warteten wichtige Aufgaben auf ihn. Er gab Anweisung, die Habseligkeiten Maria Theresias in einen Koffer zu packen. Die Wege über den Hunsrück waren passierbar, so dass sie in einer Kutsche nach Trier gebracht werden konnte.

Maria Theresia klammerte sich an die Gretel und weinte laut: »Ich will hier bleiben! Ich will hier bei der Gretel bleiben!«

»Schwatz nicht! Es ist unmöglich, dass du hier bleibst. Die Gretel bringt dich nach Trier zu deiner Mutter!«

Der Oberst war sehr zornig. Verzogen war die Tochter! Die Schwester hatte versäumt ihr beizubringen, was Gehorsam bedeutete. Sie hatte ihre Lektion nun zu lernen. Das grüne Seidenkleid? Zur Strafe blieb es hier. Die alte Puppe? Nein, keine Puppe, die Tochter war kein kleines Kind mehr. Alles Weinen half nichts.

»Meine Katze! Meine Minou! Minou muss mit mir fahren!«

»Wer wird so verrückt sein und mit einer Katze auf Reisen gehen? Die Katze bleibt hier. Meine Tochter scheint nicht recht bei Verstand zu sein. Sie wird viel lernen müssen!«

Die Gretel erhielt den Auftrag, das Kind zu beruhigen, der Kutscher hatte es in ihrer Begleitung sicher nach Trier zu bringen.

Frau von Sohlern sah der Ankunft Maria Theresias in Trier mit Beklemmung entgegen. Um so sorgfältiger ließ sie alles für sie vorbereiten. Die Familie wohnte nicht in einer besonders geräumigen Wohnung. Der Haushalt eines Soldaten war nicht dazu angetan, sich beliebig auszubreiten. Man musste stets auf Veränderung gefasst sein. Die Wohnung war zwar mit den notwendigen Bequemlichkeiten augestattet, doch ihr Zuschnitt war eher auf Bescheidenheit ausgerichtet. Für die Tochter, die so lange nicht im Haushalt gelebt hatte, musste Platz gemacht werden. Frau von Sohlern verwarf den Gedanken, sie zusammen mit den beiden jüngeren Töchtern unterzubringen. Die Zwölfjährige gehörte nicht mehr in die Kinderstube. In dem herrschaftlichen Haus zu Lorch hatte sie ein großes, helles Zimmer bewohnt. Das konnte ihr hier in Trier natürlich nicht geboten werden. Sie musste mit einer weit bescheideneren Kammer zufrieden sein. Nur wenige Tage lagen zwischen der Nachricht aus Lorch bis zu Maria Theresias Eintreffen. In der kurzen Zeit musste alles hergerichtet werden, so gut es ging. Neues Bettzeug wurde beschafft und auch neue Vorhänge für das Fenster ihrer kleinen Kammer.

Ungewöhnlich freundlich für die Jahreszeit zeigte sich der Tag, für den die Ankunft der Kutsche aus Lorch gemeldet war. Frau von Sohlern nahm es als ein gutes Vorzeichen. Im Laufe des Tages ließ ihre Furcht vor den erwarteten Schwierigkeiten nach. Sie nahm sich vor, die Tochter freundlich aufzunehmen. Die Entfremdung zwischen ihnen hatte sich zwar bei jedem ihrer Besuche in Lorch verstärkt. Frau von Sohlern litt darunter mehr, als sie sich selbst eingestehen wollte. Nun waren Mutter und Tochter gezwungen, jedenfalls auf unbestimmte Zeit, unter einem Dach zu leben. Man musste Wege finden, miteinander auszukommen. Und schließlich war es ihre Aufgabe, jetzt die Erziehung der Tochter in die Hand zu nehmen. Die Frau Schwägerin hatte sie ganz offensichtlich verwöhnt. Sie hatte das widerborstige Kind zu sanft angefasst. Eigentlich hätte sie als Mutter einschreiten sollen. Doch sie hatte die Schwägerin nicht kränken wollen. Nun war es unumgänglich, die Verantwortung zu übernehmen. Frau von Sohlern war fest entschlossen, sich Respekt zu verschaffen und keine Unarten durchgehen zu lassen, schon um ihrer jüngeren Töchter willen, ihnen durfte kein schlechtes Beispiel gegeben werden.

Gegen Abend hielt die Kutsche vor der Sohlernschen Wohnung. Ein großer Koffer und einige kleine Gepäckstücke wurden ausgeladen. Erst als die Magd sie an der Hand nahm, stieg Maria Theresia aus. Sie knickste vor der Mutter, blieb stocksteif stehen, schlug die Augen nieder und verharrte stumm. Der Willkommensgruß, mit dem Frau von Sohlern die Tochter hatte begrüßen wollen, blieb ihr im Halse stecken. Ohne dass sie es wollte, traten ihr Tränen in die Augen, sie wischte sie weg und ging auf das erstarrte Kind zu, um es in die Arme zu schließen. Frau von Sohlern spürte sein leises Widerstreben.

Am nächsten Morgen reiste die Magd wieder ab. Maria Theresia weinte lange, schließlich verstummte sie. Nach Tagen erst begann ihre Sprachlosigkeit allmählich aufzubrechen. Dem Bruder Franz Georg konnte sie sich am ehesten zuwenden, und ihm gelang es am besten, ihr unbefangen entgegenzukommen.

»Du bist so groß geworden, Franz Georg.«

»Du ... ja, du auch. Du hast mir lange nicht geschrieben, Maria Theresia. Warum hast du mir nicht mehr geschrieben? Ich habe deine kleinen Briefe vermisst.«

»Tante Therese. Sie ... sie ist nicht mehr da.«

»Sie hat dir geholfen, Briefe zu schreiben?«

»Sie hat mir gezeigt, wie man Briefe schreibt. Wer zeigt es dir?«

»Aber ich lerne doch nun alles in der Schule. Ich werde studieren, hat Papa gesagt. Ja, ich darf studieren, nicht wahr, Mama?«, und er schaute lächelnd zur Mutter hin.

Frau von Sohlern erwiderte sein Lächeln. Sie war stolz auf den Sohn. Endlich hatte sie den Oberst davon überzeugen können, in welche Richtung für Franz Georgs Zukunft geplant werden musste. Trotz seiner körperlichen Schwäche war vorauszusehen, dass er einmal eine angemessene Stellung, vielleicht sogar bei Hofe, innehaben würde.

Und diese Tochter? Es war ihr unmöglich, etwas Freundliches für sie zu empfinden. Mit Mühe versuchte sie, die Erinnerung an jenes kleine Mädchen in sich lebendig werden zu lassen, das sie in den ersten Lebensmonaten mit großen Augen aus der Wiege heraus angestrahlt hatte. Nichts war von dem beglückenden Zauber ihres ersten Lebensjahres geblieben. Diese Tochter, die ihr so fremd war, diese so wenig mit Schönheit, mit Anmut begabte Tochter, wie würde sie einmal zu versorgen sein? Antoinettchen und Amalie waren beide hübsch und liebenswert. Es würde ein

Leichtes sein, eine gute Verbindung für sie zu finden. Für Maria Theresia war das Erbe der Tante vorgesehen. War das nicht eigentlich an ihr vergeudet?

Gedanken, Vorstellungen, gewisse Pläne, die langsam reiften und Gestalt annahmen. Den Oberst würde sie leicht überzeugen können. Wenn sie es richtig anfing, würde er sofort einsehen, wie vernünftig, wie vorteilhaft es für die Familie wäre, das durchzusetzen, was sie für Maria Theresia im Sinn hatte.

## Zukunft

Während seiner Abwesenheit hatte sich der Oberst keine Gedanken über die veränderten Umstände in der Familie gemacht. Als er nun nach Hause zurückkehrte, fand er wie gewöhnlich alles zu seiner Bequemlichkeit vor. Die ältere Tochter schien in den Tagesablauf eingebunden, still war sie und fügsam. Ihm ging sie aus dem Weg, wann immer es möglich war. Das war ihm recht. Er hatte nicht das Bedürfnis, sich mit ihr abzugeben. Er hätte nicht gewusst, was er mit ihr anfangen sollte.

Erst nach einigen Tagen wurde ihm bewusst, dass sich im Hause etwas verändert hatte. Da war eine beklommene Schweigsamkeit, eine Verschlossenheit, von der er spürte, dass etwas von ihm ferngehalten werden sollte. In der Fügsamkeit Maria Theresias glaubte er einen heimlichen Trotz zu erkennen. Und etwas Unbestimmtes lag wie ein Schleier auf dem Gemüt seiner Frau. Er vermisste ihre gleichmäßige Bedächtigkeit, an die er gewöhnt war, stets hatte er sich auf ihr vernünftiges Verhalten verlassen können. War sie erschöpft? Bekümmert? Gab es etwa doch Schwierigkeiten mit

Maria Theresia? In seinem Haushalt hatten sich bisher alle Probleme gelöst, ohne dass er ernsthaft damit behelligt worden war. Nie war nötig gewesen, viele Worte zu machen. Die Unstimmigkeiten, die ihm von Tag zu Tag mehr auffielen, behagten ihm nicht. Er hielt sich zurück, seine Frau nach möglichen Unpässlichkeiten zu fragen. Doch bevor er wieder am Ehrenbreitstein Dienst tun musste, wollte er Klarheit haben, und sollte es erforderlich sein, so würde er für entsprechende Maßnahmen sorgen.

»Maria Theresia, wie hat sie sich eingelebt?«, fragte er, als er mit seiner Frau nach der Abendmahlzeit beisammensaß. »Sie scheint mir, nun ja, etwas schweigsam zu sein.«

Frau von Sohlern seufzte.

»Ich täusche mich nicht«, fuhr er fort, »Maria Theresia spricht nicht aus, was sie bewegt. Sie schweigt, scheint mir, aus Trotz. Sagen Sie, meine Liebe, täusche ich mich?«

Der Oberst vermied, seine Frau anzuschauen, um ihr das Sprechen zu erleichtern.

»Täusche ich mich?«, wiederholte er.

Frau von Sohlern atmete tief, dann sagte sie: »Ich … ich wollte Sie nicht damit belästigen. Ja, da Sie es wissen wollen: entweder die Tochter schweigt, oder sie beklagt sich. Wenn Sie es nicht hören. Meist schweigt sie. Und plagt uns mit ihrem Missmut.«

»Sie beklagt sich? Was gibt es hier zu klagen? Soweit ich sehe, hat sie alles, was nötig ist.«

»Ihre Kammer ist ihr zu klein. Das Haus zu klein. Die Stadt zu eng. Und die Mosel mit dem Rhein nicht zu vergleichen,« stieß sie voller Ärger hervor.

Zorn stieg in ihm auf, Frau von Sohlern sah es und legte ihre Hand beschwichtigend auf die seine, die sich zur Faust geballt hatte. Sie nahm ihre Hand wieder zurück, als seine Anspannung sich löste.

»Maria Theresia hat noch immer nicht verstanden, dass nun hier ihr Zuhause ist«, fuhr seine Gattin fort. »Lorch und immer nur Lorch. Ist sie so … so dumm, dass sie nicht versteht, warum sich alles für sie verändert hat? Ist sie im Kopf ein kleines Kind geblieben? Sieht sie nicht, wie man sich hier Mühe gibt? Will sie es nicht sehen? Ist Ihnen aufgefallen, wie sie mit ihren kleinen Schwestern umgeht? Ich sollte besser sagen: nicht umgeht, denn sie macht keinerlei Anstalten, sich mit ihnen zu befassen. Sie stößt sie nicht zurück, das nicht, doch sie weiß nichts mit ihnen anzufangen. Die Kleinen sind ganz verwirrt. Haben Sie gesehen, wie ängstlich die beiden nach Maria Theresia schauen? Dieses spröde Kind ist, wie mir scheint, die Gesellschaft von Kindern nicht gewöhnt. Wie lange werden wir ihr wohl Zeit geben müssen, sich hier einzuleben?«

»Zeit geben! Das fehlte noch!«, fuhr der Oberst auf. »Sie respektiert ihr Elternhaus nicht! Eine undankbare Tochter! Meine Schwester, Gott hab sie selig, hat ihr Flausen in den Kopf gesetzt!«

»Wohl wahr, Sie sagen es! Nichts ist ihr gut genug! Stellen Sie sich vor, ein weißes Sommerkleid will sie haben. Die Tante habe ihr in jedem Frühjahr ein neues weißes Sommerkleid nähen lassen. Ist sie etwa … etwa hübsch genug für ein weißes Sommerkleid? Ihre kleinen Schwestern hätten auch helle Kleider, sagt sie. Weiß sie nicht, dass Kinderkleidchen etwas ganz anderes sind? Und was faselt sie immerzu von einem grünen Seidenkleid? Stellen Sie sich vor, ein grünes Seidenkleid!«

Sie ereiferte sich mehr und mehr. Er sah es mit Verblüffung.

»Seidenkleid, Seidenkleid!«, sagte er wegwerfend. »Man wird ihr Verstand beibringen müssen!« Nach einer Weile fügte er hinzu: »Es mangelt ihr an vielem.«

»An vielem!«, seufzte Frau von Sohlern. »Es fehlt ihr mehr, als für eine Tochter gut ist, die ...«

»... die versorgt werden muss.«

Sie schwiegen lange. Unausgesprochene Gedanken wurden schweigend verstanden.

»Womit beschäftigt sie sich tagsüber?«, fragte er nach einer Weile. »Was kann sie denn?«.

»Ich habe ihr einen Stickrahmen gegeben, daran sitzt sie bisweilen, aber mit wenig Ausdauer. Sie ist nicht ganz ungeschickt, das nicht. Aber dass sie wirklich Freude an etwas hätte, kann man nicht sagen. Wenn sie doch nur ...«

Der Satz blieb unvollendet. Der Oberst unterließ es nachzufragen. Soviel war sicher: geduldiges Abwarten war hier fehl am Platz. Ein Machtwort musste gesprochen werden! So ein junges Pflänzchen sollte noch mühelos zurechtzubiegen sein.

»Sie, meine Liebe, lassen sich von diesem ... Kind, ja, sie ist noch ein Kind, nicht mehr auf der Nase herumtanzen! Bringen sie ihr Manieren und Gehorsam bei, dann wird sie von selbst verstehen, was Dankbarkeit ist. Sie werden Wege finden, sie zu leiten. Was halten Sie von einer Klosterschule? Meine Schwester hatte Pläne ...«

»Kloster, ja, daran habe ich auch schon gedacht«, fiel Frau von Sohlern ihm ins Wort. Er sah sie erstaunt an.

»Die französischen Klosterschulen haben einen guten Ruf«, sagte er, »was halten Sie davon?«

Rasch kam ihre Antwort: »Ich dachte nicht an eine Schule.«

Er stutzte. »Keine Schule? Heißt das etwa ...«

»Ja«, sagte Frau von Sohlern. Es war ein leises, aber bestimmtes »Ja«.

Der Oberst stand auf und ging einige Schritte in der Stube auf und ab, dann setzte er sich wieder zu seiner Gattin. Fragend schaute er sie an und wartete. Bis sie endlich weitersprach.

»Ja«, sagte sie ruhig, »ich dachte ... ich dachte, dass für unsere Tochter ein Kloster, natürlich ein Kloster für Damen unseres Standes, die angemessene Lebensform bieten könnte. Bedenken Sie, die lebenslange Sicherheit. Im Schoß des geistlichen Standes ein gottgeweihtes Leben. Könnte sie, wenn sie zu denken imstande wäre, für sich selbst etwas Besseres wünschen?«

»In ein Kloster? Maria Theresia eine Klosterfrau? Das meinen Sie doch, meine Liebe?«

Sie nickte, wich seinem Blick aus, betrachtete eingehend ihre Hände. Sie wusste, er brauchte Zeit, sich mit dem neuen Gedanken vertraut zu machen, jetzt, da sie ihn in ihre Pläne eingeweiht hatte.

Die Erinnerung an das Kloster an der Mosel, das er vor einigen Jahren aufgesucht hatte, stieg in ihm auf. Einige Male war er seither auf dem Wasser dort vorbeigefahren. So nahe das Kloster auch am Fluss lag, war es ihm jedesmal wie eine abgelegene ferne Welt vorgekommen, die er am liebsten nur im Vorbeifahren wahrnahm. Undeutliche Gedächtnisspuren ließen dämmrige Bilder aufsteigen, eher dunkle als helle. Erinnerungen an lange Flure, an ein komfortables Zimmer. Der Priester, der ihm die Kreuzreliquie gezeigt hatte – Oberst von Sohlern erinnerte sich an Goldglanz, schimmernde Edelsteine und an das ungewohnte Gefühl des Ergriffenseins – und der ihm einen vortrefflichen Wein kredenzt hatte. Zweifellos ließ sich in dieser abgeschiedenen Welt gut und sicher leben. Wenn man ein Priester war. Oder eine Nonne. Dort gab es andere Maßstäbe als für das Leben außerhalb der Klostermauern. Die Klosterfrauen? Er konnte sich nicht entsinnen, dort eine zu Gesicht bekommen zu haben. Vielleicht das Fräulein von Berg? Die Dame hatte seine Frau im Thal Ehrenbreitstein hin und wieder besucht. Hierher nach Trier fand sie allerdings kaum einmal den Weg.

»Das Fräulein von Berg macht mir durchaus den Eindruck, zufrieden zu sein mit ihrem Leben«, sagte er nachdenklich.

»Ich dachte daran, sie aufzusuchen«, ihre rasche Reaktion verblüffte ihn.

So war das also. Sie hatte sich bereits Gedanken gemacht, Pläne geschmiedet, ohne ihn in diese Überlegungen einzubeziehen. Nicht zum erstenmal hatte er das Gefühl, dass sie ihm einen Schritt voraus war und es diskret vor ihm verbarg. Sie war klug genug, ihm nichts aufzudrängen. So ließ sie ihm die Möglichkeit, sich auf ihre Gedankengänge einzulassen, und er war willens, ihnen zu folgen. Sie dachte darüber nach, wie diese Tochter zu versorgen sei, und recht hatte sie, zeitig daran zu denken. Unausgesprochen, aber dennoch gegenwärtig war der Gedanke an das Vermögen seiner verstorbenen Schwester. Der weitaus größte Teil war Maria Theresia zugedacht. Sollte ihr nun ein Unrecht geschehen? Nein, keineswegs, wer wollte etwas Unrechtes! Auch ins Kloster musste ihr eine angemessene Versorgung mitgegeben werden, wobei »angemessen« ein Begriff war, den es mit Umsicht abzuwägen galt, und ein regelmäßiger Spielpfennig von zu Hause stand ihr auch im Kloster zu. Wer sprach denn davon, dass man ihr alles auf einmal geben musste? Es stand selbstverständlich im Ermessen der Eltern, was mit dem Vermögen geschah. Was sollte ein unmündiges Kind damit anfangen?

»Sie wollen das Fräulein von Berg in Stuben aufsuchen?«, fragte er schließlich.

»Natürlich mit Ihnen zusammen«, sagte sie, »es macht den Damen Eindruck, wenn ein Herr wie Sie, mein Bester, für seine Tochter Umschau hält. Und auch zusammen mit Maria Theresia. Sie soll mit eigenen Augen sehen, wie gut sie es dort haben kann.«

»Wie recht Sie haben. Sie wird es verstehen. So uneinsichtig kann sie nicht sein, es nicht annehmen zu wollen. Wenn Sie sie darauf vorbereiten. Sie werden alles richtig machen, meine Liebe. Ich habe mich immer auf Sie verlassen können.«

Sie lächelte mit geschlossenen Lippen und schlug die Augen nieder. Dann schaute sie zu ihm auf und sagte leise: »Wir. Wir werden es richtig machen. Und sie wird, hoffen wir es, ein gutes Kind sein.«

Sommer war es geworden. Maria Theresia hatte kein neues helles Kleid bekommen. Sie hatte es aufgegeben, die Mama daran zu erinnern. Es war nicht gut, die Mama zu verärgern.

Ihr Heimweh nach Tante Therese war wieder stärker geworden. Sie durfte es niemandem sagen. Nie, nie mehr konnte sie bei ihr sein! Sie begriff erst jetzt, wie endgültig der Abschied war. Zu Lorch war das Leben in dem großen Haus ohne Tante Therese damals ganz anders geworden, doch bei all der Fremdheit war es die vertraute Umgebung, und die Gretel hatte sich um sie gekümmert und war gut zu ihr gewesen. Auch nach dem Haus und nach der Gretel verspürte sie Heimweh. Wenn es möglich wäre, würde sie wieder zurück wollen nach Lorch? Sie wusste es: Nein, nicht zurück. Dort war ihr Zuhause nicht mehr. Es war unmöglich. Sie würde gerne … Wenn doch die Mama … Nicht darüber sprechen! Die Mama wollte davon nichts hören. Die Mutter musste sich mehr um die jüngeren Schwestern kümmern als um sie, Maria Theresia. Manchmal nahm die Mama die kleine Amalie auf den Schoß und drückte sie an sich, und das Antoinettchen durfte ganz nahe bei ihr sein, obwohl es nicht mehr klein war und schon Reifröcke trug. Wie gut, dass Maria Theresia die kleine Kammer für sich hatte. Dorthin konnte sie gehen, wenn sie manchmal weinen musste, keiner sollte es sehen. Wenn sie nur wüsste, wie es der Mama recht zu machen wäre. Sie musste sich mehr Mühe geben, alles richtig zu machen. Sie hatte schon gelernt, nicht mehr von Lorch zu sprechen. Die Mama sagte, sie solle dankbar sein, hier im Elternhaus zu leben. Eine gute Tochter sei eine dankbare Tochter. Und eine gehorsame Tochter. Eltern liebten gehorsame Kinder. Ob sie wolle, dass die Eltern sie liebten? Dann solle sie gehorsam das annehmen, was die Eltern für sie in Erwägung zogen.

»Es ist gewiss, dass die Eltern das Beste für dich wollen«, sagte die Mutter eines Tages. »Kannst du dir vorstellen, was für die Zukunft einer Tochter das Beste ist? Ich sehe es dir an, du hast nicht darüber nachgedacht. Das solltest du aber. Für eine junge Dame in deinem Alter ist es an der Zeit dazu.«

Maria Theresia schwieg. Tante Therese hatte ihr gesagt, dass für ihre Zukunft gesorgt sei. Das Beste für ihre Zukunft? Am besten war es bei Tante Therese gewesen, doch das durfte sie nicht sagen. Sie versprach, darüber nachzudenken.

Als der Oberst wieder zum Ehrenbreitstein abgereist war, schien sich Frau von Sohlern eingehender mit Maria Theresia befassen zu wollen. Sie sprach in einem Ton mit ihr, der der Tochter ungewohnt war. Da war eine neue Art von Zuwendung, vor der das Kind zurückwich. Was wollte die Mutter von ihr? Sie fing sogar von sich aus an, über das Leben in Lorch zu sprechen. Von der armen Tante Therese, die allein geblieben war. Die es im Leben hätte besser haben können, wenn für sie alles viel früher bedacht worden wäre.

»Sie hatte es doch schön. Es war schön bei ihr in Lorch«, sagte Maria Theresia. Sie verstand nicht, was die Mutter da redete.

»Aber sie war allein,« sagte die Mutter sanft. »Was denkst du: Wäre es nicht schön, an einem guten Ort bei guten Menschen ein sorgenfreies Leben zu führen? Es ist bestimmt traurig, ein Leben lang allein zu bleiben.«

»Soll ich denn nicht hier bleiben, bei Ihnen?« Eine leise Angst beschlich das Kind.

»Wir wollen daran denken, wie es für dich ist, wenn du erwachsen bist,« fuhr die Mutter fort.

Lange grübelte das verunsicherte Kind, dann wagte es zu sagen: »Wenn man erwachsen ist, hat man eine Familie. Habe ich dann keine Familie?«

»Ach, Familie!«, seufzte die Mutter. »Du bist alt genug, um zu sehen, wie mühsam es ist, einen Haushalt zu führen. Immer wieder umziehen zu müssen. Sich um Kinder zu sorgen. Wenn du klug bist, solltest du verstehen, wie schwer mir oft ein solches Leben ist. Verstehst du das?«

Sie sah Maria Theresia streng an.

»Verstehst du das?«, wiederholte sie.

Das Kind wusste nichts zu sagen. Beklommen hörte

Maria Theresia zu, wie die Mutter weiter auf sie einredete: Wie sehr sie eine Dame wie das Fräulein von Berg beneide, die mit nichts dergleichen belastet sei. Sie kenne doch das Fräulein von Berg aus dem Kloster Stuben, die hin und wieder bei der Familie zu Besuch war. Sei sie nicht eine angenehme Person? Und auch freundlich mit ihr, der Maria Theresia? Wäre es nicht schön, eine Klosterfrau zu sein?

Eine Klosterfrau! Das Fräulein von Berg war Maria Theresia völlig gleichgültig. Sie erinnerte sich an ein dunkles Nonnengewand, das unangenehm nach feuchter Wolle gerochen hatte. An eine weiche Hand, die die Kinderwangen getätschelt hatte. An große Mengen Tee, die in dämmriger Stube getrunken worden waren. Doch in den Straßen der Stadt, wo man einkaufte und spazieren ging, sah man keine Klosterfrauen. Nur manchmal huschten sie in kleinen dunklen Schwärmen zur Messe in die Kirchen. Mit gesenkten Köpfen knieten sie in den Bänken, wenn die anderen Kirchenbesucher schon die Kirche verließen.

»Nein, es ist nicht schön, eine Klosterfrau zu sein. Sie sind so dunkel, und sie sind nicht dort, wo die anderen Menschen sind.«

»Was redest du für einen Unsinn? Warum sollten sie sich auch dort aufhalten, wo es für sie längst nicht so angenehm ist, wie in ihrem Kloster? Das Fräulein von Berg kehrt immer wieder gern in ihr Kloster zurück. Und sieh einmal, wie fromm sie ist. Sie lebt, um Gott zu gefallen, und es wird ihr gelohnt. Mit ihren Gebeten hat sie unseren lieben Franz Georg ins Leben zurückgeholt.«

Was meinte die Mutter damit? Maria Theresia kannte die Geschichte von Franz Georgs schwerer Krankheit, sie wurde oft in der Familie erzählt. Wie gut, dass es den Bruder gab, den sie liebte. Hatte er sein Leben den Gebeten einer Klosterfrau zu verdanken?

»Die frommen Menschen sind dem Himmel so nah«, sagte die Mutter. »Willst du nicht auch eine fromme Tochter sein?«

Maria Theresia schwieg. Täglich sprach sie die Gebete, die Tante Therese sie gelehrt hatte, und sie wusste, dass man fromm sein musste, um in den Himmel zu kommen.

»Ich will es wohl«, sagte Maria Theresia leise und senkte die Augen, als das Gesicht der Mutter sich dem ihren näherte und die Mutter sie mit tiefem Ernst anschaute, »aber … aber keine Klosterfrau. Nein, ich will keine Klosterfrau sein.«

Im Herbst rüstete Frau von Sohlern, um zur Weinlese nach Lorch zu fahren. Nach dem Tod der Schwägerin war ihre Anwesenheit dort nötiger denn je. Der Oberst konnte sie nicht, wie es vorgesehen war, begleiten. Im Grunde war sie froh darüber, ließ es sich jedoch nicht anmerken. Was sie vorhatte, besprach sie ausführlich mit ihm. Doch die Unternehmung würde erfolgreicher ohne ihn verlaufen, das wusste sie. Nur Maria Theresia sollte mit ihr reisen. Ihre Absicht war, zunächst mit dem Schiff die Mosel hinunterzufahren. Unterwegs wollte sie zwei Klöster, die adligen Damen vorbehalten waren, aufsuchen. Es war verständlich, dass Maria Theresia vom Klosterleben nichts wissen wollte, noch nichts wissen wollte. Sie sollte Gelegenheit haben, sich einen Eindruck zu verschaffen. Zudem wäre es gut, ihr das Gefühl zu geben, dass man sie wählen ließ. Ein Ausweichen gab es ohnehin nicht, auch das sollte sie auf dieser Reise verstehen. Ohne strenge väterliche Vorhaltungen wäre das Kind wahrscheinlich zugänglicher. Die Ablehnung, die Maria Theresia jetzt noch zeigte, würde zu überwinden sein, hoffte sie. Sie müsste es nur klug anstellen.

Zunächst suchte sie mit der Tochter das Kloster Machern unweit der Stadt Bernkastel, direkt am Fluss gelegen, auf. Die Zisterzienserinnen von Machern hatten einen guten Ruf. Damen der besten Familien. Eine glanzvolle Ausstattung und bedeutendes Klostergut garantierten ein angenehmes Dasein, in dem es sich bequem gottgefällig leben ließ.

Man empfing sie zurückhaltend. Eine Soldatentochter? Dieses spröde Kind? Es sei ja offensichtlich viel zu jung, um nicht zu sagen zu unvernünftig, um dem geistlichen Stand zugeführt zu werden. Frau von Sohlern hätte gerne einen guten Eindruck gemacht. Sie war sehr ärgerlich auf die Tochter, die nicht die geringsten Anstalten machte, Interesse zu zeigen. Nach zwei Tagen schon bestieg man wieder ein Schiff, das moselabwärts fuhr. Es legte in dem kleinen Hafen des Klosters Stuben an.

Die Priorin, das Fräulein von Berg, wünsche sie zu besuchen, sagte Frau von Sohlern an der Pforte. Die Priorin war auf ihr Kommen vorbereitet. Freundlich wurde Frau von Sohlern empfangen und zusammen mit Maria Theresia in die Stube des Fräuleins geleitet.

Obwohl die frühen Herbsttage noch mild waren, brannte im Ofen ein Feuer. Tee wurde gebracht, dazu eine Schale mit Zuckerzeug. Stühle und Sessel wurden geschoben und mit Kissen belegt, bis alles zur Bequemlichkeit der Damen gerichtet war.

Maria Theresia saß lange Zeit nahezu unbeweglich. Den Tee rührte sie kaum an. Sie wusste, dass es hier um ihre Zukunft ging. Beklommen versuchte sie, dem

Gespräch der Mutter und der Priorin zu folgen. Es gelang ihr nicht. Maria Theresia sah es der Mutter an: Sie war nicht zufrieden mit ihr. Die ärgerlichen Blicke verunsicherten sie noch mehr. Die Priorin musterte sie unablässig und lächelte dazu. Schließlich gaben es die Damen auf, Maria Theresia in ihr Gespräch einzubeziehen. Sie unterhielten sich über sie, als sei sie nicht anwesend. Ja, sagte die Mutter, die Tochter sei vielleicht noch etwas zu jung. Doch man wisse, dass es nicht klug sei, ein Fräulein in die Welt einzuführen und es dann erst einem Kloster anzuvertrauen. Die Familie von Sohlern wäre glücklich, eine Tochter, ja, so dürfe man sagen, Gott zu weihen. Segen für die Familie. Sicherheit für die Tochter.

Der Konvent sei über eine Novizin aus guter Familie hoch erfreut, ja, sie müsse gestehen, man warte hier sehnsüchtig auf Nachwuchs, sagte die Priorin. Übers Jahr, oder besser noch ein Jahr später, wenn sie dieses Kind recht anschaue. Wenn die Familie es wünsche, wolle sie inzwischen Vorbereitungen treffen. Alle Formalitäten, Bedingungen gewissermaßen, müssten erfüllt sein. Die liebe Freundin wisse doch, eine Mitgift, eine gute Versorgung auf Dauer. Für die Tochter ein regelmäßiger Spielpfennig, der kleine Annehmlichkeiten möglich mache. Sie sage es aus Erfahrung, wie wichtig der sei. Ob die liebe Freundin das alles wisse? Natürlich wisse sie das, sonst wäre sie gar nicht hierher nach Stuben gekommen. Und der Herr Gemahl, ob der mit allem einverstanden sei? Ja, so sei es, versicherte Frau von Sohlern, sie handle in vollem Einverständnis mit dem Gemahl.

»Ist die junge Dame schon eine Frau?«, wollte die Priorin wissen. »Sie verstehen, was ich meine. Ist sie schon …?«

»Gott bewahre!«, sagte Frau von Sohlern, »Schauen Sie meine Tochter an. Sie ist noch ein Kind. Ein unschuldiges Kind. Es wird in der Gemeinschaft frommer Frauen ein Leichtes sein, unsere Tochter so zu formen, dass sie ihren Sinn ganz auf geistliche Dinge richtet. Ich vertraue Ihnen, verehrtes Fräulein von Berg.«

»Ich wollte wissen, hat sie schon …?«

»Ein Kind, ein unschuldiges Kind«, wiederholte Frau von Sohlern, und es war nicht auszumachen, ob sie die Frage der Priorin wirklich nicht verstanden hatte oder sich nur herauswinden wollte, weil es ihr peinlich war, darüber zu sprechen.

Maria Theresia schämte sich. Man sprach über sie, und sie wusste nicht, was gemeint war. Die Priorin schien ihre Verlegenheit zu bemerken.

»Kommen Sie, liebes Fräulein, ich zeige Ihnen unser Kloster und unsere schöne Kirche, und in der Kapelle dürfen Sie die Kreuzreliquie anschauen. Wollen wir vor der Kreuzreliquie zusammen beten?«, fragte sie. Ohne eine Antwort abzuwarten stand sie auf und nahm das Mädchen bei der Hand.

Maria Theresia war froh, von dem stillen Sitzen in der überwärmten Stube erlöst zu werden. Mit den Augen suchte sie die Zustimmung der Mutter und las sie in ihrem Blick. Da ließ sie sich hinausführen. Mit Befremden, dann mit zunehmender Furcht nahm sie die Gebäude, die langen Flure, die Bilder, Gerüche und Geräusche wahr. Beängstigende Düsternis, undeutbare Rätsel.

Maria Ferdinanda hatte von dem Besuch erfahren. Sie bestand darauf, die Gäste kennenzulernen. Sie bat Frau von Sohlern und ihre Tochter ins Blaue Zimmer und begegnete ihnen mit bemühter Freundlichkeit.

Die Priorin wurde gebeten, inzwischen anderswo nach dem Rechten zu sehen und die Gäste der Meisterin zu überlassen.

Kaffee diesmal. Für das junge Fräulein Schokolade? Man möge wählen, es sei alles da und zu ihrer Verfügung. Die verehrte Frau von Sohlern sei mit ihrer Tochter sehr willkommen. Das junge Fräulein wolle zu ihnen in ihr schönes, ihr liebes altehrwürdiges Stuben kommen? Da hätten ihre lieben Eltern gut für sie gewählt. Sie sehe ja, wie angenehm es sich hier leben ließe. Schön sei es hier, nicht wahr? Und wie sie sich freuten, so ein junges Fräulein bei sich aufzunehmen. Das junge Fräulein freue sich doch gewiss ebenso?

Maria Theresia fürchtete sich vor dieser Frau. Ihr Gewand roch nach Tabak, wie ein Mann roch sie. Sie redete schnell, dabei lebhaft gestikulierend, und blickte bei all den freundlichen Worten nicht sanft, so wie die Priorin, sondern richtete bei ihrem Redeschwall ihr Auge, wie beschwörend, starr auf sie. Das Kind fühlte sich bedrängt, es schaute vergeblich Hilfe suchend nach der Mutter.

»So sagen Sie es, Fräulein«, beharrte die Meisterin, »nicht wahr, es gefällt Ihnen in Stuben!«

»Nein!«, entfuhr es dem Kind, es erschrak vor seinem lauten Ausruf. »Nein«, sagte es dann leise, »ich will nicht hier sein. Ich will keine Klosterfrau sein.«

Maria Theresia konnte ein Schluchzen nicht unterdrücken. Wenn ihr doch die Mama helfen würde! Ratlos schaute sie von einer der Frauen zur anderen. Aus dem Gesicht der Meisterin war jedes Zeichen von Freundlichkeit verschwunden. Zorn blitzte unverhohlen aus ihren Augen.

»Verzeihen Sie, Ehrwürdige Mutter«, sagte Frau von Sohlern mit einem Beben in der Stimme. »Dieses unhöfliche dumme Kind soll seine Strafe bekommen. Und es wird Sie selbst um Verzeihung bitten. Bitte die Ehrwürdige Mutter um Verzeihung, Maria Theresia!«

Eine leise gehauchte Entschuldigung mit gesenktem Kopf, eine ungeschickte tiefe Kniebeuge, als die Mutter sie am Ärmel ihres Kleides zerrte.

Für Tage kaum ein Blick, kaum ein Wort. Auf dem schnellsten Weg über Koblenz nach Lorch.

Gut war die Ernte in diesem Jahr ausgefallen. Auch ohne die Unterstützung des Oberst hatte Frau von Sohlern alle Vermögensangelegenheiten in Lorch problemlos gelöst. Alles war zu ihrer Zufriedenheit abgeschlossen. Um die Tochter hatte sie sich nicht kümmern müssen. Eine erstaunliche Veränderung war mit Maria Theresia vorgegangen, nachdem sie in Lorch angekommen waren. Frau von Sohlern hatte es verblüfft beobachtet. Die Begrüßung der Hausbewohner war zum Teil überschwänglich gewesen. Auf die Gretel war Maria Theresia zugestürmt und hatte sich von ihr in die Arme schließen lassen. Ihre Erstarrung war aufgebrochen. Hatte man sie in Trier jemals so unbefangen plaudern und kichern gehört? Gleich nach der Ankunft war sie durch das große Haus gelaufen, durch alle Räume, hatte viele Dinge angefasst und wie lebendige Wesen begrüßt, hatte die Katze auf den Arm genommen und sie nicht mehr losgelassen. Und bei der Traubenlese hatte sie mitgeholfen, sie hatte sich nicht ungeschickt dabei angestellt. Maria Theresia und geschickte Hände? Die Mutter hatte es mit großem Erstaunen gesehen.

Nun befand sich Frau von Sohlern mit der Tochter auf der Heimreise nach Trier. Maria Theresia saß ihr gegenüber in der Kutsche, hatte sich tief in eine Ecke verkrochen und starrte vor sich hin, sah nur selten aus rotgeweinten Augen zu ihr hin oder zum Fenster hinaus, sagte wenig, und auch nur, wenn sie angesprochen wurde. Was konnte man mit dem Kind reden? Nun müsse man wieder nach Hause, und der Herr Papa warte auf gute Nachricht. Ob sie sich auf die kleinen Schwestern freue? Ob die Stadt Trier nicht doch schöner sei als das kleine Lorch? Die Mühe, Maria Theresia aufmuntern zu wollen, war vergeblich. Also gab Frau von Sohlern es schließlich auf und schwieg ebenfalls. Sie betrachtete das blasse, vom langen Weinen verquollene Gesicht. Sie war betroffen von dieser offensichtlichen Not. Wie hatte das Kind sich beim Abschied an die Gretel geklammert und laut geschluchzt! Die Magd selbst musste Maria Theresia zur Kutsche bringen und es ihr mit Kissen und Decken bequem machen, und beide hatten nicht aufgehört zu weinen.

Die Gretel und das Kind. Tief in ihrem Inneren fühlte Frau von Sohlern einen Schmerz, der ihr die Tränen in die Augen trieb. Viele bittere Tränen, die sich nicht verbergen ließen und doch ihren Kummer nicht lindern konnten. Ach, diese Tochter!

»Mama.«

Ratlos sah das Kind die Tränen der Mutter. »Mama, warum weinen Sie?« Die Mutter presste die Lippen fest aufeinander.

Bei gutem Wetter würden sie morgen schon in Trier ankommen. Frau von Sohlern wusste, nie wieder würde sie mit Maria Theresia nach Lorch reisen. Diese Tränenausbrüche schadeten nur, brachten nur Verwirrung. Jetzt musste Klarheit geschaffen werden. Im nächsten Jahr, noch vor der Weinlese, musste endgültig die geplante Lösung herbeigeführt sein. Bis dahin waren auch dem Oberst die Bedingungen, von denen in Stuben mehr angedeutet als deutlich ausgesprochen worden waren, als annehmbar darzustellen. Er würde einverstanden sein. Und auch Maria Theresia war am Ende Einsicht beizubringen, Gehorsam sowieso. Freunde, vertrauenswürdige Personen vor allem aus dem geistlichen Stand konnten helfen, das unverständige Kind zur Vernunft zu bringen. Ein Jahr hatte man noch Zeit.

Ein neuer Sommer. Maria Theresia war nun in ihrem vierzehnten Jahr. Sie wusste, wo noch vor dem Herbst ihr neues Zuhause sein würde. Es war nun einmal nicht anders möglich. Was blieb ihr übrig als es hinzunehmen, wenn sie weiter von den Eltern »Tochter« genannt werden wollte, und das wollte sie. Sie war größer geworden, aus den meisten Kleidern, die sie noch aus ihrer Lorcher Zeit mit nach Trier gebracht hatte, war sie herausgewachsen. Neue Kleider? Das lohne sich nicht, sagte die Mama. Das, was sie benötige, werde sie zur rechten Zeit und am rechten Ort erhalten.

Sie schämte sich in dem abgetragenen Kleid, das sie anhatte, als sie einen alten Freund des Vaters, den Kaplan Ruwer aus Cues, begrüßen musste. Der Kaplan tat, als bemerke er es nicht.

Mit freundlichem Ernst sprach er zu ihr: »Soso, das Fräulein will eine Klosterfrau werden. Das ist recht brav und gottgefällig. Gott segne Sie! Und welches Glück für die lieben Eltern, eine solche Tochter zu haben.«

Maria Theresia suchte den Blick der Eltern. Der Papa und die Mama nickten zufrieden.

Sie waren zufrieden. Endlich zufrieden mit ihr. Kein Zorn mehr, keine abweisenden Worte, keine wütenden

Blicke mehr von der Mama. Und der freundliche Kaplan Ruwer lächelte Maria Theresia zu.

## Winter 1769

»Mama! Mama! Mich friert.« Sie flüsterte es kaum hörbar, hauchte es gegen die Fensterscheibe.

Schnee fiel in dicken Flocken. Auf den kahl starrenden Bäumen des Waldes, der sich vom Petersberg bis an die Einfriedungsmauern des Klosters dehnte, lagen schwere Schneepolster und milderten ihre drohende Schwärze. Auch die Dächer der Häuser, die Scheunen und Ställe, das Pflaster in den Höfen und die Wege zwischen den einzelnen Gebäuden waren schneebedeckt. Spuren von Schlittenkufen durchzogen die weiße Decke mit mattgrauen Linien, dazwischen wie graue Punkte hineingetupft die Spuren von Schuhen und von Pferdehufen. Die schwarzweiße Katze huschte über den frischen Schnee und tauchte die Pfoten hinein.

»Minou!«, rief Maria Theresia und klopfte an die Fensterscheibe, »Minou, komm doch herauf!« Sie dachte daran hinunterzulaufen, um die Katze anzulocken. Doch Maria Theresia blieb in der Stube, sie scheute die feuchte Kälte. Auch die Spuren der Katzenpfoten hoben sich nach einer Weile hellgrau von dem Weiß der Schneedecke ab.

Nass und schwer lag der Schnee. Ohne Frost hatte der Winter sich diesmal ins Moseltal gedrängt. Vielleicht würde der Schnee bald wegtauen und die eingehüllte Landschaft wieder freigeben.

Seit dem Frühherbst war Maria Theresia nun in Stuben. In einer Kutsche hatten die Eltern sie hergebracht. An jenem Tag hatte es in Strömen geregnet. Bei dem Gedanken daran fröstelte sie noch stärker als zuvor, sie zog das große wollene Tuch fester um ihre Schultern. Gefürchtet hatte sie sich davor, der Meisterin Maria Ferdinanda wieder begegnen zu müssen, sie hatte sich voller Schrecken vorgestellt, wie der bohrende Blick aus den dunklen Augen auf sie gerichtet wäre. Doch ihre Ankunft war anders ausgefallen als befürchtet. Die Familie von Sohlern wurde freundlich empfangen. Die junge Dame war willkommen! Eine Stube war schon vorbereitet, eine schöne Stube mit allem, was zur Bequemlichkeit nötig war! Der Papa hatte in Maria Theresias Beisein die finanziellen Angelegenheiten mit der Meisterin besprochen. Die Tochter sollte wissen, was es die Familie kostete, wenn man sie hier aufnahm.

»Das junge Fräulein ist seit dem vergangenen Jahr gewachsen. Doch es fehlt, so scheint mir, noch ein wenig. Hat sie das Alter?«, hatte die Meisterin gefragt und die Eltern lauernd aus den Augenwinkeln angesehen. »Fünfzehn? Ist sie fünfzehn Jahre?«

»Gewiss«, hatte die Mutter rasch geantwortet, »sie ist vernünftig genug. Man nimmt die jungen Damen mit fünfzehn Jahren auf?« Kopfnicken der Meisterin. »Fünfzehn«, bestätigte die Mutter, »man sieht es ihr an. Unsere Tochter ist fünfzehn Jahre alt.« Maria Theresia hatte nicht gewagt zu widersprechen. Erst jetzt vor wenigen Tagen war sie hier in Stuben vierzehn Jahre alt geworden. An ihren Geburtstag hatte niemand gedacht. Auch von Franz Georg war kein Brief gekommen. Hatte er sie vergessen? Das Heimweh überfiel sie stärker denn je.

Die Glocke läutete zum Mittagsgebet. Maria Theresia nahm das wärmende Tuch von den Schultern und legte es sich über den Kopf, ehe sie sich wieder hineinwickelte. Sie verließ ihre Stube. Durch lange dunkle Flure ging sie, trat mit einigen Klosterfrauen, die sich zusammenfanden, durch die Türe, die vom oberen Stockwerk aus zur Nonnenempore in die Kirche führte. Das Fräulein von Tünzlern war nicht gekommen? Sie hatte sich darauf gefreut, Catharina von Tünzlern zu treffen, die einzige hier, die in ihrem Alter war. Nach dem Gebet wollte sie ein wenig mit ihr plaudern. Fast zur gleichen Zeit wie Maria Theresia war auch Catharina nach Stuben gekommen, und wie sie selbst trug auch Catharina noch die eigenen Kleider. Warum war Catharina wieder nicht zum Chorgebet gekommen?

Maria Theresia nahm an allen vorgeschriebenen Gebeten teil. Zu ihrer Verwunderung taten das nur wenige der Klosterfrauen. Sie war froh über jede Unterbrechung des eintönigen Tagesablaufs. Hochwürden Hympler hatte ihr zu verstehen gegeben, dass der Herr Oberst ihm befohlen habe, auf das Fräulein Tochter ein Auge zu haben und über ihr Betragen zu wachen. Mitteilung wolle er erhalten, so hatte er befohlen, wenn es einen Anlass gäbe. Ihm, Hympler, als dem Kellner des Klosters, wolle der Herr Oberst auch den Spielpfennig für die Tochter anvertrauen, er solle darauf achten, dass sie diesen nicht nutzlos verschwende. Es war also gut, sich in den Augen des Pfarrers nichts zuschulden kommen zu lassen. In der Kirche zitterte Maria Theresia vor Kälte, sie konnte kaum das Gebetbuch halten.

Zur Mittagstafel waren alle Klosterfrauen, außer der Meisterin, im Refektorium versammelt. Maria Theresia durfte neben Catharina am unteren Ende der Tafel sitzen. Nur wenig aß sie, und das wenige ohne Appetit, sie trank von dem gewärmten Wein, den die Magd ihr einschenkte. Sie fühlte, wie der Wein sie schläfrig machte.

Lang war der Tag ohne die geringste Beschäftigung, lange zog er sich hin, bevor es endlich Abend wurde. Catharina war nicht zu einem Gespräch aufgelegt, sie hatte sich mürrisch zurückgezogen. Das Fräulein von Berg in ihrer Stube zu besuchen, verspürte Maria Theresia keine Lust. Das Buch, das Hympler ihr mit milder Ermahnung in die Hand gedrückt hatte, hatte sie zur Seite gelegt. Einen Brief hätte sie schreiben können, doch wem hätte sie schreiben sollen?

Schnee und immer noch Schnee, der allmählich auch die grauen Spuren im Klosterhof zudeckte. Das Feuer im Eisenofen reichte nicht aus, um die Stube zu erwärmen. Elsjen kam herein und brachte einen Korb mit Feuerholz. Die Magd stapelte das Holz neben dem Ofen auf, dann ging sie auf das Mädchen zu, das regungslos am Fenster stand.

»Jesses nein, wat steht dat Fräulein am Fenster und guckt in den Schnee? Se sein ja ganz blass, Fräulein Sohlern, wat is' denn? Is' et dem Fräulein nit gut?«

Maria Theresia traten Tränen in die Augen. Ja, so war es, sie fühlte sich krank. Sie spürte einen ziehenden Schmerz im Leib. Sie wandte sich ab, um ihre Tränen zu verbergen. Wenn doch die Mama … Mama! Warum haben Sie mich weggeschickt? Der tiefe, unausgesprochene Kummer. Kein Wort kam über ihre Lippen.

Elsjen sprach weiter vor sich hin. Es klang, als rede sie mit einem kleinen Kind. Dabei stocherte sie im Ofen herum und legte weitere Holzscheite in die Glut.

»Dat is' der Schnee. Fräulein Sohlern, ich weiß et, dat is' der Schnee. Der Schnee liegt schwer auf uns, so is' dat nun mal. Dann sind mir hier in Stuben ganz wie aus der Welt. Wartet, wenn der Schnee all' die Mosel runter gelaufen is', dann wird et wieder gut. Und ich bring dem Fräulein en schönen warmen Ziejelstein für in't Bett, dann schläft et gut in der Nacht. Dat Fräulein soll nit weinen. Jetz' weint aber nit so, Fräulein. So, is et wieder gut?«

Und Elsjen tat, was sie versprochen hatte. Maria Theresia legte sich gleich zu Bett und zog die Vorhänge des Alkovens zu. Nach und nach spürte sie, wie endlich Wärme sie durchdrang.

Es war noch stockdunkel, als es zum frühen Morgengebet läutete. Die Magd brachte eine Öllampe und feuerte den Ofen an. Es fiel Maria Theresia schwer, das warme Bett zu verlassen, kalt war es in der Stube. Immer noch, stärker als am Tag zuvor, zog dieser Schmerz durch ihren Leib. Sie stand auf, als die Glocke verstummt war, erschrak, als sie im Schein der Lampe auf ihrem Bettlaken, dann an ihrem Nachthemd dunkle Flecken sah. Sie rührte mit der Hand daran. Feucht! Feuchte dunkle Flecken! Blut an ihrer Hand! Entsetzt verkroch sie sich wieder in ihrem Bett. Zusammengekrümmt lag sie da und rührte sich nicht. Was war das? Was war mit ihr? Sie wagte kaum zu atmen. So lag sie über Stunden, erstarrt vor Angst.

Nach der Mittagszeit kam Elsjen herein. Vorsichtig zog es die Vorhänge des Alkoven zurück.

»Ich hab et gewusst, dat Fräulein is' krank. Dat hat mer gestern schon danach ausgesehn. Wat machen mir denn da, Fräulein Sohlern? Ich mach' dem Fräulein en Tee, und en gut' Supp', dann wird et wieder. Nit weinen, Fräulein! So müsst Ihr nit weinen! Oh Gottogott, wat is' denn?«

Schluchzend kam es aus den Kissen: »Muss ich jetzt sterben?«

»Aber Fräulein Sohlern, wat red't Ihr denn da? Wer stirbt denn gleich? So schnell stirbt sich dat nit! Jesses Fräulein! Lass mich mal gucken!«

Als das Weinen nicht aufhörte, hob Elsjen vorsichtig das Laken. Sie seufzte tief auf, als sie sah, was geschehen war.

»So is' dat. Jesses, so is' dat. Da stirbt man nit davon. Ja weiß dat Fräulein denn nit wat dat is'?«

Elsjen setzte sich auf die Bettkante und strich Maria Theresia mit der rauhen Hand über den Rücken. Sie redete tröstend auf Maria Theresia ein, und auf ihre schlichte Art sagte sie ihr, was geschehen war. Maria Theresia konnte nicht aufhören zu weinen.

»Heut bleibt dat Fräulein im Bett«, sagte die Magd. »Ich machen dat schon. Bleibt mal liegen, Fräulein, dat machen mir schon. Dat wird wieder gut. Da muss man damit leben. Dat lernt sich.«

Maria Theresia wagte endlich, sich umzudrehen. Sie schaute Elsjen an, sah den ruhigen Blick, die gelassene Fürsorge, und konnte ganz allmählich aufhören zu weinen.

In diesem Winter hatte sich der Frost zunächst zurückgehalten, doch plötzlich fiel er um so heftiger ein. Der aufgeweichte Schnee, der noch nicht weggetaut war, fror zu einer harten Schicht mit spiegelglatter Oberfläche. In der Abgeschiedenheit des Klosters war die kleine Lebensgemeinschaft nun auf sich allein gestellt.

Für Maria Theresia war noch keine Aufgabe gefunden. In Stuben war sie aufgenommen worden als eine, die ihr Leben lang blieb. Doch ob dies für sie ein sinnerfülltes Leben werden würde, interessierte keine der Klosterfrauen. Ihnen selbst war es nicht anders ergangen. Kinder waren sie gewesen, als ihre Eltern sie hierhergebracht hatten. Nahezu ohne Hilfe hatten sie sich zurechtfinden müssen, und irgendwie hatte sich alles von selbst gefügt. War es am Ende nicht gut so? War nicht alles zum Besten geregelt? Das junge Fräulein von Sohlern musste eben zusehen, wie sie zurecht kam. Früher oder später würde sie sich einfügen, so wie all die anderen auch. Ihr würde nichts anderes übrig bleiben.

Maria Theresia musste sich, wenn sie der unerträglichen Langeweile entrinnen wollte, dem Stubener Alltag anpassen. Sie suchte die Gesellschaft Catharinas. Zunächst hatten sich die beiden Mädchen viel zu erzählen. Bald jedoch wussten sie nichts Rechtes mehr miteinander anzufangen. Zu verschieden waren sie. Das Fräulein von Berg tat freundlich mit der Tochter der befreundeten Familie. Doch ihrer Freundlichkeit war deutlich spürbare Unverbindlichkeit beigemischt. Die Sohlernsche Tochter war ihr zu einem Besuch in ihrer Stube durchaus willkommen. Wenn sie dann gehen wollte, wurde sie gleichgültig entlassen. Stets gab es einen heißen Tee mit viel Zucker, freundliche Worte über die liebe Frau Mama und den verehrten Herrn Oberst, doch kein hilfreiches Wort für das Mädchen. Die übrigen Klosterfrauen? Jede hatte ihren festen Platz in der erzwungenen Gemeinschaft. Noch war Maria Theresia keine von ihnen, man ließ sie es spüren und hielt sie auf Abstand. Die Meisterin hatte ihre betonte Freundlichkeit in dem gleichen Augenblick abgelegt, in dem die Eltern in ihrer Kutsche von Stuben abgereist waren. Dem Elsjen hatte sie aufgetragen, Maria Theresia zu betreuen, solange, bis sie sich eingewöhnt habe. Es war jedoch unerwünscht, dass Maria Theresia die Nähe der Magd suchte. Die Meisterin war auf Distanz bedacht. Sie hatte viel auszusetzen: »Man hilft nicht in der Küche. Man geht nicht in die Ställe, um beim Tierefüttern zu helfen, wenn man keine Magd ist. Und man fasst keine Tiere an. Auch nicht die schwarzweiße Katze.«

Die Felsen des Calmont hielten den Schnee nicht lange fest. Im zeitigen Frühjahr taute es. Viel Wasser brachten die Bäche von Hunsrück und Eifel hinunter zum Fluss. Die Mosel schwoll an und stand bald vor den Stufen der Klosterkirche. Als sie endlich zurückwich, dauerte es nicht lange, bis die Bewohner von Stuben wieder Zugang zur Außenwelt hatten und das Leben von Neuem zu ihnen hereinkonnte. Täglich kamen Pilger, um vor der Kreuzreliquie zu beten. Heiß ersehnte Waren konnten wieder geliefert werden. An manchen Tagen legte ein Schiff in dem kleinen Stubener Hafen an. Briefe wurden gebracht oder hinausgesandt. Sobald man wieder reisen konnte, machte sich das Fräulein von Berg zu einem Ausflug nach Trier auf. Sichtlich erfrischt kam sie nach einigen Tagen zurück. Sie brachte für Maria Theresia das neue Kleid mit, um das die Mutter schon im Herbst gebeten worden war. Aus blauem Kattun und bei weitem nicht so schön, wie es erwünscht worden war, passte es doch wenigstens. Fast alle Kleidungsstücke waren Maria Theresia zu klein geworden.

»Sie brauchen bis zu Ihrer Einkleidung gewiss nicht mehr viele weltliche Kleider. Was Sie haben, wird genügen. Das geistliche Kleid wird Sie um so mehr schmücken und Sie zu einer der Unsrigen machen. Ihre lieben Eltern freuen sich ebenso darauf wie wir hier in Stuben, und Sie selbst, so hoffe ich, auch«, sagte das Fräulein von Berg und lächelte sanft.

Maria Theresia schämte sich ein wenig vor Catharina. Die besaß bessere Kleider als sie. Doch es war nicht wichtig, dass sie hier schöne Kleider hatte. Außer Elsjen kümmerte sich kaum jemand um sie. Auf die alten Kleider musste sie nicht besonders achtgeben.

Tagsüber ließ man ihr viel Freiheit, sich innerhalb der Einfriedungsmauer zu bewegen. Seit dem Frühjahr traute sie sich öfter aus ihrer Stube heraus. Nach und nach machte sie sich innerhalb der engen Grenzen mit ihrer neuen Umgebung vertraut. Das Elsjen musste nicht mehr unbedingt in der Nähe sein, damit sie sich draußen sicher fühlte. Sie ging alleine die wenigen Schritte hinunter zum Fluss. Wenn sie glaubte, niemand sehe sie, warf sie manchmal Steine hinein, so wie damals, als sie mit dem Cousin aus Mainz, dem jungen Herrn von Belmont, nach den treibenden Eisschollen auf dem Rhein Steine geworfen hatte. Den Cousin hatte sie seither nicht wiedergesehen. Einmal hatte er ihr Grüße geschickt. Ob er sie inzwischen vergessen hatte?

Eines Tages traf sie am Ufer den Fährmann Clas. Die ersten Male, als sie ihm begegnet war, lief sie scheu vor ihm davon. Nun blieb sie stehen und sah ihm zu, wie er den Nachen ans Ufer zog. Er nickte ihr zu.

»Ihr schmeißt aber gut, Fräulein«, sagte er ohne Spott, »dat hab' ich noch nit gesehn, dat en Fräulein so gut Stein' schmeißen kann. Passt mal auf, ich zeig dem Fräulein wat. Hier, flache Steincher brauchen mir. Dat geht so«, und er zeigte ihr, wie man wirft, dass die Steine in großen Sprüngen über das Wasser hüpfen.

Sie sah ihm eine Weile stumm zu, dann warf sie

ebenfalls, und es gelang ihr gut. Clas lachte, er nickte anerkennend. Sie errötete und lief davon.

Manchmal stand Maria Theresia am Ufer und schaute den Schiffen zu, die auf der Mosel fuhren. Moselabwärts kamen sie von Trier her, von da, wo Mama wohnte, Franz Georg, die Schwestern. Das Fräulein von Berg war vor kurzem dort gewesen. Sie hatte das neue Kleid und Grüße mitgebracht, einen Brief von der Mama, in dem sie wünschte, dass es der Tochter in Stuben gefallen möge und dass sie verstehe, wie gut es ihr dort gehe.

Sollte sie nun wirklich für immer hier bleiben? Eine Klosterfrau werden? Wenn sie doch mitfahren könnte, dort mit dem Schiff, das flussaufwärts fuhr. Es hatte einige Fässer geladen. Sie schaute dem Halfen zu, der am anderen Ufer auf dem Leinpfad ritt. Er saß, das Gesicht rückwärts gewandt, auf dem mittleren der drei Pferde, die an starken Schleppseilen das Schiff zogen, sie hörte seine lauten Rufe, die sie nicht verstand, sah, wie er grüßend seinen Hut zog, als er an der Kirche vorbeiritt, und sie wusste von Elsjen, wen er grüßte: den an die Außenwand des Ostchores gemalten Bischof Nikolaus, der die Schiffsleute auf allen Wassern der Welt beschützte.

Lange Zeit lebte Maria Theresia schon in Stuben, da erhielt sie Besuch vom Vater. Der Oberst hatte eine Reise von Trier nach Koblenz unterbrochen, um nach der Tochter zu sehen. Er traf sie im Beisein der Meisterin.

Hatte die Tochter vergessen, wie man einen Gast ordentlich begrüßt? Freute sie sich nicht, den Vater zu sehen? Warum diese flammende Röte in ihrem Gesicht? Sie schien nicht recht zu wissen, wie sie sich verhalten sollte, wusste nicht wohin mit ihren Händen. Immerhin war sie gewachsen, ein wenig weiblicher schien ihm die Gestalt, doch das Hagere überwog immer noch. Er sah, dass sie seiner verstorbenen Schwester Therese noch ähnlicher geworden war. Hübscher war sie nicht geworden. Auch nicht klüger? Es war ihm peinlich, dass sie aussah, als ob ihr gleich die Tränen kämen. Wortkarg war sie, es dauerte lange, bis sie endlich gesprächiger wurde. Franz Georg, die Frau Mama, Antoinettchen, Amalie, ob sie sich wohl befänden? Ob sie sie einmal in Trier besuchen dürfe? Der Herr Papa möge doch erlauben, dass sie einen Besuch in Trier mache! Das Fräulein von Berg …

Die Meisterin griff ein: »Was wollen Sie in Trier, Fräulein von Sohlern. Ist nicht hier Ihr Zuhause? Ihrer Tochter geht es gut hier, verehrter Herr Oberst, Sie sehen, wie wohl sie gehalten ist. Besuche, erst später. Wir sind noch nicht am Ziel. Wir denken daran, sie bald einzukleiden. Das Fräulein ist doch nicht weit von ihrem siebzehnten Jahr?«

»Sie hat das Alter«, sagte der Oberst.

Dann bat die Meisterin Maria Theresia, sich nun vom Vater zu verabschieden.

»Nein, nein, wir weinen nicht!«, rief sie ungehalten, als das Mädchen laut aufschluchzte.

»Ich will nach Hause!«

»Nun ist es genug.« Der Oberst fasste sie fest an den Schultern. »Meine Tochter weint nicht! Sie sollte wissen, was gut für sie ist. Die Mama wird dir einen Brief schreiben. Und vor dem Winter wird sie nach Stuben kommen, um dich zu sehen. Nun beruhige dich!«

Die Meisterin rief nach Elsjen. Sie ließ Kaffee bringen. Es habe ja keine Eile mit dem Abschied. Noch ein Stündchen mit dem lieben Herrn Vater. Eine

Erfrischung, das wäre dem Herrn Oberst doch recht? Ob das Fräulein lieber Schokolade wolle? Aber ja, Schokolade, das wisse sie, die jungen Damen wollten lieber Schokolade. Dann sollten sie auch welche haben. Es sei nicht einzusehen, dass sie ihnen vorenthalten werde. Und das Fräulein solle vom Herrn Papa so ausgestattet werden, dass sie selbst gute Dinge kaufen könne, wenn sie davon haben wolle. Das sei nun so besprochen worden, dass sie regelmäßig einen Spielpfennig bekommen solle, jetzt, da sie doch schon erwachsen und vernünftig genug sei, um damit richtig umzugehen.

Und als Maria Ferdinanda erkannte, dass Vater und Tochter sich nichts mehr zu sagen hatten, fuhr sie mit ihrem Geplauder fort und übertönte damit die Stummheit zwischen ihnen. Sie trank dabei viel gesüßten Kaffee mit einem guten Schuss Branntwein darin, überredete auch den Oberst dazu. Maria Theresia nippte lustlos an der Schokolade.

Sie ließ den Vater schließlich ziehen, ohne Tränen zu vergießen. Zum Abschied übergab er ihr eine gefüllte Börse und versprach, ihr regelmäßig Geld zu senden, über das sie verfügen könne. Eine gehorsame Tochter solle sie sein. Sie versprach es. Und sie tauchte wieder in den Stubener Alltag ein, weil ihr nichts anderes übrig blieb, und nahm ihn so, wie er war.

Sechzehn Jahre und einige Monate war Maria Theresia alt, da willigte sie ein, die Kleider einer Klosterfrau zu tragen. Es fiel ihr nicht schwer, ihre eigenen Kleider in die Truhe zu packen. Sie waren abgetragen, verwaschen, verblasst. Sie trug nun das schwarze Nonnenkleid mit dem großen weißen Kragen, der weißen Haube, die das Gesicht eng umschloss, darüber den schwarzen Schleier. Ihre eigentliche Probezeit, das Noviziat, hatte begonnen.

»Wer bist du?«

Die junge Nonne stand vor dem hohen Spiegel mit dem breiten Goldrahmen. War sie das wirklich, sie, Maria Theresia? Sie spürte die Schwere des Gewandes, das sie zu gemessenen Schritten zwang. Nun war sie wirklich eine der Klosterfrauen. Es war ihr nicht mehr erlaubt, im Bereich des Klosters nach Belieben umherzustreifen.

Das Gewand. Die neue Würde.

Elsjen sah sie prüfend an und suchte lange nach Worten.

»Ja, so is' dat, Fräulein Sohlern. Jetz is' se die Schwester Maria Theresia. So schmeißt man aber kein' Stein' mehr in die Mosel. Wenn dat mal gut geht.«

## Novizin

Die Novizin Maria Theresia hatte die Erlaubnis erbeten, sich einigen der Klosterfrauen anzuschließen, die mit dem Stubener Schiffchen nach Cochem fahren wollten. Dort sollte das Marktschiff aus Koblenz anlegen. Die Meisterin war großzügig darin, den Novizinnen ihr Prüfungsjahr zu erleichtern. Ohne sich lange bitten zu lassen, sah sie über die Regel hinweg, dass Novizinnen den engsten Raum des Klosters nicht verlassen durften.

Vor dem Winter wollte Maria Theresia einige Vorräte einkaufen, darunter Briefpapier, Schreibfedern und Tinte. Sie zählte die Münzen in ihrem Geldbeutel nach. Es waren nicht viele. Sie würden nicht reichen. Seit Wochen hatte der Vater kein Geld geschickt. Vielleicht war es beim Kellner eingegangen, und er hatte es zurückgehalten? Sie suchte Hympler auf, um ihn danach zu fragen.

»Geld, schon wieder brauchen Sie Geld.« Hympler war ärgerlich. »Sie sollten mit dem, was der Herr Vater sendet, sparsamer umgehen.«

»Aber ich habe doch …«

»Sie wollen etwa mit nach Cochem fahren? Wo die Schwestern unseligerweise ganz unfromme Dinge einkaufen? Lauter unnützes Zeug! Verschwendung, es ist eine Schande!« Er hob die gefalteten Hände. »Gütiger Himmel, welches Beispiel für die junge Dame!«

»Aber die Ehrwürdige Mutter hat …«

»Oh Gott, welche Pflichtvergessenheit. Sie hat es erlaubt! Vielmehr: Es ist ihr gleichgültig. Ja, ich fürchte, es ist ihr gleichgültig. Sie lässt es geschehen, dass Sie während dieser Zeit der Einkehr die Klostermauern verlassen. Hüten sollte sie die jungen Seelen, bewahren, betreuen. Und was tut sie?« Er schlug die Hände vors Gesicht, breitete sie dann aus und fuhr mit weinerlicher Stimme fort: »Ich bitte Sie, Fräulein von Sohlern, Schwester Maria Theresia, wappnen Sie sich um des Himmels willen gegen schlechte Beispiele. Nutzen Sie die Zeit der Prüfung, damit sie Ihnen zum Segen wird. Ich beschwöre Sie!«

Ungerührt hörte Maria Theresia seinen Jammer. Von den Mitschwestern hatte sie sich eine gewisse Gleichgültigkeit gegen seine Ermahnungen abgeschaut. Niemand nahm seine Vorhaltungen ernst. Die Meisterin hatte ihr erlaubt, mit nach Cochem zu fahren. Was sie von Hympler brauchte, war das Geld, das der Vater hoffentlich geschickt hatte. Sie knickste tief und senkte den Kopf, dann hob sie den Blick und bat erneut um das Geld.

Traurig schaute er sie an, seufzte tief: »Ich hatte gehofft, mit Ihnen endlich ein Beispiel der Frömmigkeit hier in Stuben zu haben. Die Chorgebete, gewissenhaft und ohne Klage, ich sehe Ihre Bemühungen, habe dem Herrn Vater berichtet …«

»Die Ehrwürdige Mutter hat es erlaubt«, beharrte Maria Theresia. »Ich tue nichts Unrechtes. Wenn Sie mir nun geben wollen, was mir zusteht.«

»Zusteht!«, rief er entsetzt. »Was tun Sie Ihren guten Eltern an! Der Herr Vater hat den Spielpfennig nicht geschickt, weil es noch nicht an der Zeit ist! Ich kann Ihnen nicht geben, was ich nicht habe!«

Sie schüttelte den Kopf, ungläubig schaute sie ihn an.

»Begreifen Sie dies als Ermahnung, bescheiden und gehorsam zu sein«, fuhr er fort. »Eine Gelegenheit zur Prüfung. Gehen Sie in sich. Hilfe brauchen Sie! Ich werde nach Ehrenbreitstein Nachricht geben, aus dem Kloster der Franziskaner den Beichtvater zu schicken, der unsere Schwestern betreut. Erforschung des Gewissens! Sie haben Anleitung bitter nötig.«

Maria Theresia wandte sich ab und ging grußlos davon. Hympler sollte die Tränen der Enttäuschung nicht sehen. Was er hinter ihr herrief, verstand sie nicht, es klang wie eine Drohung.

Dass er sich den Klosterfrauen gegenüber immer so aufspielen musste! Er las täglich die Messe, er leitete die Chorgebete, er gab der Klosterfrau, die die Orgel zu spielen verstand, Anweisung, was sie anzustimmen hatte, und man war gezwungen, ihm zu folgen, weil er der Priester war. Wirklichen Respekt hatte keine der Frauen vor ihm. Auch Maria Theresia nicht. Doch seine Worte bedrückten sie. Was redete er immer wieder von Prüfung und Insichgehen? Seit dem Sommer trug sie das Gewand einer Augustinerchorfrau. Wie man ihr bei der Einkleidung gesagt hatte, zunächst für ein Jahr der Prüfung. Konnte das bedeuten, dass sie die Möglichkeit hatte, es wieder abzulegen? Was würde sie tun, wenn sie sich wirklich entscheiden dürfte? Sie wusste es: Eine Klosterfrau wollte sie nicht sein! Doch die Eltern ließen nichts anderes zu. Die Mutter wollte es so. Was also sollte sie prüfen? Man nahm hier das Gewand schon als Versprechen, es weiter zu tragen. Ein Leben lang.

Das Gewand verschaffte ihr Achtung bei den Knechten und Mägden des Klosters. Der Fährmann Clas zog den Hut, wenn er ihr begegnete. Elsjen behandelte sie wie immer, an ihrer resoluten Fürsorglichkeit änderte sich nichts.

Die Schwestern nahmen Maria Theresia seit ihrer Einkleidung ernst als eine der Ihren. Es war deutlich zu spüren, dass man in Stuben froh war, endlich wieder Nachwuchs in die Gemeinschaft aufnehmen zu können. Man bemühte sich um die Novizinnen. Wollten die jungen Schwestern einen kleinen Ausflug auf der Mosel unternehmen? Mit hinausfahren zu den Höfen, die dem Kloster zinspflichtig waren? Hinüber nach Bremm, nach Eller, nach Ediger und zuschauen, wenn zum Tanz aufgespielt wurde? Am Rand stehen und zuschauen.

Die Meisterin hatte nach der Weinlese ein kleines Fest zu Ehren der Novizinnen im Kreise der Schwestern gegeben. Zu einem üppigen Mahl wurde reichlich vom besten Wein gereicht. Maria Ferdinanda hatte dabei zum erstenmal das prächtige neue Silber präsentiert, das sie angeschafft hatte: Besteck und vergoldete Silberbecher, für sich selbst einen mit goldenem Deckel. Maria Theresia hatte an diesem Fest wenig Freude. Sie sah, dass die Meisterin sich selbst feierte. Sich selbst und ihren Vorteil hatte sie im Blick. Die Novizinnen waren ihr gleichgültig. Maria Theresia fürchtete sich vor ihr, auch wenn sie freundlich tat. Die Freundlichkeit konnte von einem Augenblick zum anderen in Boshaftigkeit umschlagen.

Häufig hatte die Kellnerin Antoinette Auseinandersetzungen mit ihr. Antoinette hütete die Schlüssel zu den Vorräten an Kaffee, Tee, Schokolade und Zucker. Wenn man davon haben wollte, musste man selbst bezahlen. Nur die Meisterin setzte sich darüber hinweg und verlangte, sich umsonst bedienen zu können. Gegen ihr herrisches Gebaren war nicht anzukommen. Antoinette gab um des Friedens willen nach. Einige der Schwestern hielten es ebenso, wenn es zu ihrem Vorteil war. Andere stellten sich im Streit offen gegen sie und hatten darunter zu leiden. Nur das Fräulein von Berg ignorierte die Meisterin scheinbar teilnahmslos, wenn sie ausfällig wurde, und sorgte dafür, dass sie selbst schadlos blieb.

Häufig gab es Streit unter den Schwestern. Nirgends Verlässlichkeit! Wie sollte man sich der Meisterin gegenüber verhalten? Es war gut, es nicht mit ihr zu verderben. Man senkte die Augen, man verneigte sich, man beugte das Knie ganz tief, man bat demütig – und sie gewährte.

»Fahren Sie mit nach Cochem, Schwester Maria Theresia?«

»Ach, ein andermal.«

Hympler ließ sich nicht erweichen. Er gab kein Geld heraus.

Maria Theresia musste zurückbleiben. Sie sah, wie die Schwestern vom Stubener Hafen aus die Mosel hinunterfuhren, einträchtig diesmal, weil sie gemeinsam etwas vorhatten, und Maria Theresia weinte, als sie ihr aus der Ferne zuwinkten. Lange konnte sie die Enttäuschung nicht vergessen.

An den angekündigten Besuch des Beichtvaters aus Ehrenbreitstein erinnerte sich Maria Theresia erst wieder, als der Kapuzinerpater Modualdus in Stuben eintraf. Verdrossen folgte sie Hympler, als er sie zusammen mit Catharina zu dem Geistlichen ins Konventzimmer führte.

Mit ausgebreiteten Armen kam Pater Modualdus auf die Novizinnen zu. Sie knieten vor ihm nieder, mit dem Daumen seiner rundlichen Rechten zeichnete er ihnen ein Kreuzzeichen auf die Stirn. Er lächelte sie freundlich an. Dann gab er ihnen ein Zeichen, sich zu erheben, nahm selbst am Tisch Platz und bedeutete ihnen, sich zu ihm zu setzen. Hympler wurde hinausgebeten, er ging auf Zehenspitzen und schloss leise die Tür. Maria Theresia und Catharina setzten sich nebeneinander. Sie sahen sich mit raschen Blicken an, als suchten sie Hilfe, eine bei der andern, fanden nur Ratlosigkeit, beide senkten den Kopf.

»Gelobt sei Jesus Christus«, hörten sie. »In Ewigkeit Amen«, hauchten sie als Antwort und warteten und fühlten den forschenden Blick des Paters.

»Wie schön uns doch die liebe Sonne diese Stube erhellt, meine Töchter«, sagte Pater Modualdus mit sanfter Stimme und fuhr fort: »So wollen wir das Licht auch anschauen und uns daran erfreuen. Ja, so ist es recht. Schauen Sie den Pater Modualdus nur an, er ist nichts weiter als ein alter Mann. Ich bin zu Ihnen gekommen, um Ihnen mit Gottes Beistand zu helfen, Ihre Seelen zu erforschen und Sie im Sakrament der Buße der Gnade Gottes teilhaftig werden zu lassen.

Nun? Wir fürchten uns nicht. Nein, wir freuen uns, dass für unser Seelenheil gesorgt wird. Fürchtet sich hier jemand? Nein, nein, dazu haben wir keinen Grund. Der alte Pater Modualdus meint es gut. Sie sind das Fräulein von Sohlern, ich weiß es, Sie sehen dem Herrn Vater ähnlich. Ich kenne den Herrn Oberst, und auch die verehrte Frau von Sohlern ist mir bekannt. Gute, fromme Eltern, ich weiß es. Die jungen Damen sind stumm, oder können sie auch sprechen?«, und er ließ ein leises, gutmütiges Lachen hören. »Sie sind das Fräulein von Sohlern?«

Maria Theresia nickte. Zögernd erwiderte sie sein Lächeln.

Pater Modualdus versuchte, die beiden Novizinnen zum Sprechen zu bringen: Die Familien. Das Zuhause. Das schöne Kloster an der Mosel, das er immer wieder einmal gerne aufsuchte. Das Schiff, das ihn hierher gebracht hatte. Und das schöne Wetter ... Catharina ließ sich auf nichts ein. Nur zu knappen Antworten ließ sie sich widerwillig bewegen. Sie kämpfte mit den Tränen. Maria Theresia fasste nach und nach Vertrauen. Der Pater wandte sich ihr zu und ließ Catharina in Ruhe.

»Sie haben es gut hier, liebes Fräulein. Sie haben eine schöne Stube, wie es hier üblich ist?«

»Eine schöne Stube, ja.«

»Sehen Sie, es ist gut für Sie gesorgt. Nicht wahr?«

Sie nickte.

»Die Ehrwürdige Mutter lobt Ihren Eifer, mit dem Sie an den Chorgebeten teilnehmen. Eine fromme Tochter. Sie beten eifrig und gerne?«

»Hochwürden Hympler ...«

»Ja?«

»Er meldet es sonst dem Papa.«

»Der Herr Vater wünscht eine fromme Tochter. So ist es gut. Sie tun es gewiss auch aus einem Bedürfnis des Herzens, mein Kind. Sie haben die große Gnade, dem Himmel geweiht zu sein. Verstehen Sie das recht? Sie dürfen dieses Gewand tragen, das Sie als Braut des Himmels auszeichnet. Erfüllt Sie das nicht mit Freude?«

Maria Theresia schüttelte den Kopf.

Erstaunen in der Stimme des Paters: »Nein? Deute ich es richtig? Ein Klosterfräulein? Eine Braut des Himmels? Nein?«

»Nein!« Ein leises, bestimmtes »Nein«.

Sie schwieg und sah zur Erde. Catharina schaute sie erschrocken an.

Pater Modualdus hob die gefalteten Hände an die Lippen. Er schloss für eine Weile die Augen und atmete tief.

»Ihre lieben Eltern haben Sie dem Kloster anvertraut«, fuhr er beschwichtigend fort. »Wenn Sie selbst Ihr Gewissen prüfen, wird Ihre innere Stimme Ihnen die richtige Antwort geben. Dem Himmel verbunden. Eine Braut des Himmels. Eine besondere Gnade.«

Mit gepresster Stimme brach es aus ihr heraus: »Ich möchte keine Klosterfrau sein. Nein, ich will nicht hier bleiben.«

»Aber! Ihre lieben Eltern! Ihre liebe Frau Mutter, der Herr Oberst!«

»Mama … Mama will mich nicht. Mama will nicht, dass ich zu Hause bin. Nie war sie freundlich zu mir.« Maria Theresia zwang sich, nicht zu weinen. »Ich wollte es nicht. Bitte. Ich wollte es nicht. Ich will nicht hier bleiben!«

Sie konnte die Tränen nicht zurückhalten. Auch Catharina fing an zu weinen. Die Tränen versiegten, als der Pater aufstand, die Hände auf dem Rücken zusammenlegte und nachdenklich einige Schritte umherging, schließlich innehielt und jedem der Mädchen eine Hand auf den Kopf legte.

»Sie sind noch jung, aber Sie sind keine Kinder mehr. Dennoch, Sie wissen es nicht besser«, sagte er besänftigend. Er setzte sich wieder und richtete sein Wort an Maria Theresia: »Der geistliche Stand ist anders als jeder andere Stand, den man in der Welt haben kann. Er fordert größere Demut, größeren Gehorsam. Aber er schenkt auch größere Gnaden. Sie sind auserwählt, wissen Sie das? Prüfen Sie sich im Innersten Ihres Herzens, dann wissen Sie es. Beten Sie, liebe Tochter, beten Sie fleißig. Was Sie bedrückt, sind Versuchungen des Bösen Geistes, der Sie dem Himmel abspenstig machen will. Lassen Sie es nicht zu. Versuchungen, denen Sie widerstehen müssen! Und, ach Gott, die armen Eltern! Ich erwarte Sie in der Kirche zur Beichte.«

Keines der Mädchen sprach mehr ein Wort. Er ließ sie wieder niederknien, machte über ihnen ein Zeichen des Segens und entließ sie.

Einige Stunden blieben Maria Theresia nun, sich auf die Beichte vorzubereiten. Dann kniete sie in einem der dunklen Beichtstühle und ließ sich von der gütigen Stimme hinter dem Gitter leiten, vieles von dem, was sie empfand und was sie getan hatte, als Sünde zu erkennen.

Ja, undankbar gegen die Eltern. Neidisch auf die jüngeren Schwestern zu Hause. Gedanken des Zorns gegen die Meisterin Maria Ferdinanda. Keine demütige Dienerin. Widerwillig gehorsam. Die Gedanken auf Vergnügungen der Welt gerichtet.

Ob sie erkenne, wie sie den gütigen Gott mit ihren Sünden beleidigt habe? Ob sie wisse, welche Strafen die Sünder erwarteten, die nicht bereuten? Ob sie bereue und zur Umkehr bereit sei? Dann sei ihr Vergebung gewiss. Als Zeichen ihrer Bußfertigkeit solle sie noch am gleichen Tag vor der Kreuzreliquie den Schmerzhaften Rosenkranz beten. Sie sei eine gute, fromme Tochter, noch besser solle sie nun werden. Und die Hand hinter dem trennenden Gitter hob sich zum Zeichen der Absolution.

Lange kniete Maria Theresia in der Kreuzkapelle. Die Perlen des Rosenkranzes glitten durch ihre Finger und zählten die Glieder einer Kette aus Gebeten. Sie flüsterte die vielen, immer gleichen Worte mit, um sich an ihrem Klang festzuhalten. Was sie wirklich bewegte, hatte wenig zu tun mit dem, was über ihre Lippen kam. Sie hatte ausgesprochen, was sie bisher niemandem anvertraut hatte. Pater Modualdus war gütig, er sprach freundlich zu ihr. Der Klang seiner Stimme gab ihr Trost. Er war ihr nicht böse. Eine gute Tochter hatte er sie genannt. Gewiss wollte er ihr helfen. Er würde ihr dabei behilflich sein, das Kloster zu verlassen, hoffte sie.

Das Geld vom Vater traf rechtzeitig vor dem Winter ein. Sparsam solle sie damit umgehen, ermahnte Hympler, als er es Maria Theresia aushändigte. Sie tat, als nähme sie die Ermahnung willig an, und kaufte einen beträchtlichen Vorrat an Schokolade, dazu einen pelzgefütterten Muff, wie sie bei Tante Therese einen besessen hatte. Mit Grauen dachte sie an die kalten Tage, die dunkle Abgeschiedenheit, die der Winter mit sich bringen würde. Für sie ein weiterer Winter in Stuben? Käme die ersehnte Hilfe vielleicht schon vorher?

Sie hatte keinerlei Vorstellung davon, welcher Art diese Hilfe sein könnte, doch sie wartete eine Zeitlang darauf, dass irgendetwas geschehen würde. Ein armseliges Körnchen Hoffnung hatte der Pater zurückgelassen. Ein anderes, als es in seiner Absicht gewesen war. Er ahnte nichts davon.

Bald fiel der erste Schnee und trübte mit staubfeinen Flocken das Moseltal ein. Kein Zeichen für Maria Theresia. Alles wie immer. Kümmerlicher Trost im Teestübchen, Versuche am Spinnrad und mit Nadel und Faden. Hin und wieder ein lustlos aufgeschlagenes Buch. Langeweile. Manchmal angenehme Stunden am Spieltisch. Häufig Zank und Unfrieden. Chorgebete in der kalten Kirche. Zum Glück große Vorräte an Schokolade und an Vanille, um das heiße Getränk damit zu würzen.

So hart der Winter auch war: Die jungen Novizinnen fürchteten sich vor dem Sommer. Die Zeit des Noviziats war dann zu Ende, und sie mussten vor dem Abt von Springiersbach niederknien und das für alle Zeit gültige Versprechen ablegen, eine Klosterfrau zu sein. Unwiderruflich, für alle Zeit, ein ganzes Leben lang.

Die Hoffnung auf Hilfe von Pater Modualdus war geschwunden. Gab es wirklich keinen Ausweg mehr? Catharina erzählte Maria Theresia von einer Verwandten, die eine fromme Dame war und der dennoch das Kloster erspart geblieben war. Die lebte in einem Stift für adlige Damen. Dort war man versorgt und trotzdem nicht an strenge Ordensregeln gebunden. Freier lebte man dort als in einem Kloster. Man könnte ihnen doch auch erlauben, in einem Stift zu wohnen, wenn sie anders nicht zu versorgen wären! An wen konnten sie sich mit diesem Gedanken wenden? An die Eltern?

Das war undenkbar! Die Eltern erwarteten Gehorsam und keineswegs eigene Vorstellungen.

Als im Frühjahr das Kommen und Gehen der Pilger das Kloster wieder belebte, als auf dem Fluss wieder die Schiffe fuhren, da ließ Maria Theresia der Gedanke an ein Leben außerhalb des Klosters nicht mehr los. Wohin würde sie sich wenden, wenn sie frei wäre zu gehen? Nach Hause, zu Mama? Zu den Geschwistern? Sie hatte kein Heimweh mehr nach der Familie. Sie wusste, dass man sie dort nicht haben wollte. In Lorch war niemand mehr, zu dem sie gehen konnte. Der Cousin in Mainz? Vor ihm würde sie sich schämen.

Sie saß in ihrer Stube, tunkte die Feder ins Tintenfass und starrte verzweifelt auf ein leeres Blatt Papier. Ehe es zu spät war, musste sie um Hilfe bitten. Immer nur weinen und trotzen, wie Catharina? Nein, das wollte sie nicht. Sie wollte, sie musste es versuchen. Morgen könnte sie dem Boten die Post mitgeben, heute noch musste der Brief geschrieben werden. Und sie schrieb in ihrer ungelenken Kinderschrift:

»Allerliebste Tante,
verehrte Frau von Gerswort,
gütige liebe Dame …«

Mehrmals setzte sie an, verwarf, was sie geschrieben hatte, zerriss das Papier in kleine Fetzen und warf sie in den Ofen, in dem kein Feuer brannte. Schließlich glaubte sie, die rechten Worte gefunden zu haben: Sie, die Nichte Maria Theresia, welche das Andenken an die gütige Frau Tante in ihrem Herzen bewahrt habe, wende sich in ihrer Not an sie, weil sie von ihrer strengen Mutter ins Kloster geschickt worden war. Sie fühle jedoch keine Neigung zum Klosterleben, und wenn man sie dazu zwinge, müsse dies zu ihrem Unglück werden ... Vor dem Sommer, bevor sie die Gelübde ablegen müssten, wollten beide Novizinnen, sie selbst und ihre Freundin, das Kloster verlassen ... und wolle nun inständig darum bitten, ihr zu einem Platz in einem Stift zu verhelfen ... und es sei alles auf der Welt besser als das Klosterleben, möge doch die allerliebste Tante Gerswort ...

Ob die Tante sich an sie erinnern konnte? Sie hatten sich lange nicht gesehen. Wo wohnte Frau von Gerswort überhaupt? »Die Tante Gerswort in Westfalen«, mehr wusste Maria Theresia nicht mehr. Wie sie auch grübelte, es fiel ihr keine Adresse ein. Was war mit einem Brief anzufangen, von dem man nicht wusste, wohin man ihn schicken sollte? Unglück! Sie konnte den Brief nicht abschicken! Ihren Namen brauchte sie gar nicht darunterzusetzen.

Voller Zorn über die Vergeblichkeit ihres Tuns schleuderte sie die Feder von sich. Sie lief ans Fenster und öffnete es weit. Laut las sie den Brief vor, als solle draußen jemand die Worte hören. Dann zerknüllte sie ihn und warf das nutzlose Stück Papier zum Fenster hinaus. Es fiel hinunter in den Hof. Ein Windstoß trieb es in den nahen Garten.

»Flieg nur hinunter zur Mosel! Flieg wohin du willst! Wenn ich schon nicht fort kann!«

Sie erschrak. Jetzt erst erblickte sie Hochwürden Hympler, der im Garten wandelnd im Brevier las. Fest schlug sie das Fenster zu.

Von dem lauten Geräusch aufgeschreckt, sah Hympler auf. Sein suchender Blick entdeckte ein Stück Papier, das ihm zu Füßen lag. Er schlug das Brevier zu, presste es unter den Arm, hob das Papier auf, glättete es und las.

Um Gottes willen! Aufruhr im Kloster! Welche Blamage, wenn die beiden jungen Fräulein die Profess verweigerten. Sollte er mit diesem unverschämten Blatt sofort zur Meisterin gehen? Musste er sie nicht informieren, damit sie rechtzeitig einschreiten konnte? Sofort den Eltern Nachricht geben? Ratlos war er. Er las den Brief nicht zu Ende, faltete ihn zusammen und legte ihn ins Brevier, dann brachte er erst einmal das vorgeschriebene Gebet dieses Tages zu Ende.

Zur Meisterin nun? Er stellte sich ihre wütende Reaktion vor. Besser war es, zuerst die Novizinnen zur Rede zu stellen. Welche von beiden hatte den Brief geschrieben? Er trug keine Unterschrift. Das Fräulein von Tünzlern, vermutete er. Sie war diejenige, die am wenigsten Frömmigkeit zeigte und nicht regelmäßig zu den Chorgebeten erschien. Er würde es erfahren. Beide bestellte er zu sich.

Da kam es heraus: Das Fräulein von Sohlern! Das Fräulein von Sohlern hatte den Brief geschrieben. Ungehorsam, er hat es kommen sehen. Was sie sich dabei gedacht habe? Er müsse die Ehrwürdige Mutter von der Verletzung des Gehorsams in Kenntnis setzen. Ob sie sich nicht schäme?

Furcht und Trotz zu gleichen Teilen. Ja, sie schäme sich, gestand sie. Bitte nicht der Ehrwürdigen Mutter melden. Bitte nicht! Sie wolle es nicht wieder tun.

»Warum nur, Schwester Maria Theresia, haben Sie solches geschrieben? Dachten Sie wirklich … nun, was dachten Sie?«

Kleinlaut stammelte sie: »Ich meinte es nicht so. Nein, nein, wollte es nicht. Catharina, nicht wahr? Wir … wir haben uns einen Spaß ausgedacht. Habe zum Spaß … Bitte, Hochwürden, sagen Sie es nicht der Ehrwürdigen Mutter.«

Ihre Stimme war immer leiser geworden, ihr Kopf tiefer gesunken. Hympler schwieg, murmelte einige Ermahnungen und schickte die beiden Mädchen weg.

Er war tief betroffen. Natürlich hatte das Fräulein von Sohlern den Brief ernst gemeint. Ihre Not war offensichtlich. Und er hatte geglaubt, sie habe sich an das Klosterleben gewöhnt. Ach, was blieb ihr übrig. Er gestand es sich widerwillig ein: Er wusste, welches Spiel hier gespielt wurde, er sah es seit vielen Jahren. Er war machtlos. Von ihm konnte keine Lösung erwartet werden. Was blieb auch ihm anderes übrig, als das Beste daraus zu machen und das Spiel in frommer Absicht mitzuspielen. Am Ende würde sich alles von selbst richten, mit Gottes Hilfe. Und er schickte ein inbrünstiges Gebet zum Himmel.

Der Meisterin verschwieg er den Brief. Die Novizinnen bemühten sich eine Zeit lang um den Eindruck stiller Ergebenheit.

Im Sommer erhielt Maria Ferdinanda einen Brief der Eltern Maria Theresias. Sie mahnten an, dass das Jahr des Noviziats ihrer Tochter abgelaufen sei. Es sei viel Zeit für reifliche Überlegung gewesen und die Tochter wisse nun, wie sich ihr Leben in bester Versorgung gestalte. Die Klostergemeinschaft ihrerseits wisse, was sie an ihr habe. Wann endlich könne mit dem endgültigen Schritt gerechnet werden? Die Familie wünsche Klarheit.

Maria Ferdinanda benachrichtigte sofort den Abt von Springiersbach, Karl Kaspar von Holtrop, dass in Stuben zwei Novizinnen gewillt seien, die Gelübde abzulegen. Der Abt war mit dem Bau einer neuen Klosterkirche sehr beschäftigt. Trotzdem machte er sich wenige Tage nach Erhalt der Nachricht auf, um nach Stuben zu reiten. Neues Blut für die glanzlose, überalterte Nonnengesellschaft, da durfte man nicht warten.

Er war erstaunt, die Meisterin in guter Laune anzutreffen. Sie zeigte sich ihm von einer unerwartet freundlichen Seite. Feste vorzubereiten und Feste zu feiern war augenscheinlich ihre starke Seite. Er ließ sich gerne dazu einladen, ein paar Tage an der Mosel zu verbringen, und bemühte sich selbst, so charmant wie möglich mit den Klosterfrauen umzugehen. Die beiden jungen Fräulein, die den Schleier zu nehmen gedachten, schienen ihm recht fade und blass. Ohne Zweifel war der geistliche Stand die beste Wahl, die für ihre Versorgung getroffen werden konnte.

Hochsommer im Moseltal. Schon schwiegen in den Nächten die Nachtigallen im Stubener Wald. Das Heu war von den Wiesen am Kloster eingebracht, einiges davon im Nachen auf der Mosel auch nach Neef gefahren worden. Der Duft der Traubenblüte am Calmont war längst verweht. Brütende Hitze lag in den steilen Schieferfelsen. Abkühlung kam nach schweren Gewittern, die mit krachendem Donner Furcht im engen Tal verbreiteten.

Es war an einem Tag im Juli, als Maria Theresia von Sohlern vor dem Abt von Holtrop kniete, der ihr Gelöbnis entgegennahm: »Ich, Schwester Maria Theresia, übertrage mich der Heiligen Kirche … und verspreche die Umkehr meiner Sitten und Gehorsam nach der Kanonikerregel des heiligen Augustinus …«.

Sie war 17 Jahre und 7 Monate alt.

# Maria Kunigunde

Im Dikasterialbau im Thal Ehrenbreitstein verbrachte Maria Kunigunde, die Schwester des Kurfürsten Clemens Wenzeslaus, einen unruhigen Tag. Wenn nur erst Abend wäre, dachte sie im nervösen Hin- und Hergehen in den weitläufigen Räumen. Nicht eher würde sie Ruhe finden, bis sie über die Mitteilungen des Kurfürsten von der heutigen Konferenz unterrichtet wäre. Sie fieberte dem Ergebnis entgegen, obwohl sie damit rechnete, dass dieses nach ihren Vorstellungen ausfallen würde.

Am Vorabend hatte sie mit dem Bruder ein langes Gespräch unter vier Augen geführt. Nicht erst jetzt, nein, schon seit längerer Zeit hatte sie ganz vorsichtig, ganz dezent ihrem lieben Clemens ihre Ansichten über die umstrittene Person, den La Roche, wissen lassen. Der Mensch *hat Religion*, hatte eine wohlmeinende Stimme vor fast zehn Jahren verlauten lassen, als La Roche an den kurfürstlichen Hof berufen worden war. Maria Kunigunde hielt ihn für einen heimlichen Atheisten! Für einen Ketzer zumindest. Erst war er der Geheime Rat und Konferenzminister gewesen, jetzt war er der Kanzler La Roche. Noch der Kanzler! Oder schon nicht mehr? Heute wollte der Kurfürst entscheiden, ob La Roche die Entlassung aus dem kurfürstlichen Dienst mitgeteilt wurde. Das war nach Maria Kunigundes Ansicht nötig, ja völlig unabdingbar, wenn die Ausbreitung gefährlichen Gedankengutes unterbunden werden sollte. Ganz abgesehen von den Unzulänglichkeiten, die der Kanzler seit einiger Zeit in der Ausübung seines Amtes gezeigt hatte.

Längst war in aller Munde, dass jene anonyme Schrift aus seiner Feder stammte. Die »Briefe über das

Mönchswesen« waren fingierte Briefe eines katholischen Pfarrers an seinen Freund, sie machten die Kirche und den geistlichen Stand in ganz Deutschland zum Gegenstand des Spotts. La Roche gab sich kaum Mühe zu leugnen, dass er der Verfasser war. Nun war dieser Schrift eine Fortsetzung gefolgt. Zu plump, zu gehässig. Es mochte wahr sein, was man hinter vorgehaltener Hand erfuhr: dass diese Schrift nicht von ihm verfasst worden sei. Maria Kunigunde hatte sie jedenfalls angewidert weggelegt, ohne sie zu Ende gelesen zu haben. Zugegeben, das war nicht der Stil eines La Roche, der verfügte über feinere Nuancen. Und wenn schon. Die Fortsetzung von unbekannter Hand war nur durch La Roches »Briefe über das Mönchswesen« möglich geworden.

Maria Kunigunde hatte gedacht, dem Kurfürsten die Augen öffnen zu müssen, als sie ihm mitteilte, dass La Roche die »Briefe« geschrieben habe. Zu ihrer Verblüffung musste sie feststellen, dass der Bruder bereits informiert war und sich in der Schrift bestens auskannte. Er hatte nicht mit ihr darüber gesprochen! Sie rätselte, warum er das nicht getan hatte. Sie war doch seine Vertraute! Alles besprachen sie miteinander. Er traf keine Entscheidung, ohne sie zuerst mit ihr gemeinsam bedacht zu haben. Wie rasch er in dem schmalen Buch die Stellen gefunden hatte, deren Aussagen, wie er sagte, bedacht werden müssten: Ob es denn nicht der Wahrheit entspräche, dass viele Personen nicht aufgrund ihrer Eignung Theologie studierten, sondern nur, um später im geistlichen Stand versorgt zu sein? Es sei doch wohl richtig, nur die Geeigneten und Begabten studieren zu lassen! Sie selbst habe doch seine Beschlüsse diesbezüglich gutgeheißen: Wer sich nicht für ein Studium eigne, habe ohne Ansehen der Person die Hochschule zu verlassen. Das jahrelange Studieren ohne Erfolg durfte nicht mehr geduldet werden. Und sei es nicht vernünftig, offen gegen Aberglauben und Hexengläubigkeit anzugehen? Gegen allzu viele Wallfahrten und Feiertage, gegen unpassende Üppigkeit und gegen Fehlverhalten der Mönche in manchen Klöstern?

Das sei ja das Verführerische an diesem Ketzerbuch, hatte Maria Kunigunde dem Bruder entgegnet, dass vernünftige Vorstellungen mit aufrührerischen Gedanken vermischt einem scheinbar Wohlmeinenden in den Mund gelegt wurden. Dieser Ton gespielter Naivität! Die Kirche, den geistlichen Stand lächerlich gemacht!

Maria Kunigunde hatte sich mit ihrem Beichtvater und mit hochgestellten geistlichen Freunden beraten. Man hatte ihr dringend ans Herz gelegt, ihren Einfluss auf den Kurfürsten zu nutzen, um die Schwächung der Kirche durch herabsetzendes Gedankengut zu verhindern.

Ihr kluger, ihr gebildeter, so liebenswerter Bruder! Er nahm seine Verantwortung sehr ernst, vom ersten Tag seiner Regentschaft an. Der geistliche Stand war seine Berufung, das war gewiss, nicht der Beruf eines Soldaten, den man ihm, dem jüngeren Sohn des sächsischen Kurfürsten und Königs von Polen, zunächst zugedacht hatte. Nicht erst das lange Krankenlager nach einer schweren Verwundung hatte ihn so weich und gutherzig werden lassen. Wie von selbst war er auf diese Bahn gekommen: Wenn keine Krone, keine Soldatenehre für den sächsischen Prinzen, dann ein möglichst hohes geistliches Amt. Erst wurde er Fürstbischof von Augsburg, und dann auch – die liebe Tante, die Kaiserin Maria Theresia in Wien, hatte nachgeholfen – Kurfürst und Erzbischof von Trier.

Im Kloster zu Thorn hatte Maria Kunigunde damals einen langen Brief von Clemens erhalten, in dem er von seiner Amtseinführung berichtet hatte. Die zurückhaltende Begrüßung der Trierer Bürger hatte ihn enttäuscht, doch er wusste, dass er diese Zurückhaltung durch die befohlenen Sparmaßnahmen selbst herausgefordert hatte. Von seinem Vorgänger, Johann Philipp von Walderdorf, waren die Trierer großzügiges Verschwenden gewöhnt. Es dauerte eine Weile, bis sie einsahen, dass sie am Ende die Zeche selbst zu zahlen hatten.

Die Koblenzer liebten, ja sie verehrten den Kurfürsten. Er wählte ihre Stadt zur ständigen Residenz. Hatte je ein Kurfürst ihnen so viel Gutes, so viel Glanz gebracht? Wie glücklich und stolz war er, als sie ihn bei einem ihrer Feste zum Schützenkönig machten.

Maria Kunigunde lebte damals weit weg von Koblenz, im Kloster Thorn, fern im Osten des Reiches. Ihr Amt als Äbtissin in diesem Kloster war ihr zuwider. Mit jedem Brief, den sie von Clemens bekam, wurde ihr Verlangen stärker, den verhassten Ort zu verlassen. Insgeheim hatte sie den Entschluss gefasst, alles zu unternehmen, um am Glück des Bruders teilzuhaben. Als sächsische Prinzessin hatte sie gewisse Erwartungen an das Leben. Fürstäbtissin von Essen und Thorn! Was war das schon? Hinter dunklen Mauern lebte sie, zwar mit allen Bequemlichkeiten eines Lebens im Überfluss, aber fern von der Berührung mit dem lebendigen Treiben der Welt. Fern vom höfischen Leben, das sie von Kindesbeinen an gekannt hatte. Sie konnte, sie wollte ein Leben im Licht nicht verloren geben! Wollte nicht mehr die ständigen Auseinandersetzungen mit diesen unzufriedenen, verbitterten Nonnen führen. Wollte erst recht nicht am Ende selbst eine wie sie werden. Frömmigkeit? Gottgefälliges Leben? Diese Klostergemeinschaft war nicht dazu angetan. Wäre sie geblieben, sie wäre zugrunde gegangen. Sie hatte es nicht so weit kommen lassen.

An den Hof nach Dresden war sie zurückgekehrt. Dort war sie nicht willkommen. Damit hatte sie gerechnet. In einem Brief hatte sie Clemens gebeten, ihn in Koblenz besuchen zu dürfen. Als Antwort hatte er ihr umgehend seinen Reisemarschall geschickt, der sie nach Koblenz begleitete. So war sie schon ein Jahr nach seinem Amtsantritt an den Hof gekommen. Und war geblieben.

Lange hatten sie sich nicht gesehen. Sofort war die alte Vertrautheit zurückgekehrt. Zwei Menschen waren sich wiederbegegnet, in deren Natur es lag, sich zu verstehen. Sie hatte ihn bei der Begrüßung mit »Sie« und »Durchlaucht« angesprochen, doch er hatte gelacht und Kunigunde gebeten, ihn wie früher mit »du« anzusprechen. Nur in Gesellschaft sollten sie der höfischen Sitte wegen das »Sie« verwenden und auch, wenn sie, wie es bei Hofe gebräuchlich war, französisch sprachen. Und bleiben solle sie, wenn es ihr gefalle.

Und ob es ihr gefiel! Es war genau das, was sie gewollt hatte.

Zu ihrer Bequemlichkeit war schnell alles gerichtet, so gut es in der alten Philippsburg möglich war. Die Hofdame, das Fräulein von Nauendorf, wurde aus Dresden herbeigerufen. Die Kammerfrau, ihre alte Hewald, und die Zofen hatte sie bereits mitgebracht. Weiteres Personal hatte Clemens für sie bestellt. Aus Koblenz kam täglich ihr Sekretär, der tüchtige Hofrat Schmitz, nach Ehrenbreitstein herüber.

Und die Koblenzer? Sie hatten sie von Anfang an

spüren lassen, dass ihnen das weibliche Element in der meist schwarzberockten Männerwelt am Hofe eine willkommene Bereicherung war. Es gefiel ihnen, dass an der Seite ihres Kurfürsten eine Frau residierte, eine, die dem Erzbischof als Gefährtin erlaubt war. Eine, die ihnen selbst zur Ehre gereichte, eine wirkliche Prinzessin. Und darum waren sie stolz darauf, endlich eine »Erste Dame« zu haben.

Maria Kunigunde sah auf die goldene Uhr, die auf dem Kaminsims stand. Noch lange nicht Abend! Sollte sie die Nauendorf rufen lassen, dass sie ihr die Zeit vertreibe? Nein, es war ihr nicht nach Gesprächen oder Spielen zumute. In dem Journal lesen, das die gute Hewald ihr hingelegt hatte? Sie setzte sich, stand wieder auf, ging an eines der hohen Fenster, trat ungeduldig von einem Fuß auf den anderen, wanderte wieder im Saal umher. Vor einem der goldgerahmten Spiegel, die sie aus der Philippsburg hatte hierherbringen lassen, blieb Maria Kunigunde stehen, betrachtete ihr Spiegelbild, sah in die dunkelbraunen Augen, die ihr entgegenschauten und dachte: »Du hast es gut gemacht. Es geht dir gut, und immer kommt es am Ende so, wie du es wünschst. So soll es bleiben.«

Sie selbst hatte ihrem Leben die entscheidende Wende gegeben, und das Leben hatte mitgespielt. Sie hatte die Chance bekommen, eine wichtige Rolle zu übernehmen. Politik zu machen, wie ein Mann. Nicht nur im Hinterzimmer, nicht nur hinter vorgehaltener Hand. Vor Jahren schon war sie offiziell zur Koadjutorin ernannt worden. »Die Kurfürstin« war sie für die Koblenzer. Das Fräulein von Nauendorf hatte es ihr lächelnd verraten, nicht ohne hervorzuheben, dass sie diesen Titel für angemessen hielt.

Dennoch: Sie war eine Klosterfrau, auch am Hofe

des Kurfürsten. Der Titel und die Würde einer Fürstäbtissin blieben ihr. Außerhalb ihrer Klöster Essen und Thorn war das zu ertragen.

Maria Kunigunde trat näher an den Spiegel. Was sie sah, gefiel ihr. Über dem blauen Kleid aus schwerer Seide trug sie einen schwarzen mantelartigen Umhang. Ein goldener Ordensstern glänzte auf ihrer Brust. Den leichten Schleier hatte sie abgelegt, die Hewald hatte ihr eine modische Frisur gesteckt. Kein Silberfaden durchzog das schwarzglänzende Haar. Seit einiger Zeit duldete sie, dass die Kammerfrau sie dezent schminkte. Kaum merkbar, aber dennoch wirkungsvoll waren die Brauenbögen nachgezogen, die Wangen leicht mit Rouge getönt. Es war nicht zu leugnen, sie war eine sehr ansehnliche Dame.

»So ist es gut, Kurfürstin«, sagte sie zu ihrem Spiegelbild, ehe sie sich abwandte.

Der Kanzler La Roche drängte sich wieder in ihre Gedanken. Sie war es leid, von ihm nicht die angemessene Achtung zu erhalten. War sein Verhalten zu tadeln? Da war nichts Greifbares. Er gab sich charmant, klug, korrekt, der Dame gegenüber, der Schwester seines Herrn, nicht aber der Mitregentin gegenüber. Beim Vortrag im Kabinett wandte er sich ausschließlich an den Kurfürsten, auch wenn sie anwesend war. Er ignorierte sie, wenn sie ihm nach seinem Vortrag demonstrativ Fragen stellte. Kaum, dass er sie anschaute. Er übersah sie auf eine Weise, die man zu seinen Gunsten als Höflichkeit gegenüber dem Kurfürsten deuten konnte. In seiner Art lag versteckter Hochmut, mochte er sich noch so bescheiden geben. Die vierspännige Equipage, die ihm als Exzellenz zustand, nahm er nicht in Anspruch. Und von der Verleihung des Adelstitels machte er kein Aufhebens.

Das adelnde »von« vor dem Namen schien eher seiner Frau Sophie wichtig zu sein.

Zugegeben, Sophie von La Roche beeindruckte sie. Ja, die Dame war eine Besondere, eine ganz Besondere. Maria Kunigunde hatte mit Vergnügen die beiden Romane gelesen, die sie geschrieben hatte. Die Komplimente, die sie ihr machte, waren ehrlich gemeint. Sie liebte es, sich mit der klugen Frau zu unterhalten. Stil hatte sie, Geschmack, Eleganz. Schade eigentlich, dass sie für den Hof dennoch nicht recht taugte. Was bedeutete schon dieses geschenkte »von«? Kein wirklicher Adel, keine wirkliche Noblesse. Man durfte sie nicht zu nahe an sich heran lassen; es war besser, Abstand zu halten. Dennoch, man würde sie vermissen, wenn sie mit ihrem Mann Koblenz verlassen würde.

Und Clemens würde seinen Kanzler vermissen, das ahnte Maria Kunigunde jetzt schon. Es war ohne Zweifel, dass La Roche ein guter, ein ausgezeichneter Politiker war. Jedenfalls in den Anfangsjahren. Er war es gewesen, der dem Kurfürsten die Durchsetzung seiner Pläne möglich gemacht hatte. Viel war in den ersten Jahren geleistet worden! Die Stadt Koblenz war schöner geworden. Die verschlammten Straßen und Plätze gepflastert, Gräben zugeschüttet, Abwässer abgeleitet, großzügige Plätze angelegt. La Roche hatte mit dem Realitätssinn des wahren Politikers vieles möglich gemacht, er hatte vor allem die nötigen Gelder beschafft. Clemens hielt große Stücke auf seinen Kanzler. Der wusste es und, das musste man ihm zugute halten, nutzte es nicht für persönliche Vorteile aus.

Trotz allem: Sie konnte ihn nicht leiden! Es war ihm nicht zu trauen. Sie hielt es für angebracht, dass Clemens heute eine konsequente Entscheidung traf.

Sie läutete der Hewald und ließ sich den Kaffee bringen, dazu ein wenig leichtes Gebäck. Zu unruhig war sie, um mehr zu sich zu nehmen. Auf dem kleinen Tisch lag noch das Buch, das am Vorabend zwischen ihr und Clemens so viel Unbehagen gebracht hatte. Gegen ihre Gewohnheit war sie heftig geworden: Vernunft? Freiheit des Geistes? Was sollte dieses Geschwätz von »Aufklärung« allerorten!

Häufig empfing Maria Kunigunde Besuch von hohen Geistlichen aus dem Erzbistum. Man legte Wert auf die angeregte Unterhaltung mit der Schwester des Kurfürsten. Ihr vertraute man die Sorgen um das geistige Wohl der Untertanen an: Wir wollen keine »aufgeklärten« Geister! Die alte Ordnung nicht gefährden! Diese neuen Ideen! Das konnte kein gutes Ende nehmen! Maria Kunigunde wusste, dass man durch die Verbindung zu ihr den Kurfürsten erreichen wollte. Sie fühlte sich respektiert und ließ sich darauf ein.

Die Trierer Geistlichkeit war auf den Kurfürsten nicht gut zu sprechen. Er hatte sich seit seiner Amtseinführung erst wenige Male für längere Zeit in Trier aufgehalten. Es zog ihn nicht in diese alte, dunkle Stadt. Die Reise dorthin war umständlich und zeitraubend. Schließlich musste er auch sein Bischofsamt in Augsburg wahrnehmen, und das war bitter nötig. Im Bistum Augsburg war man noch rückständiger als in Trier. Finsterer Hexenglaube war dort stark verwurzelt. Die Trierer ließen durchblicken: Was schert uns Augsburg? Mit den Hexen war man im Trierer Land längst fertig, man hatte sich hier um andere Dinge zu kümmern. Der durchlauchtigste Kurfürst tat jedoch mit dem Aufräumen in Bräuchen aus alter Zeit etwas zuviel. Wohl musste man das Übermaß an Feiertagen einschränken. Schließlich waren 17 Feiertage über das

Jahr verteilt übriggeblieben, damit konnte man auskommen. Aber hätte der Kurfürst den Trierern nicht ihre Karfreitagsprozession lassen können, die sie so liebevoll gestalteten mit allerlei lebendigen Darstellungen aus der Heiligen Schrift? Sie hatten nun einmal eine Freude an diesem Spektakel. Warum es ihnen nehmen? Das verärgerte sie, machte unnötig böses Blut. Die Echternacher Springprozession verbieten, war das recht? Den geliebten uralten Brauch? Und kurfürstliche Durchlaucht taten nach allgemeinem Dafürhalten nicht recht daran, die Zuwiderhandlungen nun auch noch zu bestrafen. Die Gläubigen wollten ihre Wallfahrten behalten. Sie schadeten ihnen nicht, hatten ihnen vielmehr Trost gebracht.

Und die umfassende Reform der Schulen, wozu sollte das gut sein? Dem Volk genügte es, den Katechismus zu kennen. Vielleicht noch ein wenig Lesen, Schreiben und Rechnen. Alles, was darüber hinausging, konnte nur von Schaden sein. Vor allem für das weibliche Geschlecht, dem doch nach dem Auftrag des Schöpfers andere Aufgaben zugedacht waren.

Maria Kunigunde sah die Gefahren, die in einer umfassenden Bildung für alle liegen konnten. Aber die Trierer übertrieben! Sie mussten doch die Vorteile erkennen, von denen sie durch die Reformen des Kurfürsten profitierten. Mit Clemens war sie zur Grundsteinlegung eines neuen Seminars nach Trier gereist. Sie hatte deutlich gespürt, wie reserviert man sich ihr gegenüber verhielt. Mit repräsentablen Bürgersfrauen wusste man hier umzugehen, doch mit ihr, der Prinzessin hatten die Trierer ihre Schwierigkeiten. Man musste ihnen zugute halten, dass sie an Frauen von Bedeutung in geistlicher Umgebung nicht gewöhnt waren.

Nicht auszudenken, wenn Clemens damals nach seiner Amtseinführung in Trier geblieben wäre! Es traf zu, der Palast in Trier war schöner und komfortabler als die alte Philippsburg am Ehrenbreitstein. Die war inzwischen für die Hofhaltung nicht mehr tragbar. Feucht waren die Räume, das häufige Hochwasser hatte seinen Teil dazu beigetragen. Muff und Moder in den Sälen. Teile des alten Gemäuers waren von herabstürzenden Felsbrocken vom Ehrenbreitstein beschädigt worden. Maria Kunigunde hatte angeregt, den repräsentativen Dikasterialbau zu beziehen. So großzügig die neue Bleibe auch war, und so kostbar sie inzwischen eingerichtet worden war, ein Provisorium blieb sie dennoch. Gebührte dem Kurfürsten von Trier, einer der wichtigsten Persönlichkeiten des deutschen Reiches, nicht ein veritables Schloss? Und musste man den vielen hochgestellten Besuchern, allen voran den zahlreichen Verwandten des sächsischen Prinzen, nicht zeigen, wer man war? Der Plan zu einem großen Vorhaben war nach und nach gereift.

War es Clemens oder war sie es selbst gewesen, die den Gedanken zuerst geäußert hatte? Jedenfalls hatte Maria Kunigunde schon lange über den Bau eines neuen Schlosses nachgedacht, bevor Clemens seine Pläne offen ansprach.

Thal Ehrenbreitstein war ein hübsches Städtchen. Doch die großen Kirchen, die vornehmen Adelshäuser, die Orte, wo das Leben spielte, lagen drüben auf der anderen Rheinseite, in Koblenz. Um dorthin zu gelangen, musste man mit der »fliegenden Brücke« übersetzen, die im Winter bei Eisgang jedoch ausfiel.

Wohin also mit einem Schloss in der eng bebauten Stadt? Die Gärten und freien Flächen, vor allem um die Klosteranlagen, waren zu klein, und die Klostergemeinschaften waren keinesfalls bereit, von ihrem Besitz etwas abzugeben. Die Stadtmauer wurde aufgebrochen. Kein Verlust. Die alten Stadtmauern waren nicht mehr geeignet, Schutz zu bieten. Am südlichen Rand von Koblenz, im »Kalkofen«, wo hauptsächlich Weinreben wuchsen, gab es für das geplante Schloss ein großes Gelände direkt am Rhein. Clemens hatte anfangs eigenhändig Pläne gezeichnet, dann aber die Verantwortung dem französischen Baumeister Peyre übergeben.

Wann hatte ihre Abneigung gegen La Roche begonnen? Seine Bedenken wegen der Kosten! Große Belastungen sah er mit dem Bau des Schlosses auf das Kurfürstentum zukommen. Nötige Investitionen und Reformen stünden an. Neue Straßen seien im ganzen Land vonnöten. Und die Reform des Schulwesens müsse vorangetrieben werden, das sei die dringlichste Aufgabe. Clemens hatte ihn zurückgewiesen: Das eine schließe das andere nicht aus. La Roches Aufgabe sei es auszuführen, nicht zu bewerten.

Den Schlossbau konnte der Kanzler dem Kurfürsten nicht ausreden. Die Landstände hatten schließlich zugestimmt und Gelder bewilligt, nachdem der Kurfürst aus seinem privaten Vermögen große Summen beizusteuern versprochen hatte.

Doch nun ging der Bau nicht recht voran. Die Kosten wuchsen stärker als vorgesehen. Das Geld floss nicht wie erwartet. Machte La Roche nicht genügend Druck? Lag es an ihm, dass der Bau keine Fortschritte machte? Das hatte Maria Kunigunde dem Bruder am Abend zu bedenken gegeben. Zurückhaltend hatte sie sich ausgedrückt. Sie wusste, dass Clemens seinen Kanzler nicht gerne hergab.

Der Bruder hatte sie ohne konkrete Antwort zurückgelassen. Das war ein gutes Zeichen. Er nahm sich Zeit zum Nachdenken. Was er dann beschloss, war ganz und gar seine eigene Entscheidung.

Die Hewald kam auf Maria Kunigundes Läuten und brachte ihr bequemere Schuhe. Nein, kein Imbiss jetzt. Später, mit seiner Durchlaucht gemeinsam.

Sie setzte sich in einen der Sessel am Fenster. Der Rhein spiegelte rötlichen Abendschein. Ruhig strömte das Wasser. Ein Schiff glitt stromabwärts. Sie saß still, schaute und wartete.

Endlich trat Clemens in den Saal. Sie stand auf und ging ihm lächelnd entgegen. Müde erwiderte er ihr Lächeln. Sie verstand, dass sie warten musste.

Bei der Abendmahlzeit saßen sie sich gegenüber. Gegen seine Gewohnheit stürzte er zwei Gläser Wein hinunter, bevor er, lustlos, in seinem Essen stocherte.

»Wie ist es dir heute ergangen, Kunigunde?«

»Danke der Nachfrage. Einen ruhigen Tag hatte ich. Unser *Koblenzer Intelligenzblatt* hat mich gut unterhalten. Recht amüsant schreibt man darin. Und dir, wie erging es dir? Wie war dein Tag? Du siehst müde aus, Clemens.«

Er seufzte tief. Sie hatte Mitleid mit seiner Blässe, dem Kummer in den dunklen Augen.

»La Roche. Wir werden ohne ihn auskommen müssen. Es war genug. Er war überrascht, sieht sich schuldlos, natürlich. Doch es war genug. Der Schlossbau. La Roche hat mehr aufgehalten als vorangetrieben. Ich habe ihn entlassen.«

Sie nickte stumm.

»Du bist bekümmert. Mache es dir nicht schwer. Du hast getan, was du für richtig hältst.«

Er schwieg.

Sie hob ihr Glas und trank ihm zu. »Es geht weiter ohne ihn. Es gibt viele gute Leute, die sich gerne in den Dienst des Kurfürsten von Trier berufen lassen.«

Ein Blick der Dankbarkeit.

»Je vous remercies, ma chère soeur. On va voir.«

## Alltag

In diesem Frühjahr war das Hochwasser an der Mosel spät gekommen. In Kloster Stuben wurden die letzten Spuren beseitigt. Der Boden der Klosterkirche war vom Schlamm befreit, den die Mosel hereingetragen hatte. Die Kirchentür blieb tagsüber weit offen, damit die milde Mailuft die feuchten Flecken am unteren Rand der Mauern trocknen konnte. Die befestigte Uferstraße in Richtung Senheim war wieder befahrbar. Der Fährmann Clas hatte den Stubener Nachen hergerichtet, er lag in dem kleinen Hafen bereit. Moselabwärts fuhren wieder die Schiffe. Der Leinpfad am anderen Ufer war noch durchgeweicht und verschlammt. So war er für die Halfen zu gefährlich. Wer zu Schiff moselaufwärts fahren wollte, musste sich noch ein, zwei Wochen gedulden.

Im Kloster traf die lang erwartete Post aus Koblenz ein. Hochwürden Hympler war erstaunt, einen Brief des Herrn von Sohlern zu erhalten. Hympler hatte den erwünschten jährlichen Bericht an die Eltern von Maria Theresia noch nicht abgeschickt. Er hatte es nicht für nötig gehalten. An Maria Theresias Verhalten hatte sich nichts geändert. Wie in den vergangenen Jahren hatte sie die Pflichten einer Klosterfrau erfüllt, und es war zu befürworten, ihr weiter den regelmäßigen

Spielpfennig nicht vorzuenthalten. In seinem Brief teilte der Oberst mit, dass die Familie von Sohlern wieder in Koblenz Wohnung genommen habe. Seine Durchlaucht der Kurfürst hatte es gewünscht. Er wollte jederzeit auf die Dienste des Oberst von Sohlern zurückgreifen können. Hochwürden Hympler wurde gebeten, den Umzug der Tochter mitzuteilen. Nachdem sie sich in Stuben endgültig eingefügt habe, solle ihr auch erlaubt werden, die Familie in Koblenz zu besuchen.

Hympler war befremdet darüber, der Adressat dieses Briefes zu sein. Warum hatte der Oberst den Brief nicht an die Tochter selbst gerichtet? Nach einigem Nachdenken hielt Hympler es für angebracht, Maria Theresia die Einladung des Vaters mitzuteilen. Er faltete den Brief zusammen und barg ihn in seiner Rocktasche. Bevor er Maria Theresia Mitteilung machte, musste er ihn der Meisterin vorlegen. Sie bestand darauf, über alles, was die Klosterfrauen betraf, im Bilde zu sein. Keinesfalls wollte er unnötigen Ärger mit ihr heraufbeschwören. Es gab schon Anlässe genug, aus denen ein Streit mit ihr erwuchs.

Heute jedoch würde er es besser vermeiden, ihr unter die Augen zu kommen. Seit Tagen war sie von unerträglichen Zahnschmerzen geplagt. Ihr Gesicht war stark geschwollen. Nirgends fand sie Ruhe, sie schlich durch die Gebäude des Klosters und trug ihre Pein bis in den letzten Winkel. Wen sie antraf, beschimpfte sie. Sie stieß mit dem Fuß an Türen und Möbel und nach der Katze, wenn sie ihr zu nahe kam. Man ging ihr aus dem Weg, wenn es möglich war. Nur das Elsjen versuchte ihr zu helfen, so gut es konnte. Es lief ihr nach auf Schritt und Tritt. Maria Ferdinanda ließ es zu, und es schien, als verschaffe ihr die Fürsorge der Magd eine gewisse Erleichterung. Elsjen brachte ihr abwechselnd heißes und kaltes Wasser, Tücher, zerstoßene Kräuter, Wurzeln, dazu reichlich Branntwein aus der Klosterbrennerei.

Der Brief des Herrn Oberst musste warten. Jetzt war Zeit, das Brevier zu beten. Der Frühnebel über dem Fluss war verschwunden. Der klare, milde Maitag lockte Hympler hinunter ans Moselufer. Er hatte seine Psalmen zu Ende gebetet und das Brevier zugeschlagen, als er ein Rufen vernahm.

»Hochwürden! Hochwürden!« Elsjen kam außer Atem zu ihm gelaufen. »Ich weiß et«, rief sie aufgeregt, »heut Morgen hab ich se selber gesehn. In dem Nebel über der Mosel hab ich se gesehn. Der Nebel wollt und wollt nit weggehn, da hab ich se gesehn. Ganz weiß war se, und ganz lang und dünn, und hat mit den Händ' so durch die Luft gefahr', die Hex'. Wat hatt' ich en greulich' Angst vor der Hex'! Die hat der Ehrwürdijen dat greulich Zahnweh gemach', ich weiß et. Oh je, oh je, wat machen mer nur. Wenn doch Hochwürden auf mich hören dät!«

Hympler wurde zornig. »Dummes Weib! Schweige sie! Sie faselt abergläubisches, dummes Zeug. Hier gibt es keine Hexen!«

Elsjen hörte nicht auf zu plärren. »Aber Hochwürden!«, rief sie. »Lasst Euch dat doch gesagt sein! Die Glocken müssen wieder läuten in der Nacht, dann kann die Hex' nit aus dem Nebel raus und muss unten in der Mosel hocken bleiben. Seit Ihr dat Läuten verboten habt, kommt die Hex' raus und macht der Ehrwürdijen ...«

Hympler war mit seiner Geduld am Ende. Er scheuchte die Magd davon. Grübelnd setzte er seinen Weg am Ufer fort. Hexen! Hier gab es keine Hexen!

Wenn er allerdings an die Meisterin dachte ... Er schämte sich des boshaften Gedankens. Trotz des Zorns, den er wegen der ewigen Auseinandersetzungen mit ihr hatte, wollte er keine unchristlichen Gedanken gegen sie zulassen.

Hier in Stuben und in den nahen Dörfern hatte man niemals etwas von Hexen gehört. Wenn es wirklich Hexen geben sollte, Gott steh uns bei, hier in Stuben jedenfalls nicht! Trotzdem war man seit alters her dem Brauch gefolgt, während des Monats Mai von Sonnenuntergang bis Sonnenaufgang die Glocken zu läuten, um die Hexen zu vertreiben. Nun hatte der allergnädigste Herr Erzbischof und Kurfürst, Clemens Wenzeslaus, das Mailäuten verboten. Von Bremm herüber, von Eller, von Ediger, von Neef, vom Petersberg herab und von den Stubener Glöckchen war in den Mainächten kein Ton mehr zu hören. Was vorher in verborgenen Tiefen geschlummert hatte, wurde nun auf einmal geweckt: Die Furcht vor den Bösen Geistern.

Seine Durchlaucht hatte gewiss recht, gegen den finsteren Aberglauben vorzugehen und ihn nicht mehr zu dulden. Aber konnte er sich vorstellen, was er damit bei den einfachen Leuten anrichtete? Hätte er das Läuten nicht beibehalten können? Es hatte doch niemandem geschadet. Beruhigt hatte es, Sicherheit gegeben. Und war es denn wirklich nötig, die Wallfahrten einzuschränken? Schon kamen weniger Pilger nach Stuben. Stiller war es geworden. Die Einnahmen aus den Opfergaben nahmen von Jahr zu Jahr ab. Wer hatte etwas davon? Die Klosterkasse am allerwenigsten. Für die hatte jedenfalls er als Kellner geradezustehen. Und die armen Menschen, die Trost vor der wundertätigen Kreuzreliquie suchten? Der Ablass, der mit einem Besuch verbunden war? Wusste seine

Durchlaucht, was er dem Volk mit diesen Verboten nahm? Hatte er eine Vorstellung von der Not, der Verwirrung, in die er die Menschen stürzte?

Die Scham über diese Gedanken trieb ihm Röte ins Gesicht: Durfte er, der unbedeutende Priester, überhaupt solche Gedanken zulassen? Er schickte ein Stoßgebet zum Himmel und bat um Vergebung.

Plötzlich hielt Hympler im Gehen inne und starrte auf das vorbeifließende Wasser. Müdigkeit überkam ihn. Ach, wie satt war er es, hier zu sein und sich abzumühen mit seinen schwachen Kräften. Kein Tag ohne Streit. Die Klosterfrauen, trotz ihrer Herkunft doch alle miteinander arme Wesen, sahen auf ihn herab und respektierten ihn nicht. Trotz seines priesterlichen Amtes. Was konnte er mit all seinen Bemühungen um Frömmigkeit ausrichten? Alles, was er predigte, verhallte ohne Wirkung. Am Anfang hatte er geglaubt, in Schwester Maria Theresia endlich das Vorbild einer frommen Klosterfrau gefunden zu haben. Ja, sie erschien regelmäßig zu den Chorgebeten. Doch ohne Freude. Eine freudlose Klosterfrau, trübsinnig, verschlossen. Aus Gewohnheit tat sie ihre Pflicht, vielleicht aus Langeweile. Und um den Spielpfennig nicht zu gefährden, vermutete er.

Und nun auch noch eine Maria Ferdinanda mit Zahnschmerzen! Das ganze Kloster hatte unter ihr zu leiden. Es war nicht mehr auszuhalten. Am liebsten wäre er weggelaufen. Und plötzlich fing er wahrhaftig an zu laufen und lief, bis er außer Atem kam. Er blieb stehen und presste die Hand, die das Buch hielt, an seine Brust.

»Was tue ich?«, rief er erschrocken.

Er blieb stehen und wartete darauf, dass sein Herzschlag sich beruhigte. Er schämte sich seiner Verzagtheit. Flüsternd betete er ein Vaterunser. Das half ihm, sich zu fassen. Nach und nach besann er sich wieder auf den Ort, an den er gestellt war. Er sah die Nonnen vor sich, eine nach der anderen, blass unter dem schwarzen Schleier, alt die Gesichter, auch die der Jüngeren. Ja, er hatte Mitleid mit ihnen, mit ihrer geistigen Armut. Der Meisterin, Gott mochte ihm verzeihen, gönnte er die Tage der Qual von Herzen. Zu oft hatte sie ihm Ärger bereitet.

Ein gutes Stück war er moselabwärts am Ufer entlanggegangen, vorbei an Eller. Dort drüben auf der anderen Seite der Mosel lag nun Ediger, der stattliche Ort, von der prächtigen Kirche überragt. Den Berg hinauf führte der Weg zu einer Kreuzkapelle. Vor wenigen Jahren erst waren an diesem Weg die Kreuzwegstationen errichtet worden. Dort wollte er wieder einmal hinaufgehen. Das Leiden Christi betrachten. Oben in der Kreuzkapelle vor dem Bild des »Christus in der Kelter« knien und weinen über die Ströme von Blut, die aus den Händen des Gequälten flossen. Bereit werden, seine eigene Mühsal und sein Kreuz willig auf sich zu nehmen. In Gedanken daran begannen ihm Tränen zu fließen. Das brachte ihm Erleichterung.

Voller Dankbarkeit ließ er den Blick umherwandern. Morgen schon wollte er den Kreuzweg gehen, auch die Klosterfrauen bitten mitzugehen. Vielleicht auch das blöde Elsjen mit seiner Hexenfurcht, wenn es gewillt sein sollte, Maria Ferdinanda für einen Tag aus den Augen zu lassen. Der Weg den Berg hinauf würde seiner verängstigten Seele Trost bringen. Vor fast drei Jahrhunderten hatte der Dominikaner Institoris, als er an der Mosel weilte, den Pfarrkindern von Ediger ihre Bitte nach einem »Kreuzweg« erfüllt: Um Bewahrung ihrer Seelen, der Tiere und der Feldfrüchte vor den

Nachstellungen der Gottlosen und der Hexen sollten sie bestimmte Gebete sprechen auf dem Weg von der Kirche bis zu dem Kreuz, das oben auf dem Berg errichtet worden war. Unendlich viel war seither auf diesem Weg gebetet worden. Hatte vielleicht der Segen, der davon ausging, diese Gegend vor den Bösen Geistern bewahrt? Könnte es nicht sein …

Er fühlte sich ein wenig getröstet. Nun musste er umkehren, um rechtzeitig vor dem Abendgebet im Kloster zu sein.

Den Berg bei Ediger hinauf? Zu Fuß etwa? Die behäbigeren der Damen blieben lieber in Stuben. Die jüngeren Schwestern waren froh um die Abwechslung und ließen sich zu der Wallfahrt einladen. Das Fräulein von Berg wollte im Nachen bis nach Ediger mitfahren und dort Besuche machen. Es war gut, der Meisterin wieder einmal aus dem Weg zu gehen. Maria Ferdinanda war außer sich, als auch Elsjen den Nachen bestieg. Sie schrie und zeterte, die Magd dürfe sie nicht im Stich lassen. Wie üblich ließ Elsjen sich nicht beirren und tat, was sie für richtig hielt. Sie verteidigte ihre Entscheidung: Die Ehrwürdige Mutter würde schon noch sehen, dass sie, Elsjen, das Zahnweh wegbeten würde.

Hochwürden Hympler war sehr besorgt um seine kleine Schar, als er hinter der Kirche von Ediger durch das Tor hinausschritt und bergauf ging. Der Ablass! Sie konnten den Ablass nur gewinnen, wenn sie die vorgeschriebenen Gebete wirklich gewissenhaft verrichteten. Und die Anzahl der Doppelschritte hinauf zur Kreuzkapelle sei genau bemessen, 1064 seien es, genau so viele, wie der Herr Jesus in Jerusalem sein Kreuz tragend gegangen war. Elsjen befolgte ganz genau, wozu es angewiesen wurde. Es wollte alles richtig machen.

Erfreut sah Hympler am Abend, dass die Wallfahrerinnen zur Komplet in der Klosterkirche erschienen waren. Der Ausflug hatte sie offensichtlich erfrischt.

Am folgenden Tag kam über den Fluss Kunde davon, dass sich in Bremm ein Zahnreißer auf der Durchreise befand.

»Ich hab et gewusst! Ich hab et gewusst!«, triumphierte das Elsjen. »Die Nebelhex' is' fort. Jetz holen mer der Ehrwürdijen den bösen Zahn raus.«

Hympler sah, wie sich die Meisterin ohne jeden Widerspruch von der Magd ans andere Ufer rudern ließ. Stunden später kamen die beiden zurück. Maria Ferdinanda gebeugt, bleich, schweigsam. Sie ließ sich in ihre Wohnung führen. Erst nach Tagen war sie wieder zu sehen. Sie verhielt sich ungewöhnlich still und in sich gekehrt.

Eines Morgens erschien sie bei Hympler. In der Hand hielt sie einen Beutel und legte ihn vor ihm auf den Tisch. Die Meisterin brachte Geld? Freiwillig gab sie etwas aus der Hand? Mit Mühe verstand er, was sie in stockenden Sätzen hervorbrachte: Von den furchtbaren Schmerzen befreit. Höllenqualen. Nun auch für ihr Seelenheil. In der Kapelle vor der Kreuzreliquie jährlich zwölf Messen, das sei in jedem Monat eine. Ja, hier die 100 Taler, die sie dazu stiftete. Eine Urkunde darüber wünsche sie von Hochwürden ausgestellt zu bekommen. Ohne abzuwarten, verschwand sie wieder.

Hympler nahm den Beutel, wog ihn in seiner Hand, öffnete ihn, schüttete die Münzen auf den Tisch, zählte sie nach. Eine Messestiftung! Sie wollte etwas gutmachen. Oder sich bedanken? Sie war um ihr Seelenheil besorgt, und das wahrhaftig mit Grund! Sie hatte eine Ahnung davon, dass sie den Beistand des Himmels bitter nötig hatte. Wollte sie ihn erkaufen? Jedenfalls wollte sie etwas dafür tun, das ihr nicht leicht fiel. Jeden Heller, den sie in die Finger bekam, hielt sie fest und gab ihn irgendwann aus für Dinge, die ihr gerade gefielen. Hätte sie diese 100 Taler nicht ... Es stand ihm nicht zu, sich darüber Gedanken zu machen. Was sollte er tun? Ihre ungewohnte Sanftheit würde nicht lange anhalten. Bald würde sie nach der Urkunde fragen. Er wusste, dass er sie nicht warten lassen durfte. Sogleich stellte er die Urkunde aus und besiegelte sie mit dem Stubener Doppelkreuz.

Nach der Abendmahlzeit, zu der die Meisterin wie gewöhnlich nicht erschienen war, verlas er sie vor dem Konvent. Die Damen schienen wenig Interesse daran zu haben. Nur das Fräulein von Berg sah erstaunt auf, dachte eine Weile nach, erhob sich schließlich und trug vor, was sie für bedenkenswert hielt: »Die Meisterin hat also 100 Taler zu vergeben. Und was macht sie damit? Unsere fromme Meisterin will Messen lesen lassen. Ein löbliches Unterfangen. Das mag ihrem Seelenheil förderlich sein. Doch was haben wir davon? Der Metzger aus Bremm hat gedroht, nichts mehr nach Stuben zu liefern, kein Fleisch, keine Wurst, nichts, bis die Schulden des Klosters beglichen sind. Sie, Hochwürden, wollen für unsere Meisterin Messen lesen. Das ist verständlich, das ist gottgefällig. Als Kellner unseres Klosters aber sollten Sie das Geld nehmen und dem Metzger geben, bevor ... Was sagen die Schwestern?«

Bis jetzt hatten die Schwestern geschwiegen. Nun gaben sie lautstark der Priorin recht.

Kein Fleisch mehr auf dem Tisch? Dafür Messen für die Meisterin? War etwa Fastenzeit? Satt werden wollten sie und nicht Not leiden. Sie waren sich alle einig, und schnell war entschieden, *dass sofort dem Lieferant Metzger besagte 100 Taler per Abschlag sollen gegeben werden können. Wie dann auch wirklich geschehen.*

Hympler schämte sich, nicht selbst den Vorschlag gemacht zu haben. Es war eine schwere Buße für ihn, der Meisterin den Beschluss des Konvents mitzuteilen. Maria Ferdinanda war außer sich vor Wut. Bevor sie ihre Tasse nach ihm werfen konnte, hatte er sich davongemacht.

Die Zeit der frommen Anwandlung war vorbei. Fortan war sie wieder die alte. Ihre Wutausbrüche machten ihm und den Klosterfrauen das Leben schwer. Das Fräulein von Berg ließ sich nicht beeindrucken. Sie entschloss sich kurzerhand, der schlechten Stimmung in Stuben zu entfliehen und rüstete zu einem Besuch bei ihren Koblenzer Freunden.

Unruhe erfasste Maria Theresia, als Hympler ihr an einem der folgenden Tage von dem Brief des Vaters berichtete. Lange war es her, länger als zwei Jahre, seit die Familie sie auf der Durchreise von Trier nach Koblenz in Stuben besucht hatte. Das längst überwunden geglaubte Heimweh hatte sie wieder überfallen, als sie nach den kurzen Stunden des Wiedersehens allein in Stuben zurückgeblieben war. Nach einigen Tagen war es verschwunden.

Jetzt war das Heimweh auch wieder da. Eine Einladung hatte sie bekommen! Nach Koblenz durfte sie nun reisen, um die Familie zu besuchen. Sie war also nicht vergessen.

Als sie erfuhr, dass die Priorin nach Koblenz zu reisen gedachte, bat sie die Meisterin um Erlaubnis, mitfahren zu dürfen. Die wurde ihr gewährt.

Das Fräulein von Berg war froh, eine junge Begleiterin zu haben. Man konnte nicht wissen, ob man Hilfe brauchte. Mit der nächsten Post ging ein Brief Maria Theresias an die Familie, der ihren Besuch ankündigte.

## Einladung

Zwei lange Tage war man auf dem Fluss unterwegs. Maria Theresia konnte vor Aufregung keine Ruhe finden. In der Nacht tat sie kaum ein Auge zu. Am späten Nachmittag des zweiten Reisetages lag das Schiff bei Koblenz vertäut am Moselufer. Das Fräulein von Berg wurde gleich nach der Ankunft von Freunden empfangen. Nach einem kurzen Abschiedsgruß und der Versicherung, dass gewiss dafür gesorgt sei, Maria Theresia vor Einbruch der Dunkelheit nach Hause zu geleiten, ließ das Fräulein Maria Theresia allein zurück. Verloren stand sie inmitten eines geschäftigen Treibens, voller Angst, was mit ihr werden sollte. Maria Theresia wusste, dass sie vom Moselufer aus die Stadt bis zum Rheinufer durchqueren, dann mit der »fliegenden Brücke« über den Rhein nach Ehrenbreitstein fahren und dort in die Hofstraße gehen musste. Bald würde die Sonne untergehen. Wenn doch nur jemand käme, um sie abzuholen! War ihr Brief vielleicht nicht rechtzeitig angekommen? Hätte sie doch besser eine Antwort abgewartet, ehe sie Stuben verlassen hatte. Wenn sie nun vergeblich wartete? Was musste sie dann tun? Wen konnte sie um Hilfe bitten? Krampfhaft umklammerte sie mit beiden Händen den Griff ihres kleinen Koffers aus geflochtenen Weiden.

Sie erschrak, als von hinten jemand ihre Schulter berührte.

»Maria Theresia?«

Sie wandte sich um und sah in ein unbekanntes Gesicht. Das Mädchen, das vor ihr stand, knickste und schaute sie zweifelnd an.

»Schwester ... Schwester Maria Theresia?«

»Amalie? Du bist gekommen, um mich abzuholen, Amalie?«

Maria Theresia stellte den Koffer zur Erde. Beide Hände streckte sie der Schwester entgegen.

»Maria Theresia, du bist es also. Fast hätte ich dich nicht erkannt. Ich bringe dich nach Hause. Die Liese trägt den Koffer.«

Sie deutete auf die Magd, die sie begleitete. Die knickste mehrmals, beäugte die Klosterfrau neugierig, kicherte verlegen, packte den Koffer und ging voraus.

Lange hatten die Schwestern sich nicht gesehen. Sie wussten beide nicht, was sie miteinander reden sollten. Einige Fragen nach dem Befinden, mehr fiel ihnen nicht ein. Die eine schwieg vor Erschöpfung und Unsicherheit, die andere aus Scheu vor der fremdgewordenen Schwester im Nonnengewand. Hin und wieder sahen sie sich an und lächelten sich verlegen zu.

Die Abenddämmerung brach herein, als sie in der Hofstraße ankamen. Die Liese war vom Rheinufer aus vorgelaufen, um die beiden Schwestern anzukündigen.

Frau von Sohlern empfing die Tochter im Salon. Sie stand an der offenen Tür und ging ihr ein paar Schritte entgegen. Sie bemühte sich um Haltung. Jetzt keine Tränen! Das herbe, von der weißen Haube eng umschlossene Gesicht unter dem schwarzen Schleier, der angespannte Blick, die zögernden Schritte, ihre Tochter Maria Theresia, die Klosterfrau.

»Mama! Ich bin gekommen.«

»Hatten Sie … hattest du eine gute Reise?«

»Es war weit bis hierher. Ich habe Sie lange nicht gesehen.« Die Andeutung eines Lächelns. »Ich bin froh, Sie zu sehen. Geht es Ihnen gut?« Ein suchender Blick. »Franz Georg? Antoinette? Und Papa?«

»Morgen. Du bist sicher müde von der Reise. Möchtest du …«, die Stimme der Mutter versagte. Frau von Sohlern deutete auf den gedeckten Tisch. Dann endlich Näherkommen, eine kurze spröde Umarmung. Berührung mit dem schwarzen Schleier, die sie erschaudern ließ.

»Maria Theresia. Nun, hattest du eine gute Reise?«

Am Morgen des folgenden Tages begrüßte der Oberst die Tochter, die zu Besuch gekommen war. Er schien nicht recht zu wissen, wie er sie ansprechen sollte. Die direkte Anrede vermied er, ebenso ihr in die Augen zu sehen. Nach dem Befinden des lieben Fräulein Tochter fragte er; ihre Antwort wartete er nicht ab. Er war in Eile. Der Kurfürst und seine erlauchte Schwester sollten nach Kärlich begleitet werden. In dem Schlösschen dort wollten sie ein paar Tage zur Erholung verbringen. Der Kurfürst wünsche unauffällige militärische Begleitung, für die er, der Oberst, verantwortlich sei. Er habe, das dürfe er sagen, das besondere Vertrauen des Kurfürsten. Mit großer Freude habe er die Gratulation des Kurfürsten zu der Tochter im geistlichen Stand entgegennehmen dürfen. Ja, sagte August von Sohlern, die Tochter solle wissen, dass er stolz auf sie sei, und er freue sich, wie das geistliche Gewand sie kleide, und wie sie es mit Würde zu tragen wisse. Eine

Ehre für die ganze Familie. Er wünsche ihr einen angenehmen Aufenthalt in seinem Hause und eine gute Rückreise nach Stuben. Und Grüße an Hochwürden Hympler möge sie ausrichten. Dort sei sie doch mit allem Nötigen versorgt? Warum sie schweige? Sie möge es sagen, wenn es nicht zuträfe. – Nun?

»Ich danke Ihnen, Papa. Ja, ich bin mit allem Nötigen versorgt.«

Ärger stieg in ihm auf, als Maria Theresia den Kopf senkte und die Augen niederschlug. Sie hörte die Zurechtweisung in seinem lauter gewordenen Ton. Womit hatte sie seinen Ärger hervorgerufen?

Das liebe Klosterfräulein solle wissen, sagte er, dass im Haushalt zwei Töchter lebten, die zu versorgen seien. Und der Sold eines Oberst sei nicht üppig. Sie möge sich bemühen, mit ihrem Spielpfennig, den er für großzügig bemessen halte, auszukommen und sparsam damit umzugehen. Ob sie das verspreche?

»Ja, Papa.«

Sie war erleichtert, als der Vater sich verabschiedete und ging.

Den Bruder vermisste sie. Sie fragte nach ihm. Wo Franz Georg bliebe? Ob er sie heute begrüße?

Das müsse sie doch wissen, sagte die Mama, dass Franz Georg nicht mehr im Haushalt lebe. Seit der Hochzeit habe er seinen eigenen Hausstand.

Wo er denn wohne?

Im eigenen Haushalt natürlich, sagte die Mama.

Ob sie ihn dort besuchen könne, wollte Maria Theresia wissen. Wo er seinen Haushalt eingerichtet habe?

Dort, zu Lorch, sagte die Mutter.

Maria Theresia schwieg. Sie fragte nicht weiter.

Maria Theresia spürte bald, dass man im Haus nicht auf sie vorbereitet war. Niemand wusste etwas mit ihr anzufangen. Sie sprach kaum ein Wort. Scheu wich sie zurück vor den neugierigen Fragen der Schwestern. Schöne junge Damen waren beide, Antoinette und Amalie, schöne Kleider trugen sie, hatten ihr blondes Haar zu hübschen Frisuren gesteckt. Und wie sie gingen, so, als tanzten sie mit den feinen Schühchen an ihren Füßen, und sie, Maria Theresia, trug diese derben schwarzen Schuhe. Wortkarg beantwortete sie die Fragen nach dem Alltag im Kloster: Ob sie den ganzen Tag bete, was sie den Tag über mache, welche Frisur sie unter der engen weißen Haube und dem schwarzen Schleier trage, ob sie den Schleier in der Nacht ablege? Bald hatten sie kein Interesse mehr an der einsilbigen Schwester, die sie langweilte und ihren Alltag nur störte.

Die Mutter hatte keine Zeit, sich mit ihr abzugeben. Maria Theresia selbst war schuld daran. Sie war zu voreilig gewesen. In dem Brief, den Hochwürden Hympler erhalten hatte, war eine unbestimmte Einladung ausgesprochen worden. Das bedeutete jedoch nicht, dass Maria Theresia jederzeit in Koblenz willkommen war.

»Konntest du unsere Antwort auf deine Ankündigung nicht abwarten? Es wäre besser gewesen,« hielt die Mutter ihr vor. »Du siehst, wir sind zur Zeit mit anderen Dingen beschäftigt. Antoinette. Sie hat Aussichten, sich demnächst zu verloben. Solche Sorgen hast du nicht, für dich ist gesorgt. Weißt du eigentlich, wie gut du es hast? Deine Schwestern sind im besten Heiratsalter. Höchste Zeit, sie im Ehestand zu versorgen. In unserem unruhigen Haushalt ist es nicht leicht, die passende Verbindung zu finden. Wir hoffen, dass der junge Herr von Hausen sich um Antoinette bewerben wird. Zudem erwarten wir dieser Tage Besuch. Der Herr Hofrat aus Mainz will uns seine junge Frau vorstellen …«

Maria Theresia verstand, dass sie im Wege war. Zu ungelegener Zeit war sie gekommen, wenn es überhaupt erwünscht war, dass sie im Elternhaus erschien. Man schickte sie zwar nicht weg, man duldete sie, doch ließ man sie fühlen, wie lästig sie war.

Die Kränkung schmerzte sie. Die Enttäuschung nagte an ihr. Sollte sie nun gleich nach Stuben zurückreisen? Nicht darauf warten, dass das Fräulein von Berg mitreiste, wie es verabredet war? Nein, sie konnte nicht alleine reisen, das war unmöglich. Trotz allem war es gut, dem eintönigen Klosterleben einmal entkommen zu sein. Sie musste die Gelegenheit nutzen, sich in Koblenz ein wenig umzuschauen. Die Schwestern begleiteten sie notgedrungen.

Der Kutsche, die nach einigen Tagen in der Hofstraße vor der Sohlernschen Wohnung hielt, entstiegen der Freiherr Adolf von Belmont, kurfürstlich-mainzischer Hof- und Regierungsrat, und seine junge Frau. Maria Theresia stockte der Atem, als sie ihn erkannte: den Cousin aus Mainz.

Noch nie zuvor hatte sie so sehr gewünscht, das ungeliebte Nonnengewand los zu sein. Einen Augenblick lang wurde die Erinnerung daran lebendig, wie es gewesen war, als sie ein grünes Seidenkleid getragen hatte, damals, als der Cousin nach Lorch zu Besuch gekommen war. Wie viele Jahre waren seither vergangen? Weit mehr als ein Jahrzehnt.

Er war nicht mehr der Junge von damals, der mit ihr bei winterlicher Kälte durch die Gassen von Lorch gelaufen war und am Rhein mit Steinen nach den treibenden Eisschollen geworfen hatte. Doch dieser erwachsene Mann trug noch Züge des fröhlichen Jungen, an den sie sich so gut erinnerte. Ob er sie erkannte? Das dunkle Gewand, das so fremd machte. Sie fühlte, wie sie errötete, als er unbefangen auf sie zukam und sich verneigte.

Er stutzte. »Sie sind … verzeihen Sie, ist es wahr, Sie sind Cousine Maria Theresia?«

Sie nickte. Kein Wort brachte sie heraus. Sie schämte sich, dass sie sich so ungeschickt benahm. Er sah ihre Verlegenheit und ging darüber hinweg. Wie er sich freue, die liebe Cousine wiederzusehen, sagte er. Man habe ihm nach Mainz berichtet, dass sie eine Klosterfrau geworden sei. Er habe es kaum glauben können. Respektabel, respektabel, er sei erfreut ebenso wie erstaunt. Damals in Lorch, als er sie gelehrt habe, wie man Steine wirft, oh ja, er wisse es noch, sei wohl kein Gedanke daran gewesen! Er lachte fröhlich und nahm ihr damit alle Befangenheit. Endlich brach ihre Erstarrung auf. Sie konnte in sein Lachen einstimmen und sich auf seinen leichten Plauderton einlassen.

Die Familie sah es mit Verwunderung, wie die verschlossene Klosterfrau sich in Gegenwart des Besuches veränderte. Ein neuer Zug von Lebendigkeit zeigte sich in ihrem Gesicht. Und mehr als die wenigen Worte, die über das Nötigste kaum hinausgingen, kamen ihr im Gespräch mit dem Cousin über die Lippen. Auch den Gästen musste auffallen, wie wortkarg sie im Umgang mit den Eltern und den Schwestern war.

Ach, diese Tochter! Welche Blamage für die Familie!

War es die junge Frau von Belmont, die das angespannte Verhältnis zwischen Maria Theresia und ihrer Familie zuerst erspürte? Machte sie den Gemahl darauf aufmerksam? Auch für ihn war es bald offensichtlich, dass Maria Theresia im Hause der Eltern ein lästiger Gast war. Was war aus ihr geworden? Ihr Leben hätte anders verlaufen sollen. Das Gewand einer Nonne schloss sie ein. Das verhärmte Gesicht. Ein Lächeln konnte die harten Züge kaum mildern. Tante Therese hatte für sie ein anderes Leben vorgesehen. So hätte sie es gewiss nicht gewollt, das wusste er. Die Familie versagte Maria Theresia, was ihr zustand. Den Zorn, den er empfand, durfte er sich nicht anmerken lassen. Wie konnte er ihr helfen, ohne die Gastgeber zu brüskieren?

Die Familie machte sich Gedanken über die Rückreise der Tochter nach Kloster Stuben. Für Frau von Sohlern stand fest, dass man diese ungeschickte, weltfremde Person nicht allein reisen lassen konnte. Am besten sei es, sie wieder dem Fräulein von Berg anzuvertrauen, meinte die Mutter. Frau von Belmont bat, darüber nachzudenken, was sie vorzuschlagen habe: Wie schön wäre es, wenn sie auf der Fahrt nach Mainz weibliche Begleitung nicht entbehren müsse. Der Herr Gemahl sei unentwegt mit Politik beschäftigt, da käme sie in der Unterhaltung oft zu kurz. Ob die liebe Cousine Maria Theresia sie nach Mainz begleiten dürfe? Für die Rückreise in ihr Kloster werde Sorge getragen. Der Herr Gemahl müsse in den nächsten Tagen in politischen Angelegenheiten nach Trier reisen. Ein Umweg über Stuben sei jetzt im Frühjahr ein Vergnügen.

Der Oberst und seine Gattin zierten sich nicht, den Vorschlag anzunehmen. So war die Reise nach Mainz beschlossen, ehe Maria Theresia zustimmen konnte. Sie war verblüfft: Wieder hatte man über sie bestimmt, und sie musste annehmen, was für sie geplant worden war. Sollte sie sich freuen? Als man sie verabschiedete, weinte sie.

Von Koblenz aus fuhr die Kutsche stromaufwärts am linken Rheinufer entlang. Die Tränen waren bald versiegt. Schön war es, mit freundlichen Menschen unterwegs zu sein. Am breiten Strom entlang zu fahren. Das Vertraute der Landschaft tief in sich zu spüren.

Nach einer Tagesreise lag am anderen Ufer das Städtchen Lorch.

»Schauen Sie, Maria Theresia, dort drüben.«

»Eine hübsche Stadt.«

»Dort das hohe Haus am Ufer! Sie erkennen es?«

Im gleichen Augenblick kam ihr die Erinnerung wieder: »Unser Haus! Das ist Lorch!«, entfuhr es ihr. Die junge Frau legte den Arm um Maria Theresias Schultern.

Herr von Belmont sagte: »Das Haus dort, dachte ich, sollte Ihnen gehören, chère cousine. Es ist anders gekommen.«

»Es ist anders gekommen«, flüsterte sie.

Im Haushalt des jungen Ehepaares zu Mainz dauerte es wenige Tage, bis Maria Theresia verstanden hatte, dass sie all der Freundlichkeit trauen durfte. Sie war willkommen! Sie war in der Gesellschaft von Menschen, die freundlich miteinander umgingen. Die auch ihr freundlich begegneten. Lange Verlorenes, fast Vergessenes.

Als ihr bewusst wurde, wie fremd ihr der Umgang mit Menschen außerhalb des Klosters geworden war, als sie bemerkte, wie ungeschickt sie sich benahm, schämte sie sich. Sie schämte sich dafür, eine ungebildete Klosterfrau zu sein. Wie wenig sie zu einer Unterhaltung beitragen konnte! Die Verwandten gaben sich Mühe, nicht immer wieder in die gewohnte französische Umgangssprache zu verfallen. Doch ab und zu vergaßen sie, dass Maria Theresia kein Wort davon verstand. Ob sie die fremde Sprache nicht erlernen wolle, fragte man sie. Nein, nein, sie wolle es nicht. Wozu solle sie das lernen?

Am liebsten hielt sie sich im Hintergrund. Sie wollte nicht immer wieder durch klägliches Unvermögen auffallen. Schweigend beobachtete sie, was um sie herum geschah. Mit wachen Sinnen nahm sie alles in sich auf.

Immer schwerer wurde ihr ums Herz, obwohl sie die ungewohnte Leichtigkeit hätte genießen dürfen. Da war die hübsche junge Frau, nur wenige Jahre jünger als sie. Die durfte sich mit schönen Kleidern schmücken, morgens andere Kleider tragen als am Mittag und am Abend. Jeden Morgen ließ sie sich ihr Haar frisieren. Hätte sie, Maria Theresia, andere Kleider und nicht nur das Nonnengewand, würde sie den Schleier ablegen und sich frisieren, vielleicht auch wie die Cousine ein wenig Schminke auftragen, wäre sie dann auch eine schöne Frau? Würde man sie gerne anschauen? Mit Neid beobachtete sie, wie die junge Frau den Haushalt in Ordnung hielt, ohne dass sie selbst einen Finger zu rühren brauchte. Auf ihre freundliche Weise ordnete sie an, und die Dienerschaft machte alles genau so, wie sie es haben wollte. Und dieses liebevolle Einverständnis zwischen dem jungen Paar … sie fühlte ein schmerzliches Verlangen, dem sie keinen Namen geben konnte, wenn sie die kleinen Gesten der Zärtlichkeit sah. Wie schmerzte selbst die friedliche Stunde, in der sie mit der Cousine zusammensaß und ihr zuschaute, wie sie ein winziges weißes Kinderkleidchen bestickte. Nächstes Jahr, sagte die junge Frau lächelnd. Dann sollte Maria Theresia wiederkommen und sehen, wer das Kleidchen trug.

Wenige Tage danach wurde die Abreise nach Trier vorbereitet.

Am Abend vor der Abreise saß man gemütlich beisammen. Der Cousin sah Maria Theresia nachdenklich an. »Sie sind so still. Fast scheint mir, dass sie traurig sind. Ist es so? Sie sind traurig?«

Sie nickte.

»Ist es deshalb, weil Sie bei Ihren Eltern nicht länger verweilen konnten und wir Sie hierher gebracht haben?«, fragte er.

Sie lächelte. »Es war sehr gut. Sehr gut war es bei Ihnen.«

Tränen traten in ihre Augen. Die junge Frau reichte ihr ein Tüchlein, sie tupfte die Tränen damit ab, behielt es in den Händen. »Ich hatte es sehr gut hier. Doch nun …«

»Heimweh? Ist es das vielleicht? Morgen brechen wir auf. Sie kehren wieder zurück dahin, wo Ihr Zuhause ist. Wir Menschen sind doch immer zufrieden, wenn wir sicher wieder an dem Platz angekommen sind, an den wir gehören. Wenn es für Sie auch angenehm bei uns gewesen ist, so kehren Sie sicherlich gerne nach Stuben zurück.«

»Nein!«

Tiefes Erschrecken. »Was sagen Sie da?«

Mit Heftigkeit brach es aus ihr heraus: Sie wolle keine Klosterfrau sein! Sie verabscheue dieses Gewand, oh wie sie es hasse! Das öde Leben hinter den Mauern, das ewige Einerlei! Sie hasse die Schwestern, alle miteinander, da war nicht eine, mit der man auskommen konnte … Sie drückte das Tüchlein an ihre Lippen und erstickte das Schluchzen.

»Um Gottes willen! Warum, Maria Theresia, warum nur? Warum sind Sie denn eine Klosterfrau geworden?«

Es dauerte lange, bis sie sprechen konnte: »Ich wollte es nicht.«

Herr von Belmont und die junge Frau waren ratlos. »Sie haben das Gelübde abgelegt. Warum haben Sie das getan?«

»Ich wollte es nicht.«

»Niemand konnte Sie zwingen. Warum nur? Warum haben Sie es getan?«

»Ich war ein Kind. Ein hilfloses Kind. Was hätte ich tun sollen? Mama wollte es so.«

Langes Schweigen. Herr von Belmont stand auf, packte seinen Stuhl, hob ihn an, stieß ihn hart zu Boden. Er setzte sich wieder.

»Ihre Mutter. Das war nicht recht, bei Gott, das war nicht recht! Ich ahnte es. Als wir auf unserer Reise an Lorch vorbeifuhren, als ich das prächtige Haus auf der anderen Rheinseite sah, da dachte ich, dass Sie anstatt bei uns in der Kutsche zu sitzen dort in diesem Haus leben sollten. Tante Therese hatte es Ihnen zugedacht. Es ist anders gekommen.«

»Es ist anders gekommen«, sagte sie leise. Bitternis verschloss ihr den Mund.

Drei Tage später rollte die Belmontsche Kutsche von Senheim her auf Stuben zu. Harter Hufschlag auf der befestigten Straße kündigte ihre Ankunft im Kloster an. Einige der Nonnen kamen neugierig heran.

»Ach, das Fräulein von Sohlern. Sie hat sich dazu bequemt wiederzukommen. Besuch hat sie mitgebracht.«

Man meldete die Ankunft der Meisterin. Die scheuchte die aufgeregten Nonnen davon. Vornehmer Besuch, das war ihr Ressort. Mit erstaunlicher Weltgewandtheit wurde Herr von Belmont begrüßt, großzügig bewirtet und zum Bleiben eingeladen. Nein, es war nicht möglich, die Einladung anzunehmen. Nach Trier musste man weiterreisen. Ein andermal. Aber die Kreuzreliquie anzuschauen dürfe man nicht versäumen. Gegen eine Spende wäre der Geistliche bereit, eine Heilige Messe … Nein, man sagte es bereits, ein andermal.

»Nicht weinen, Maria Theresia. Sie werden sich wieder eingewöhnen. Es ist … es ist angenehm hier. Der Fluss. Die schönen Gärten. Nächstes Jahr, so Gott will, werden Sie uns wieder in Mainz besuchen. Ein Jahr geht schnell vorbei.«

Wie erstarrt stand sie, als sie zurückbleib. Mit geschlossenen Augen lauschte sie dem Hufschlag der Pferde, bis er nicht mehr zu hören war. Nächstes Jahr, nächstes Jahr. Ein Jahr war hier eine Ewigkeit.

Kaum war die Kutsche verschwunden, fiel man über Maria Theresia her: Hatte sie etwa die Erlaubnis gehabt, nach Mainz zu reisen? Das fehlte noch, dass man nach Belieben in der Welt umherfuhr. Das Fräulein von Berg war längst wieder in Stuben. Was sie sich dabei gedacht habe, die Priorin alleine zurückreisen zu lassen! Schämen solle sie sich, nicht die geringste Spur von Reue lasse sie erkennen.

Nein, sagte sie trotzig, sie bereue nur, wieder hier in Stuben sein zu müssen. Es sei schön gewesen in Mainz. Es solle niemand hier glauben, sie sei gerne hier. Sie könne es kaum erwarten, dass der Cousin sie wieder zu einem Besuch abhole.

Der Konvent war empört. Alle waren sich einig: Was fiel dem Fräulein von Sohlern ein? Unruhe brachte sie ins Kloster! All die Jahre hatte sie nicht durch Gesprächigkeit geglänzt. Man hatte sich an ihre ständige Verdrossenheit gewöhnt. Den Grund für ihre Unzufriedenheit hatte sie bisher für sich behalten. Nun nörgelte sie offen an Dingen herum, die sie all die Zeit hingenommen hatte. Hatten nicht alle, die hier im Kloster versammelt waren, ihren Eltern gehorcht, weil der Gehorsam nun einmal ein unerschütterliches Gesetz war? Hatte jemals eine von ihnen, so wie das Fräulein von Sohlern, ihre Mutter dafür beschuldigt? Niemand hatte sie gezwungen, das Gelübde abzulegen. Schließlich lebten die Frauen, auch das Fräulein von Sohlern, hier in Stuben nicht schlecht, hatten weiß Gott mehr als das Nötigste zum Leben. Ehestand! Was redete das Fräulein von Ehestand! Da hatte sie in Mainz ein ideales Bild vor Augen gehabt. Nun träumte sie davon.

Maria Theresia wurde das Leben in dieser feindseligen Gemeinschaft unerträglich. Bei keiner der Schwestern fand sie Trost.

Hympler redete ihr ins Gewissen: Die Sünde des Ungehorsams! Es mangele ihr an Demut, an klösterlicher Gottergebenheit. Sie mache sich schuldig vor Gottes Angesicht. Die Last der Schuld bedrückte sie. Um so eifriger nahm Maria Theresia an den Chorgebeten teil. Doch Reue empfinden konnte sie nicht.

Vor dem Weihnachtsfest kam wieder ein Kapuzinermönch aus Koblenz, Pater Modualdus war für die beschwerliche Reise zu alt geworden. Maria Theresia war verpflichtet, bei ihm die Beichte abzulegen. Sie bekannte ihre Unzufriedenheit. Der Beichtvater war streng mit ihr. Ob sie die Schwere ihrer Verfehlungen erkenne? Ob sie bereue? Sie fürchtete sich, also bereute sie. Zur Buße wurde ihr aufgetragen, bis zum Weihnachtsfest täglich den Schmerzhaften Rosenkranz vor der Kreuzreliquie zu beten. Sie versprach, es zu tun. Doch Widerwille erfasste sie.

Immer das Kreuz! Auch in der Weihnachtszeit. Kreuze überall, in der Kirche und in allen Räumen. Kreuze aufgestickt auf den schwarzen Mänteln der Klosterfrauen. Eingemeißelte Kreuze auf jedem der Steine, die draußen die Stubener Besitztümer kennzeichneten. Keinen Schritt konnte man gehen ohne Kreuze vor Augen zu haben. Sie war die Kreuze satt. Überall das ergebene Leiden, der aufopfernde Schmerz. Sie schämte sich. Das Leiden des Herrn Jesus bewegte sie, doch es bekehrte sie nicht. Es quälte sie, dass sie sich nicht ändern konnte.

Bilder aus ihrer Kinderzeit in Lorch kamen ihr in den Sinn. Die schönen, lieblichen Madonnen, vor denen Tante Therese sie zu beten gelehrt hatte: Die Madonna mit dem Kind, die über dem roten Kleid den goldenen Mantel trug, in der rechten Hand eine Traube haltend. Die Madonna in dem Schnitzaltar in der Kirche zu Lorch, die eine Krone trug wie eine Königin. Wenn sie wenigstens dort beten dürfte. Sie wollte fromm sein, doch nicht hier.

In einem der Seitenaltäre der Stubener Klosterkirche stand eine Marienfigur, eine aufrechte Gestalt, die ein Zepter in der Hand trug wie eine Herrscherin. Ihre Gesichtszüge waren vom Ruß brennnender Kerzen dunkel geworden. Dorthin flüchtete sich Maria Theresia, um vor ihr ihre Buße zu verrichten.

In dem großen Schrank in der Sakristei lagen in einer Schublade einige Kleider, mit denen die Figur an Feiertagen geschmückt wurde. Maria Theresia bat die Sakristanin, diese Aufgabe übernehmen zu dürfen. Es wurde ihr erlaubt, die kostbaren Stücke zu säubern, kleine Mängel daran auszubessern und zum Fest die Marienfigur zu bekleiden.

Im Frühjahr kaufte sie in Cochem ein Stück himmelblauen Samt und einige silberfarbene Borden. Daraus nähte sie der Figur ein neues Kleidchen. Zum Osterfest war es fertig. Es tröstete sie, vor der Maria zu beten, die das Kleid trug, das sie selbst genäht hatte.

## Aufbegehren

Der Cousin aus Mainz hielt Wort. Im Frühsommer kam Herr von Belmont auf der Rückreise von Trier nach Stuben, um Maria Theresia zu einem weiteren Besuch in Mainz abzuholen.

Er kam zu einer Zeit, als über weiten Landstrichen der Himmel von seltsamen Wolken verdunkelt war. In großen Höhen zogen graue Schleier. Sie schwebten hoch über dem Land, schluckten das helle Sonnenlicht, verdeckten nachts die Sterne. Schon viele Wochen lang wichen sie nicht. In der ersten Zeit hatten die Menschen bedrückt zu den Dunstschleiern hinaufgeschaut und darauf gewartet, dass Regen käme. Als sich nichts veränderte, als sich der Himmel bedrohlich verdüsterte, da legten sich graue Angstschleier auf die Gemüter der Menschen. »Heiliges Kreuz, erbarme dich! Was ist das? Was braut sich da über unseren Köpfen zusammen? Warum ist der Himmel zornig auf uns? Von Hunger, Krieg und Krankheit – erlöse uns, o Herr!

Von Unwetter und Unglück – erlöse uns, o Herr …«, beteten sie in Stuben vor der Kreuzreliquie. Zu den Chorgebeten in der Frühe erschienen hin und wieder einige der Nonnen.

Doch der Regen blieb aus. Obgleich die Sonne seit Wochen nicht zu sehen war, drückte eine ungewöhnliche Hitze das Land und verstärkte die Beklemmung der Menschen.

Endlich gab es eine Abwechslung, als der Herr aus Mainz in Stuben erschien! Die Meisterin begrüßte ihn mit überschwänglicher Freundlichkeit. Sie überredete ihn dazu, einige Tage zu verweilen, bevor er weiterfuhr. Ihre Absicht war leicht zu erkennen: Sie wollte den voraussehbaren Klagen Maria Theresias zuvorkommen und sie wirkungslos machen, noch ehe sie ausgesprochen wurden.

Der verehrte Herr Hofrat solle sehen, wie angenehm es sich in Stuben leben ließ, schmeichelte sie. Wenn das liebe Fräulein von Sohlern, so wie in der letzten Zeit zu ihrem tiefen Bedauern häufig geschehen, Missmut und Unzufriedenheit bekundet habe, so sei dies vielleicht einer gesundheitlichen Erschöpfung, möglicherweise auch einer unerklärlichen Verblendung zuzuschreiben. Es könne der Aufmunterung der lieben Schwester nur förderlich sein, wenn sie einige Tage zur Erholung in Mainz verbringe. Es sei zu hoffen, dass der verehrte Herr Hofrat belehrend auf sie einwirke, damit sie geläutert nach Stuben zurückkehren könne.

Man gab sich große Mühe mit dem Gast. Die Mahlzeiten waren üppig, am besten Wein wurde nicht gespart. Ob Herr Hofrat besondere Wünsche habe? Es sei alles da, an das man draußen in der Welt gewöhnt sei. Nichts müsse man entbehren, Herr Hofrat möge sich überzeugen. Und Langeweile kenne man in Stuben nicht. Man wisse stets, wie man sich vergnügen könne. Der Fährmann Clas könne Herrn Hofrat auf der Mosel spazierenfahren, wenn er es wünsche. Bei der großen Hitze sei es auf dem Wasser doch immer ein wenig angenehmer als an Land.

Die Kreuzreliquie wurde ihm präsentiert. Habe Herr Hofrat vielleicht ein besonderes Anliegen, das er dem wundertätigen Kreuz vortragen wolle? Solle man Kerzen anzünden? Eine Messe lesen lassen? Er begnügte sich damit, die Kreuzreliquie stumm zu bewundern, doch er bedankte sich mit einer Spende. Beim Überreichen des Geldes war deutlich erkennbar, dass diese Gabe erwartet worden war.

Herr von Belmont ließ alles über sich ergehen. Erleichtert brach er schließlich mit Maria Theresia auf. Er hatte genug gesehen. Die wenigen Tage in Stuben hatten genügt, ihm den Alltag im Kloster vor Augen zu führen: Die Kreuzreliquie, zum Schaustück verkommen. Die Meisterin, die freundlich tat, und dann, wenn ihre Wangen vom Wein und vom Branntwein gerötet waren, ihre Zunge nicht mehr beherrschte. Ausfällig wurde sie gegen die Dienstboten und die Schwestern, auch gegen den hilflosen Klostergeistlichen. Sie bemerkte nicht einmal, wie peinlich es dem Gast war, dies mit ansehen zu müssen.

Nicht weniger zänkisch als die Meisterin waren die Klosterfrauen. Mit gleicher Münze zahlten sie ihr zurück, untereinander zeigten sie sich wenig umgänglich, nahmen keine Rücksicht auf die Anwesenheit des Herrn von Belmont. Wie heruntergekommen war die ganze Klosteranlage. Bücher? Geistvolle Unterhaltung? Nichts davon. Nicht einmal geistliche Erbauung, die man doch in einem Kloster erwarten durfte.

Eine bigotte, verstaubte, freudlose Gesellschaft, die selbst offenbar nicht einmal eine Ahnung davon hatte, wie elend sie war!

Und die unerbittliche Wand des Calmont! Das fließende Wasser davor konnte nicht über die machtvolle Beherrschung der Landschaft hinwegtäuschen. Jetzt zu Anfang des Sommers war der Felsen begrünt. Die weichen Farbtönungen spiegelten sich in der Mosel. Bedrohlich aber musste er in der dunklen Jahreszeit über den Fluss herüberstarren.

Kein Wunder bei dieser traurigen Nonnengesellschaft, dass Cousine Maria Theresia einen so zurückgebliebenen und erstarrten Eindruck machte. Zum Gotterbarmen! Kein Wunder, dass ihr das Leben in diesem Kloster schwer wurde. Noch bitterer war sie geworden seit dem vergangenen Jahr.

In Mainz stand Maria Theresia verwirrt an der Wiege eines wenige Monate alten Kindes. Ein Kind! Sie hatte tatsächlich vergessen, dass hier ein Kind erwartet worden war. Fremd war ihr der Gedanke an derlei Ereignisse im Leben.

Mit Verwunderung sah sie, dass der Umgang mit dem Kind für die junge Mutter etwas Wunderbares war. Ob sie das Kindchen einmal in den Arm nehmen wolle, fragte Frau von Belmont. Nein, nein. So klein, so zerbrechlich, wehrte sie ab. Später, wenn es größer sei.

Schon bald fiel dem Herrn von Belmont auf, dass Maria Theresia sich in seiner Familie sehr unbefangenen bewegte. Sie schien in das Leben der jungen Familie einzutauchen und das Kloster zu vergessen. Ihr Schritt wurde schneller und schwungvoller, ihr Blick freier.

Doch es würde nicht lange dauern, da müsste er Maria Theresia wieder nach Stuben zurückbringen. Er wusste, wie unglücklich sie dort war. Konnte er die Cousine ihrem Schicksal überlassen? Machte er sich nicht schuldig?

Schuldig! Zorn überkam ihn. An ihr schuldig geworden waren die Eltern, der Oberst und seine Frau. Sie hatten Maria Theresia das Erbe vorenthalten, das ihr zugedacht war. Woher hatten sie das Recht genommen, dies zu tun?

Ja, es war nicht zu leugnen: Maria Theresia war in ihrer äußeren Erscheinung keine anziehende Frau, gemessen an dem Bild, das die gehobenen Stände von einer Dame hatten. Das Nonnengewand ließ sie noch unscheinbarer aussehen. Doch war sie auch von so geringen Geistesgaben, von so großem Ungeschick, wie es oft den Anschein hatte? Man musste bedenken: Niemals hatte sie die Möglichkeit gehabt, sich zu bilden! Wenn er daran dachte, wie lebendig, wie aufgeschlossen er sie in Lorch erlebt hatte! Kurz danach hatte man sie in dieses verkommene Kloster gesteckt. Erschütternde Rückständigkeit dort! Jede Chance, sich in der Welt zu orientieren, war ihr damit genommen worden.

Wer trug die Verantwortung für die Missstände in Stuben? Die hilflosen Klosterfrauen gewiss am wenigsten! Gab es im Erzbistum Trier keine Aufsicht über die Klöster? Der Kaiser Joseph in Wien machte mit solchen Klöstern nicht lange Federlesens: Er löste sie auf. Der neue Geist eines aufgeklärten Denkens, der nun durch Europa wehte, machte er Halt am Hof des Kurfürsten von Trier?

Immer tiefer kam er ins Grübeln. Er, Belmont, hatte stets mehr als nur den Bereich seiner politischen Aufgaben im Auge gehabt. Er war gewohnt, über Grenzen hinauszublicken. Zusammenhänge zu sehen. Der Kurfürst Clemens Wenzeslaus, der imponierte ihm! Als Reformer war er angetreten. Mutig hatte er die richtigen Leute an die richtigen Stellen gesetzt. Doch plötzlich hatte er seinen besten Mann, den Kanzler La Roche entlassen! In Mainz war dieser Schritt mit Verwunderung registriert worden. Ausgerechnet den La Roche, dem das selbständig denkende Individuum so sehr am Herzen lag. War es das, was den Trierer erschreckte? Machte Clemens Wenzeslaus nun wieder Schritte in die rückwärtige Richtung? Da bauten sie ihm in Koblenz ein neues Schloss, war das alles an Neuem, was man zur Zeit dort zuwege brachte? Er jedenfalls war glücklich, dem Mainzer Hof zu dienen! Fortschrittlicher war man hier. In Mainz ging es unaufhaltsam voran, und er konnte daran mitwirken. Man hatte längst erkannt, wo der Staub vergangener Jahrhunderte weggefegt werden musste. So hatte Kurfürst Friedrich von Erthal vor zwei Jahren drei Klöster kurzerhand zugunsten der Universitätsreform aufgelöst. Ein Kloster wie dieses Stuben hätte er …

Doch all dieses Spekulieren und Sinnieren half der Cousine Maria Theresia nicht. Es musste gehandelt werden. Es war noch nicht zu spät für sie. Noch war sie nicht zu alt für ein neues Leben außerhalb der Klostermauern.

Herr von Belmont beschloss, ihr zu helfen, sich aus ihrem Unglück zu befreien. Wenn sie selbst es ernsthaft wollte. Bei seiner Unterstützung musste er natürlich auf die eigene Familie Rücksicht nehmen. Seine Stellung als Hofrat. Klug musste er handeln. Überstürztes Vorgehen würde der Cousine und ihm selbst schaden.

Auf der Rückreise von Mainz nach Stuben sprach er ohne Umschweife seine Gedanken aus.

»Ich weiß, wie Ihnen die Rückkehr ins Kloster zuwider ist, Maria Theresia. Ich kann Sie verstehen. Ihre Frau Mama hätte Ihnen das nicht antun dürfen.«

»Es geht nun einmal nicht anders,« zornig klang ihre Stimme. »Mein ganzes Leben lang muss ich dort bleiben. Ich habe das Gelübde abgelegt. Es bindet mich, mein ganzes Leben lang. Und wenn ich frei wäre, wo sollte ich hin …«

»Der Himmel, dem Sie das Treueversprechen gegeben haben, kann es nicht annehmen, wenn es erzwungen war.«

»Ich habe es gegeben,« sagte sie.

»Nach den Gesetzen der gottgegebenen menschlichen Natur sind sie dazu berechtigt, Dispens von dem Gelübde zu erbitten!«, rief er aus. »Vor Gottes Angesicht ist es nicht recht, die Freiheit des Geistes zu unterdrücken!«

»Dispens?«

»Ja. Sie haben das Recht, nein, sogar die Pflicht, um Dispens von dem Gelübde zu bitten, das Sie abgelegt haben. Nur auf diesem Wege …« Beschwörend sprach er weiter auf sie ein.

Sie starrte ihn mit großen Augen an, verstand nicht, was er sagte, es war, als rede er mit ihr in einer fremden Sprache. Nie zuvor hatte jemand so mit ihr gesprochen. Worte hörte sie, die sie den Lauten nach kannte, denen sie aber keinen Sinn entnehmen konnten. Doch diese Worte waren an sie gerichtet. Herr von Belmont mutete sie ihr zu, es gab kein Entweichen. Sie spürte, wie ihr Herz schneller schlug. Geduldige Erklärungen, Wiederholungen, Nachfragen. Bis sie endlich verstanden hatte, dass es einen Weg gab, der für sie in die Freiheit führen konnte. Und dass es für sie durchaus Möglichkeiten gab, diesen Weg zu beschreiten. Niemand anderes als sie selbst konnte den Anfang dazu machen.

Als sie Stuben erreichten, war sie entschlossen, es zu wagen.

Der Herr Hofrat hatte sich mit ungewöhnlicher Eile verabschiedet. Misstrauisch beobachtete Maria Ferdinanda das Fräulein von Sohlern. Kaum war Maria Theresia ein paar Tage aus Mainz zurück, legte sie eine ganz ungewohnte Geschäftigkeit an den Tag. Der Briefbote, wo der Briefbote bliebe? Als er endlich kam, gab sie ihm einige Briefe mit. Es musste sie einen beträchtlichen Teil ihres Spielpfennigs kosten, den Boten zu bezahlen. Hartnäckig verschwieg sie, wem sie geschrieben hatte.

Seit ihrer Rückkehr war Maria Theresia verändert. Die Spuren von Trotz und Auflehnung waren der Meisterin nicht neu, die kannte sie, seit ihr das Fräulein vor Jahren als unreifes Kind vorgestellt worden war. Man hatte sich inzwischen an die Launen des Fräuleins gewöhnt. Nun aber hatten diese Unarten sich verstärkt. Das Beunruhigende war, dass diese mit einer gewissen Entschlossenheit offen nach außen getragen und nicht mehr mit niedergeschlagenen Augen und zusammengepressten Lippen zurückgehalten wurden. Eine neue Sicherheit lag in ihrem Blick, etwas Herausforderndes, das nichts Gutes verhieß. Es lag etwas in der Luft, Maria Ferdinanda spürte es. Das Fräulein war rühriger, als man es von ihr gewohnt war, unruhiger, beschwingter. Was hatte sie so verändert? War ihre Post nach Ehrenbreitstein gegangen? Nach Mainz?

Der Hofrat aus Mainz. Maria Ferdinanda hatte seiner schweigsamen Höflichkeit von Anfang an misstraut. Flausen hatte er diesem ... diesem dummen Frauenzimmer in den Kopf gesetzt. Es war ganz offensichtlich. Auf keinen Fall durfte ihr noch einmal erlaubt werden, nach Mainz zu fahren. Was dort geschehen war? Sie vermutete, dass es nichts Gutes war. Der Herr Oberst und Frau von Sohlern sollten bald darüber informiert werden.

Doch nicht heute, nicht jetzt. Die unerträgliche Hitze machte ihr zu schaffen. Auch im Kloster waren alle Tätigkeiten fast zum Erliegen gekommen. Wegen der anhaltenden Trockenheit drohte der Brunnen im Hof zu versiegen. Immer schmaler wurde die Mosel, immer weniger Wasser führte sie. Der Clas durchwatete sie ohne Mühe von einem Ufer zum andern.

Noch bevor Maria Ferdinanda sich zum Schreiben aufraffen konnte, kam Post aus Ehrenbreitstein. Mit den beiden Briefen, die ihr ausgehändigt wurden, eilte sie in ihre Wohnung. Ärger würde es geben, sie ahnte es.

Ungeduldig öffnete sie den Brief, der an sie gerichtet war. Sie war außer sich. Schande! Welche Schande für sie, die Meisterin, dass ihr so etwas widerfuhr! Schimpf und Schande für das ganze Kloster! Hatte es das jemals gegeben, dass eine der Klosterfrauen allen Ernstes das Kloster verlassen wollte? Manchmal kam es vor, dass sich eine Klosterfrau über dieses oder jenes beklagte. Auch war es passiert, dass man eine Klosterfrau für eine gewisse Zeit in einem anderen Kloster unterbringen musste, bis sie wieder zu Verstand kam. Doch das Kloster wirklich und wahrhaftig für immer verlassen? Unerhört! Eine unerhörte Schande!

Ohne Wissen der Meisterin hatte Maria Theresia den Eltern mitgeteilt, dass sie beschlossen hatte, das Kloster und den geistlichen Stand zu verlassen, wozu sie Dispens bei der Obrigkeit erbitte. Sie hatte wirklich die Schamlosigkeit besessen, von den Eltern eine angemessene Versorgung zu verlangen. Wo sie doch hier durch die Zuwendungen der Eltern und des Klosters auf das Beste versorgt war! Die Eltern waren empört. Aufs Tiefste beleidigt. Nie und nimmer könnten sie der undankbaren Tochter verzeihen, ihnen diese Blamage zugefügt zu haben. Die hochverehrte und über die Maßen geschätzte Freifrau von Maffey möge doch um des Himmels willen einschreiten.

Und ob sie das wollte! Niemals würde sie zugestehen, dass ihrem Kloster vor aller Welt solche Schmach angetan wurde.

Sie öffnete den Brief, der an das Fräulein von Sohlern gerichtet war, und las:

An Maria Theresia, Freifrau von Sohlern, Klosterfrau zu Stuben
Der Freiherr August von Sohlern befiehlt seiner Tochter, die Pflichten einer Tochter zu erfüllen und gehorsam zu sein. Gehorchend dem abgelegten Gelübde ist und bleibt sie eine Klosterfrau, der Heiligen Kirche und dem Gotteshause zu Stuben anvertraut, zu Gehorsam verpflichtet für ewige Zeiten. Der Himmel duldet keine Untreue, auch keine Betrübung der Eltern.
Der Oberst und die tief gekränkte Mutter Anna Theresia von Sohlern erwarten die Bitte um Verzeihung und die unverzügliche Umkehr der Verwirrung.
August von Sohlern, Oberst im Dienst des Kurfürsten von Trier zu Ehrenbreitstein.

»Die Schwester Maria Theresia! Das Fräulein von Sohlern sofort zu mir!«, schrie Maria Ferdinanda über den Flur.

Eine der Nonnen würde den Befehl hören und ihn weitergeben, so war sie es gewöhnt.

Wutentbrannt lief sie in ihrer Stube auf und ab, konnte nicht erwarten, bis Maria Theresia erschien, rannte schließlich, die beiden Briefe in der Hand haltend, zu Maria Theresias Stube, öffnete mit hartem Griff die Tür.

Maria Theresia saß an ihrem Tisch, vor sich Schreibpapier, Tintenfass und Feder. Erschrocken sah sie zu der Meisterin auf.

»Das Fräulein schreibt! Wieder einen ihrer unverschämten Briefe? Über meinen Kopf hinweg. Ist Sie verrückt geworden? Sie glauben doch nicht, dass …«, brüllte sie. Maria Theresia wollte aus der Stube laufen. Die Meisterin stieß sie zurück, zerrte den Schlüssel aus dem Türschloss, schlüpfte hinaus, schlug die Tür zu und sperrte sie von außen ab.

Wie ein Lauffeuer verbreitete sich die Nachricht von der Schwester, die die Gemeinschaft verlassen wollte.

Wo war das Fräulein von Sohlern, dass sie die Ungeheuerlichkeit ihnen allen ins Angesicht bestätigte? Oder abstreiten würde? Es könnte ja sein, dass die Meisterin wieder einmal mächtig übertrieben hatte.

Elsjen hörte in der Küche davon. Sie wischte die teigverklebten Hände an der Schürze ab und ging zu Maria Theresias Stube. Lautes Weinen drang durch die Tür. Vorsichtig klopfte die Magd, drückte die Klinke nieder, die Tür war verschlossen.

»Jesses nein.«

Der Schlüssel steckte außen in der Tür. Sie drehte ihn um und öffnete.

»Aber Fräulein Sohlern. Wat is' dat denn? Da hat Euch einer eingeschlossen. Ja is' et denn möglich. Nu' weint mal nit so. Et is' ja wieder auf. Nein, nu' is' et aber gut.«

Elsjen blieb stehen, wickelte die Hände in die Schürze, wartete. Maria Theresia beruhigte sich.

»Fräulein Sohlern, is' dat wahr, wat die Schwestern sagen? Dat glaubt man ja nit.«

Abweisend schaute Maria Theresia die Magd an.

»Jesses nein. Ich tät dat nit. Wenn dat mal gut geht.«

Kopfschüttelnd ging sie zurück in die Küche.

Hochwürden Hympler lief der Meisterin über den Weg. Er war erschüttert über das, was er erfuhr, und er fing wahrhaftig an zu weinen.

»Hören Sie auf zu greinen wie ein altes Weib«, erboste sie sich. »Tun Sie lieber etwas. Reden Sie der pflichtvergessenen Schwester ins Gewissen. Meinetwegen beten Sie mit ihr. Ihr Seelenheil, das ewige Höllenfeuer als Strafe für gebrochene Gelübde. Ach, die Schande.«

»Die Schande, die Schande«, jammerte Hympler. Er wusste, dass er wenig ausrichten konnte. Wann hörten sie jemals auf ihn?

»Ich hole Hilfe bei den Pfarrherrn von Eller und Ediger. Vielleicht aus Cochem. Man muss das Fräulein belehren. Ach Gott, der Herr Oberst, wie wird er zornig auf uns sein.«

»Sofort«, befahl Maria Ferdinanda. »Bevor es zu spät ist.«

Er hatte es kommen sehen! Doch der Herrgott im Himmel ließ seiner nicht spotten! Dieser ewig graue

Himmel, der den Regen versagte! Verstanden sie denn das Zeichen nicht? Sahen sie nicht ein, dass alles durch ihre Zuchtlosigkeit so kommen musste?

Hympler flüchtete sich vor die Kreuzreliquie, kniete lange vor dem Altar in der Kreuzkapelle, legte die Hände vor das Gesicht und weinte, fühlte, wie die Kräfte ihn verließen. Seine Kleider waren schweißdurchnässt, trotz der Hitze durchliefen ihn kalte Schauer. Ein heftiges Fieber hatte ihn überfallen. Viele Tage lag er krank im Bett. Schwester Franziska erbarmte sich seiner und half einer Magd, ihn zu versorgen.

Abgemagert und blass war er, als er mit Mühe wieder imstande war, seinen Dienst zu versehen. Die Schwester Maria Theresia! Nichts erreichte er bei ihr! Sie lief weg, wenn er sie zur Rede stellen wollte, antwortete nicht einmal auf seine Fragen. Taube Ohren! Ein taubes Herz! Seit sie aus Mainz zurück war, hatte sie sich verändert! O Gott o Gott, was soll aus uns werden ...?

Einer der Briefe Maria Theresias war an den Prälaten von Springiersbach, den Abt von Holtrop, gerichtet.

Das hatte ihm gerade noch gefehlt: Ärger wegen einer Nonne in Stuben. Holtrop hatte schon genug mit sich selbst zu tun. Die Jagdsaison stand bevor, doch die Freude, die er in früheren Jahren daran gehabt hatte, drohte ihm zusehends abhanden zu kommen. Schwerfälliger war sein Leib im Laufe der Jahre geworden. Er saß nicht mehr so leicht zu Pferde. Die Gicht plagte ihn. Schlimmer wurde sie, wenn er sich gegen die Schmerzen mit großen Mengen von Wein betäubte. Und die Galle. Der Medikus wusste kein besseres Mittel als den Rat, sich im Essen und Trinken zu mäßigen. Was blieb ihm denn noch von den Freuden des Lebens? Auch die Lust auf die Weiber war ihm ziemlich vergangen. Hier und da ein kleines Abenteuer, das keine weitere Anstrengung nach sich zog. Seit der Geschichte mit der Sibylla ließ er die Finger von ernsthaften Amouren. Ach, das Leben hatte an Glanz eingebüßt!

Nun dieses wahnwitzige Ansinnen einer Nonne, Dispens von ihrem Gelübde zu erhalten. Vor ihm habe sie es abgelegt, durch ihn könne sie davon gelöst werden. Sie flehe ihn an, die entsprechenden Maßnahmen zu ihrer Befreiung in die Wege zu leiten. Ihm, als dem Abt von Springiersbach, sei das Kloster Stuben unterstellt. Also müsse sie von ihm die Freistellung erbitten.

Diese naive Person wusste anscheinend nicht, dass einzig und allein der oberste Herr der Kirche, der Papst in Rom, ihr Dispens erteilen konnte. Doch so war es nun einmal: Sie hatte sich an ihn gewandt, und damit blieb die Sache an ihm hängen. Es war unmöglich, das Anliegen einfach zu ignorieren oder abzuweisen. Die Nonne würde nicht so schnell aufgeben. Nach dem entschlossenen Ton ihres Briefes zu urteilen, war ihr manches zuzutrauen. Er musste vorsichtig sein, durch diese Angelegenheit seine Abtei nicht in Verruf zu bringen. In letzter Zeit hatten die Springiersbacher schon genug Ärger damit, finanzielle Forderungen des Kurfürsten abzuwehren.

Der Herr von Dunckel hatte mit Stuben schon hinreichend Bekanntschaft gemacht. Er wurde nun hinzugezogen. Nichts Gutes war seinem früheren Bericht über die Zustände dort zu entnehmen gewesen. Mit Sicherheit hatte sich inzwischen nichts verändert. Vielleicht, meinte der Herr von Dunckel, sei gerade diese

Nonne die einzige, die ihr Gelübde wirklich ernst nehme. Ihrem Anliegen sei Beachtung zu schenken.

Holtrop sah es ein. Also blieb ihm nichts anderes übrig, als nach Stuben zu fahren und das aufmüpfige Frauenzimmer in Augenschein zu nehmen. Von Sohlern? Die Tochter eines Oberst in kurfürstlichen Diensten? Es würde Ärger mit der Familie geben. Wer war diese Maria Theresia? Sie hatte vor ihm das Gelübde abgelegt? Vor zehn Jahren? Sie hatte in seiner Erinnerung keine Spuren hinterlassen.

Früher war ein Ritt zu dieser Jahreszeit hinunter an die Mosel für ihn ein Vergnügen gewesen. Vorbei, vorbei. In der Kutsche ließ er sich fahren. Zum Glück war der Himmel wieder zu sehen, der rätselhafte Höhenrauch hatte sich inzwischen verzogen. Doch ausgedörrt war das Land, staubig die Wege. Keine rechte Freude, mit offenem Verdeck zu reisen.

Bei der Stubener Meisterin musste man immer auf Überraschungen gefasst sein. Holtrop hatte schon häufig erbitterte Auseinandersetzungen mit ihr gehabt, und nicht immer hatte sie am Ende den kürzeren gezogen. Verfolgte sie jedoch bestimmte Absichten, so wurde er von ihr zuvorkommend behandelt, ja umschmeichelt. Heute schien sie entzückt, ihn zu sehen.

Sie war geschickt genug, sich zunächst zurückzuhalten. Sie überließ es ihm, sein Anliegen zuerst vorzutragen. Verblüfft war sie, dass seines auch das ihre war: Das Fräulein von Sohlern!

Die Schwester hatte also wirklich die Dreistigkeit besessen, sich mit der Bitte um Dispens an ihn zu wenden, ohne sie, Maria Ferdinanda, davon in Kenntnis zu setzen. Nun sei der verehrte Herr Prälat gewiss gekommen, um der verwirrten Person den Kopf zurechtzusetzen, sagte die Meisterin. Der Aufruhr, den sie verursache, sei schließlich nicht nur für Stuben, sondern auch für Springiersbach, ja für den gesamten geistlichen Stand eine Schmach. Sogleich, jetzt auf der Stelle, wolle sie das Fräulein rufen lassen.

Holtrop zog es vor, sich zunächst auszuruhen und die seltene Gelegenheit einer friedlichen Stunde in Stuben zu nutzen. Am folgenden Morgen ließ er Maria Theresia vor sich treten.

Hinter dem breiten Tisch im Konventzimmer saß er und rückte seinen Leib in dem bequemen Lehnstuhl zurecht. Maria Theresia stand vor ihm. Er betrachtete sie lange.

Eine Nonne wie tausend andere. Sie sahen alle gleich aus in dem Gewand, das den weiblichen Körper verhüllte und seine Konturen kaum ahnen ließ. Wie würde sie aussehen, wenn sie gekleidet wäre wie eine Dame ihres Standes? Es war nicht vorstellbar. Was in diesem Nonnengewand sichtbar blieb, waren Gesicht und Hände. Das Gesicht hager, ohne Weichheit. Ohne Anmut. Farblos. Doch große helle Augen, die ihn fragend anblickten, sie waren das einzig Lebendige an ihr. Er sah ihr in die Augen, bis sie die Lider senkte.

»Das Fräulein denkt daran, das Kloster zu verlassen?«, begann er.

Sie blickte auf.

»Ich bitte gehorsamst den Herrn Abt um Dispens von meinem Gelübde.«

Eine raue Stimme, doch hinreichend demütig.

Er lehnte sich weit zurück und legte die verschränkten Arme vor die Brust. Was hatte die Person um Dispens zu bitten? Sie hatte ihm die Gründe in ihrem Brief mitgeteilt. Eigentlich sollte er sie nun darüber befragen, um Näheres zu erfahren. Doch es interessierte ihn nicht. Also ersparte er sich das Nachfragen.

»Das Fräulein ist im Irrtum. Ich kann Ihr nicht Dispens erteilen. Dazu habe ich keine Befugnis. Sie täte gut daran, den irrwitzigen Gedanken aufzugeben.«

Er beobachtete ungerührt, wie ihr die Röte ins Gesicht stieg und ihr Atem schneller ging.

»Ich bitte Seine Ehrwürden gehorsamst um Vergebung. Ich kann den Gedanken daran nicht aufgeben. Das Klosterleben wird mir immer unerträglicher. Wenn es nicht in der Macht des Ehrwürdigen Herrn Abtes steht, mir Dispens zu erteilen, bitte ich untertänigst darum, mir zu sagen, an wen ich mich wenden kann.«

Er war überrascht: Sie ließ sich nicht einschüchtern. Sie war stärker als es zunächst schien. Doch sie war nicht in der Lage, ihre Situation zu durchschauen.

»Was bildet Sie sich ein? Dispens! Das ist eine äußerst diffizile Angelegenheit. Wenn Sie Ihren Starrsinn nicht aufgibt, muss ich es dem Generalvikar melden. Damit dem Erzbischof. Und von dort aus wird der Heilige Stuhl informiert werden. Bedenke Sie, zu Rom, das Oberhaupt der Christenheit. Was glaubt Sie, wer Sie ist? Versteht Sie nun, was Sie sich anmaßt? Welchen Stein Sie ins Rollen bringt?«

Sie schien erschrocken zu sein. Gleich würde sie weinen. Sie atmete hastiger.

Dann, mit leiser Stimme: »Ich bitte Euer Ehrwürden gehorsamst darum, mir Dispens von meinem Gelübde zu verschaffen. Ich flehe Sie an.«

Er wurde ärgerlich: »Dummheiten! Wo könnte Sie es besser haben als hier? Was glaubt Sie, was Sie in der Welt erwarten würde? Wo hat Sie sich vorgestellt zu leben?«

»Ich weiß nicht. Verzeihen Ehrwürden, ich weiß es nicht. Noch nicht. Mein Cousin in Mainz …«

Es hatte keinen Sinn, weiter zu versuchen, sie von ihrem Vorhaben abzubringen. Sie würde nicht aufgeben. Holtrop stellte sich vor, was für ein Aufsehen sie an höherer Stelle zu machen imstande wäre, so, wie sie da vor ihm stand, leise, aber unnachgiebig. Die Sache war noch lange nicht ausgestanden. Ob es ihm gefiel oder nicht, er musste ihre Bitte weiterleiten. Doch er hatte keine Lust, sich nun länger mit dieser Person abzugeben. Rasch nun, damit sie ihm aus den Augen kam: Der ominöse Cousin, die Adresse in Mainz, er werde nachforschen. Als Oberherr des Klosters befehle er ihr, nicht weiter Unruhe im Konvent zu stiften. In Ruhe abzuwarten. Schämen solle sie sich für den Ärger, den sie unvernünftige Person vernünftigen Leuten bereite!

Mit einer Handbewegung schickte er sie weg.

Vor der Rückreise nach Springiersbach ließ Holtrop die Meisterin zu sich rufen: »Die Schwester wird so schnell nicht aufgeben. Ich muss ihr Gesuch weiterleiten. Seien Sie unbesorgt, es ist nicht vorstellbar, dass sie Gehör finden wird. Der Wein in Ihrem Keller ist übrigens vorzüglich.«

Maria Ferdinanda verstand den Wink. Sie überreichte ihm einen gefüllten Krug mit dem besten »Neefer Frauenberg« als Abschiedsgeschenk.

»Bleiben Hochwürdigster Herr Prälat uns gewogen.«

»Falsche Schlange«, dachte er, »aber den Wein nehme ich gerne. Für den köstlichen Neefer Tropfen lohnt es sich, nach Stuben zu kommen.«

Das grobe Verhalten des Abtes hatte Maria Theresia nicht beeindruckt. Ihre Bitte um Dispens war zwar nicht erfüllt, aber auch nicht zurückgewiesen worden. Der Tag konnte nicht ferne sein, an dem das geschah, wonach sie sich sehnte. Für diesen Tag, an dem sie das Nonnengewand ablegen durfte, musste sie gerüstet sein. In ihrer Wäschetruhe sah sie nach Kleidungsstücken, die sie dann tragen konnte. Das Weißzeug legte sie ordentlich zusammen und verstaute so viel wie möglich davon in ihrem kleinen Koffer. Ein Kleid? Zu unterst in der Truhe lag das blaue Kattunkleid, das die Priorin ihr in der Zeit vor ihrer Einkleidung aus Trier mitgebracht hatte. Es passte ihr nicht mehr. Es war zu kurz und zu eng. Sie war ja noch ein Kind gewesen, als sie es hatte ablegen müssen. Nur eine Haube und einen Umhang konnte sie jetzt noch benutzen. Im Laufe des Herbstes besorgte sie sich in Cochem ein einfaches gebrauchtes Kleid, das ihr passte. Sie faltete es zusammen und legte es in die Truhe.

Im Kloster blieb ihre Erwerbung nicht verborgen. Die Meisterin war aufs höchste beunruhigt: Das Fräulein von Sohlern hatte bereits handfeste Vorstellungen! Sie wollte wirklich ernst machen! Ihre Absicht war inzwischen auch außerhalb der Klostermauern bekannt geworden. Der Ruf des Klosters stand auf dem Spiel, die Autorität der Meisterin. Sollte sie dem, was auf sie zukam, tatenlos zusehen?

Der Prälat in Springiersbach kehrte gerne den Herrn in Stuben heraus, doch seit geraumer Zeit ließ er nichts mehr von sich hören. Hatte er nicht die Pflicht, sich mit mehr Nachdruck in der leidigen Angelegenheit einzusetzen? Am liebsten hätte sie ihm einen zornigen

Brief geschrieben. Doch sie musste vorsichtig sein, gerade jetzt, da sie etwas von ihm wollte. Sie kannte ihn gut genug, um zu wissen, dass er auf unbotmäßige Äußerungen mit Verärgerung reagierte, und sie hätten darunter zu leiden. Er liebte es, hofiert zu werden. Das konnte er haben. Lange tüftelte sie an einem Brief nach Springiersbach, bis sie glaubte, die richtigen Worte gefunden zu haben:

*Hochwürdig Hochedelgeborener Hochgelehrter sonders Hochzuverehrender Herr Geheimer Rat …,*
ja, diese ehrerbietige Anrede musste dem Abt von Holtrop gefallen. Nach überschwänglichen Wünschen zum bevorstehenden Christfest und zum Jahreswechsel kam Maria Ferdinanda auf das Fräulein von Sohlern zu sprechen. Es müsse dem Hochwürdigsten Herrn Abt als sehr verwunderlich, ja als unbegreiflich erscheinen, wie ein plötzlicher Sinneswandel das Fräulein verändert habe. Und Maria Ferdinanda sprach laut vor sich hin, was sie mit der Feder zu Papier brachte: *Diese hat anfangs als Klosterfräulein und zehn Jahre nach ihrer Profession sich so betselig, fromm und bescheiden betragen, dass sie ihren Fräulein Mitschwestern zum wahren Beispiel gedient hat. Nun ist sie auf einmal durch einen plötzlichen Irrgeist verblendet. Von heimlichen Unterstützungen scheint sie verwirrt und ganz verdunkelt. Sie setzt ihre törichten Schwachheiten auf weltliche Gelüste, wo sie doch für die heutige Welt wegen Mangel an Qualitäten ein durchaus untaugliches Geschöpf ist. Sie erkennt weder sich selbst noch ihren Schwachsinn, noch ihre sehr geringe Naturgabe!*

War das deutlich genug? Würde der Abt endlich verstehen, dass er sofort handeln musste? Zur Bekehrung des verblendeten Fräuleins schlug Maria Ferdinanda die Anordnung von Exerzitien vor. Von den Bemühungen mehrerer Geistlicher, auf das Fräulein einzuwirken, berichtete sie: *Es ist aber den Wänden gepredigt worden.*

Während die Meisterin dies schrieb, wuchs ihr Zorn auf Maria Theresia. Und auf den Abt, der den Dingen tatenlos ihren Lauf ließ! Doch kein unbedachtes Wort, das alles verderben könnte. Maria Ferdinanda legte die Feder beiseite, stand auf, ging ans Fenster und öffnete es. Nach einigen erfrischenden Atemzügen beruhigte sie sich, ging zurück an den Tisch und las noch einmal ihren Brief. Ja, sie hatte den rechten Ton getroffen. Nun noch die eindringliche Bitte, Unehre und Schande von dem altehrwürdigen Gotteshaus zu Stuben fernzuhalten. Versicherung vorzüglicher Dankbarkeit und vollkommenster Verehrung. *Ergebenste Dienerin* schließlich, so sehr sich die Feder sträubte. Sie musste es schreiben, so wurde es erwartet.

Noch vor Weihnachten würde der Brief in Springiersbach sein.

Auf eine Antwort wartete sie vergeblich.

Auch Maria Theresia wartete vergeblich. Ob Holtrop ihr Gesuch weitergeleitet hatte, war ungewiss. Wenn er es getan hatte, würde es dort, wo es angekommen war, ernst genommen oder ignoriert werden? Keine Antwort kam auch auf den Brief, den sie an Franz Georg geschrieben hatte. Seit Jahren hatte sie keine Verbindung mehr zum Bruder. Die Hoffnung, bei ihm Verständnis, vielleicht auch Hilfe zu finden, gab sie endgültig auf.

Dunkle Tage in tiefer Mutlosigkeit. Bei keiner der Schwestern fand Maria Theresia Trost. Das Fräulein von Berg sah verächtlich über sie hinweg, als gehöre sie schon nicht mehr dazu. Catharina wollte nichts mehr von ihr wissen, wollte nicht einmal bei Tisch neben ihr sitzen. Franziska weinte manchmal, wenn Maria Theresia sie anschaute, doch wenigstens wich sie ihr nicht aus.

Als Hochwürden Hympler sah, dass Maria Theresia weiter gewissenhafter als jede andere der Schwestern an den Chorgebeten teilnahm, glaubte er, sie habe sich besonnen. Auch außerhalb der Gottesdienste kniete sie in der Kirche vor dem Marienaltar. Er sah sie dort oft im Gebet versunken.

Dennoch beharrte sie darauf: »Ich will keine Klosterfrau mehr sein. Ich wollte es nie.«

»Ach, die Strafe des Himmels wird uns treffen!« Er hatte keine Kraft mehr, sich weiter um sie zu bemühen.

Winter in Stuben. An der Mosel ein Winter wie seit langem nicht. Bei grimmiger Kälte erstarrte die Mosel zu Eis. Es fielen ungewöhnlich große Mengen Schnee. An den Weihnachtstagen riss die Eisdecke. Der Schnee schmolz, Hochwasser überflutete die Uferbereiche. Noch vor dem Neujahrstag gefror es bei plötzlich hereinbrechendem Frost. Wieder brach das Eis nach wenigen Tagen, und wieder stieg der Fluss an und ergoss sich weit über die Ufer hinaus. Die lähmende Kälte, die nun einsetzte, ließ alles Leben erstarren, sie war so stark, dass sie Bäume zum Bersten brachte. Meterdick war die Eisdecke der Mosel. Tagelang fiel Schnee. Ungeheure Schneemassen bedeckten nicht nur das Kloster, sondern auch die Wege, die dorthin führten.

Tiefe Stille, erzwungene Ruhe.

Wenn nur das Feuerholz reichte! Die Meisterin befahl, dass außer dem Refektorium kein Raum beheizt werden durfte. Sie selbst verzichtete tagsüber nicht auf ein Feuer in dem schweren Eisenofen in ihrer Stube.

Mitte Februar endlich floss Schmelzwasser über die Eisdecke. Doch zu früh hoffte man auf ein Ende der Kälte. Schon nach zwei Tagen gefror es erneut, und wieder fiel Schnee. »Herr straf uns nicht! Hab Erbarmen! Hab Erbarmen, heiliges Kreuz!«

Dann setzte mit starken Regenfällen plötzlich Tauwetter ein. Das Eis riss auf. Der Fluss setzte sich unaufhaltsam wieder in Bewegung. Die Eisschollen konnten der einsetzenden Fließgeschwindigkeit nicht folgen. Sie schoben sich übereinander, türmten sich auf zu undurchdringlichen, bizarren Wällen. Von den Bergen strömte Schmelzwasser zu Tal. Das Flussbett konnte die ungeheuren Wassermengen nicht fassen, die Eiswälle stauten sie auf.

»Die Mosel ist groß! Die Mosel steigt!«

Wieder schwoll der Fluss bedrohlich an und überflutete das Ufer. Hoch stand das Wasser im Februar des Jahres 1784 in der Kirche. Die Keller und die unteren Geschosse der Wohngebäude waren vollständig überflutet. Das Wasser drang selbst in die Stuben einiger Klosterfrauen in den oberen Stockwerken ein. Ob man wollte oder nicht, man war gezwungen zusammenzurücken. Das Vieh musste aus den Ställen gerettet und den Petersberg hinaufgetrieben werden. Der unerbittliche Fluss machte auch vor den Scheunen und Schuppen nicht Halt, drang in die Klosterküche ein und löschte das Feuer im Herd. Hölzerne Gegenstände und auch Möbelstücke schwammen auf der schmutzigen Flut. Geäst, Baumstämme, tote Tiere wurden im Hafen und an der Schiffsmühle angetrieben. Man fand viele angeschwemmte Leichen. Tod und Verderben! Die Mühle konnte nicht standhalten und zerbrach in dem gewaltigen Strom. Seit Menschengedenken hatte es ein solch verheerendes Hochwasser an der Mosel nicht gegeben.

»Die Kreuzreliquie! Auf die Knie vor der Kreuzreliquie!«

Auch in der Kreuzkapelle stand das Wasser. Die Reliquie war auf die Empore im westlichen Chor der Kirche gerettet worden. Bei Tag und bei Nacht knieten Menschen davor und beteten.

Die Regeln des Alltags waren durchbrochen. Das Leben war den Gesetzen der entfesselten Fluten ausgeliefert. Für eine Zeitlang hatte alles andere seine Bedeutung verloren. Kein Gedanke an die Nöte einer einzelnen Klosterfrau.

Als in der Frühlingssonne die aufgetürmten Eisschollen zusammenbrachen und allmählich schmolzen, dauerte es noch eine ganze Weile, bis das Hochwasser sich endlich zurückzog. Jetzt erst wurden viele Verwüstungen sichtbar. Jede Hand wurde nun gebraucht, um die Schäden zu beseitigen. Auch die Klosterfrauen, die kräftig und gesund waren, mussten mithelfen, um rasch zu einem geordneten Leben zurückkehren zu können. Maria Theresia war froh, beschäftigt zu sein. Sie packte an, so gut sie konnte.

Nach Wochen war die Ordnung soweit wieder hergestellt, dass der Alltag seinen gewohnten Gang gehen konnte. Die Stuben der Klosterfrauen waren wieder bewohnbar, die Feuer in den Öfen brannten. Das Leben ging weiter. Die Tage der Not hatten unter den Frauen der Klostergemeinschaft nichts verändert.

# Befragung

Schon wieder Briefe aus Stuben! Holtrop las sie flüchtig. Die Klagen des Klosterkellners und Hausgeistlichen Hympler interessierten ihn nicht. Sollte der doch sehen, wie er mit diesen Frauenzimmern zurechtkam. Der Brief der Priorin von Berg enthielt bittere Beschwerden über die Meisterin, er war amüsant zu lesen. Doch unnützes Weibergeschwätz, das man ignorieren konnte. Und wieder ein Schreiben der Nonne, die keine mehr sein wollte, es enthielt auch nichts Neues.

Holtrop gab die drei Briefe an den Prior, den Herrn von Dunckel, weiter. Mochte der sich damit befassen. Er liebte es, wenn ihm Gelegenheit gegeben wurde, sein Amt ernst zu nehmen. Schon im Herbst, nach seiner Rückkehr aus Stuben, hatte Holtrop ihm aufgetragen, die Bitte des Fräulein von Sohlern um Dispens an den Offizial Beck nach Koblenz weiterzuleiten. Man hatte noch nicht reagiert. Wahrscheinlich hatte das ungewöhnlich starke Hochwasser dieses Frühjahrs auch in Koblenz die Uhren angehalten. Dunckel hatte in Holtrops Auftrag auch nach Mainz an den kurfürstlichen Geheim- und Hofrat Belmont geschrieben. Bereits seit Ende vergangenen Jahres lag dessen Antwort vor. Er versprach, Maria Theresia von Sohlern nach einem Austritt aus dem Kloster so lange ein *anständiges Quartier und Kost* zu geben, bis sie eine andere Unterkunft fände.

Dunckel las Maria Theresias Brief nun mit tiefer Bewegung. Es war offenkundig, diese Klosterfrau litt sehr. Man durfte ihr Anliegen nicht unbeachtet lassen. Er wollte sich nicht anmaßen, über ihre Beweggründe zu urteilen. Die Berichte der Meisterin, der Priorin und des Klostergeistlichen halfen nicht weiter. Er war der Ansicht, dass die Angaben aller Beteiligten zu prüfen seien. Man musste auf Maria Theresias Anliegen eingehen und sich um die richtige Entscheidung bemühen, das war ihr Recht. Einfach darüber hinwegzugehen und ihre Bitte zu ignorieren war der falsche Weg.

Sogleich schrieb er nach Koblenz und bat eindringlich um Abhilfe, denn: ... *mehrere Berichte daher aber geben zuverlässig zu erkennen das unaufhörliche Sehnen dieser Fräulein zur Freiheit, den Unmut im Kloster und die Gefahr zu verzweifelten Äußerungen, Ärgernis und Schande in ihrem geistlichen Haus, so dass auf eine andere Art eine baldige Verfügung nötig scheine.*

Der Fall der Stubener Nonne, die ihr Kloster verlassen wollte, war dem Kurfürsten schon seit längerer Zeit bekannt. Die Papiere, die ihn daran erinnerten, schob er nun zum wiederholten Male beiseite. Zunächst hatte er erwogen, seiner Schwester Maria Kunigunde davon zu berichten, doch schließlich hatte er diesen Gedanken wieder verworfen. Er wollte Maria Kunigunde, die selbst eine Klosterfrau war, die Peinlichkeit ersparen, auf diese Weise mit den Schwierigkeiten einer anderen Klosterfrau konfrontiert zu werden. Maria Kunigunde war eine sehr sensible Person. Das Kloster, dessen Äbtissin sie nach wie vor war, hatte sie verlassen. An seinem erzbischöflichen Hof lebte sie weiter im geistlichen Stand. Ein Gefühl des Unbehagens hielt ihn davon ab, die Angelegenheit mit der Schwester zu besprechen. Um so heikler war die Sache, da es sich bei der Nonne um die Tochter eines Oberst in seinen Diensten handelte, eines Mannes, den er schätzte. Dem

Oberst von Sohlern hätte er Unannehmlichkeiten gerne erspart. Doch eine Untersuchung des Falles war nicht länger aufzuschieben.

Der Offizial Beck hatte recht, wenn er darauf drängte. Der Kurfürst selbst hatte den ehemaligen Jesuiten Beck aus dem Augsburgischen nach Koblenz geholt. Es war gut, in diesen bewegten Zeiten einen Kleriker in einem hohen Amt zu haben, dessen Treue zu den kirchlichen Traditionen verbürgt war. Er beauftragte Beck, die nötigen Schritte einzuleiten und gab die Anweisung, laufend über den Stand der Dinge informiert und, wenn nötig, konsultiert zu werden.

Beck beauftragte den Visitationsrat Kaplan Kopp, die Untersuchung zu führen. Kopp hatte sich als äußerst gewissenhafter Visitator bewährt. Er verfügte über Sachverstand ebenso wie über Menschenkenntnis. Er urteilte streng, aber gerecht. Stets hatte er die Sache im Blick. In diesem Falle handelte es sich um eine schwerwiegende, ja heikle Angelegenheiten. Das Gelübde, für alle Zeit und Ewigkeit im Angesicht Gottes abgelegt, war in Frage gestellt. Dispens! Die Klosterfrau Maria Theresia von Sohlern wollte von ihrem ewigen Gelübde befreit werden.

Kopp machte sich mit seiner Aufgabe vertraut. Er studierte die Unterlagen, die ihm aus Springiersbach gesandt worden waren, sah alle Akten ein, die über Kloster Stuben vorlagen, befasste sich mit den Regeln des Ordens der Augustinerchorfrauen. Dann sandte er einen Boten nach Stuben. Der Meisterin ließ er die Weisung überbringen, dass die Klosterfrau Maria Theresia von Sohlern in Begleitung einer vertrauenswürdigen Frauensperson und des Klostergeistlichen Hympler zum Zwecke der Untersuchung ihrer Bitte um Dispens umgehend nach Koblenz zu senden sei.

Während ihres Aufenthalts werde sie im Görgenkloster untergebracht.

Aufregung in Stuben! Maria Theresias Antrag auf Dispens war an höchster Stelle ernst genommen worden! Die Meisterin war außer sich. Nachdem aus Springiersbach keine Antwort auf ihr Schreiben gekommen war, hatte sie gehofft, dass die Sache im Sande verlaufen würde. Wohin würde das führen? Würden sich solche Verwirrungen des Geistes am Ende nicht wie eine ansteckende Krankheit ausbreiten und andere Auflehnungsversuche nach sich ziehen? Dachte niemand an die Folgen für das Klostervermögen? Die Unzufriedenheit unter den Schwestern war größer als je zuvor.

Mit bebenden Händen rüstete Maria Theresia für die Fahrt nach Koblenz. Endlich, endlich nahm man sich ihrer Sache an. Ihre Furcht vor dem, was sie nun erwartete, war ebenso groß wie ihre Zuversicht. Wenn es so war, wie der Cousin gesagt hatte? Sie hatte alles befolgt, was er ihr geraten hatte. Ob er sie auch weiter unterstützen würde? Doch zunächst musste sie allein durchstehen, was auf sie zukam. Sie musste um ihre Sache kämpfen. War es denkbar, dass sie vielleicht doch nicht erreichte, wonach sie sich mit ganzem Herzen sehnte? Den Gedanken nicht zulassen! Sie weinte, betete, packte ihren kleinen Koffer, schüttete alles wieder aus, ordnete neu, packte wieder ein.

Es war ungewiss, wann ein Schiff im Stubener Hafen anlegen und die Mosel hinunter nach Koblenz fahren würde. Die Meisterin war gezwungen, die Stubener Kutsche für die Reise vorbereiten zu lassen. Sie war wütend darüber, für einige Tage das Pferd, den Pferdekutscher und eine Magd entbehren zu müssen.

Die Kosten für die Reise hatte das Kloster außerdem zu tragen.

Die Reise in der ungefederten Kutsche war beschwerlich. Hympler unterließ es, während der Fahrt in seinem Brevier zu lesen. Er betete den Rosenkranz und befahl Maria Theresia, es ihm gleich zu tun. Sie gehorchte, um unnötigen Streit zu vermeiden, und ließ die Perlen des Rosenkranzes durch die Finger gleiten. Stumm bewegte sie die Lippen wie im Gebet.

In Koblenz dauerte es lange, bis man das Görgenkloster fand. Die Superiorin, Mater Agnes, empfing Maria Theresia freundlich. Das adlige Fräulein aus Stuben? Sie sei angemeldet, sie sei willkommen. Und Mater Agnes trug ihr den kleinen Koffer in das Zimmer, das für sie vorbereitet war.

Kaplan Kopp erschien am nächsten Morgen im Görgenkloster. Die Superiorin überließ ihm für die Befragungen während der nächsten Tage ein Zimmer. Sogleich bat er Maria Theresia zu sich.

Kopp begrüßte sie freundlich. Er betrachtete sie lange. Ein unscheinbares Wesen. Scheu, verschüchtert. Kaum dass sie aufzublicken wagte. Was hatte diese arme Frau bewogen, den Antrag um Dispens zu stellen? Zufrieden sollte sie sein, schließlich war sie im Kloster versorgt und in Sicherheit.

»Sie sind gut gereist, Fräulein von Sohlern?«, mit einer Geste bedeutete er ihr, sich ihm gegenüber zu setzen.

Sie kam seiner Aufforderung nach und legte ihren Mantel und ihren Schleier zurecht.

»Ich hoffe, die Reise war nicht zu anstrengend. Wir haben eine schwere Arbeit vor uns.« Er blickte ernst. »Ist dies richtig: Sie ersuchen darum, von Ihrem

Gelübde, das Sie an die Regeln Ihres Ordens und an Ihr Kloster bindet, gelöst zu werden?«

»Ja. Ich bitte um Dispens von meinem Gelübde,« sagte sie mit leiser Stimme.

Nachdenklich sah er sie an. Dann gab er dem Schreiber, der an einem Pult stand, die Anweisung, jede einzelne Frage genau zu notieren. Ebenso die Antworten des Fräuleins. Sie, das Fräulein von Sohlern, müsse die Wahrheit sagen, und nichts als die Wahrheit, dürfe nichts hinzufügen und nichts verschweigen. Ob sie das verstanden habe?

Sie nickte. »Die Wahrheit. Ich werde die Wahrheit sagen.«

»So beginnen wir. Wie die Vorschriften es verlangen.«

Leise und unsicher kamen ihre Aussagen, die einleitenden Formalien betreffend, über ihre Lippen. Sie sprach mit brüchiger Stimme, jedoch ohne zu stocken, als sie von ihren Kinderjahren erzählte und auf die Fragen zu ihrem Eintritt ins Kloster antwortete. Kopp erkannte, dass sie bei aller Unsicherheit, die an ihrer äußeren Erscheinung zu Tage trat, von einem festen Willen geleitet wurde. Regungslos saß sie, die Hände in die Ärmel ihres schwarzen Mantels geschoben. Die roten Flecken, die während der langen Befragung in ihren blassen Zügen aufflackerten, zeugten von ihrer inneren Bewegung.

Als er sie nach der Befragung entließ, verabschiedete sie sich mit Kniebeuge und Verneigung.

Tief verunsichert ging Maria Theresia. Schenkte der Visitationsrat ihren Aussagen Glauben? Sie hatte Zeugen angegeben, Hochwürden Hympler und Pater Modualdus. Die würden sich gewiss erinnern. Hympler an den Brief, den er im Garten gefunden hatte. Der

Pater an ihre Bitte, ihr dabei zu helfen, das Kloster zu verlassen. Maria Theresia war den Tränen nahe. Sie ging in die Kapelle des Klosters, kniete lange, betete, grübelte, wartete, bis es Abend wurde.

Kopp ließ sich vom Schreiber das Protokoll vorlegen und las es mehrmals. Eine Familiengeschichte. Eine undurchschaubare Familiengeschichte. Vage Beschuldigungen. Nichts Greifbares, das für oder gegen eine Entscheidung der Sache zu verwenden war. Was deutlich wurde: Das Fräulein war zutiefst unzufrieden, wenn nicht sogar unglücklich in ihrem Stand. Doch Unzufriedenheit und Unglücklichsein waren keine brauchbaren Argumente. Wohin kämen wir, wenn dergleichen zählte? Das Fräulein hatte selbst eingestanden, dass sie nicht gezwungen worden war, das Gelübde abzulegen. War der Fall damit nicht schon entschieden? Doch Kopp wollte allen Hinweisen, allen möglichen Indizien für eine handfeste Ausübung von Zwang erst einmal gewissenhaft nachgehen.

Gleich am folgenden Tag befragte er die von Maria Theresia benannten Zeugen. Zuvor saß er wieder lange grübelnd über dem Protokoll der gestrigen Befragung. Worin, so fragte er sich, lag der Grund für das Aufbegehren des Fräuleins nach so vielen Jahren ihres Klosterlebens? Hochwürden Hympler hatte es angedeutet. Nach einem Besuch in Mainz war das Fräulein verändert. Hympler hatte auch richtig vermutet, welcher Gedanke dem Fräulein seither im Kopf herumspukte: Es war das Verlangen nach dem Ehestand! Welcher konkrete Anlass dieses Verlangen auch immer hervorgerufen hatte, es widerstrebte ihm, in dieser Richtung zu forschen. Er war ein Mann der Tatsachen, nicht der Vermutungen.

Die Befragung des Kapuzinerpaters hätte sich Kopp sparen können. Dessen Aussagen waren nicht ernst zu nehmen. Der alte Mann schien recht hinfällig und verwirrt zu sein. Die Frage blieb unbeantwortet, ob Maria Theresia während des Noviziats ihm gegenüber jemals offen zu verstehen gegeben hatte, dass sie durch Zwang dazu gebracht werden sollte, für immer eine Klosterfrau zu sein. Wieder las Kopp die Protokolle, wieder suchte er nach sicheren Erkenntnissen, die für eine Entscheidung taugten. Schließlich wurde ihm klar, dass vor einer Entscheidung die Befragung der Mutter des Fräuleins unerlässlich war.

Nein, sie wolle ihre Tochter nicht sehen, sagte die Mutter, als Kopp ihr vorschlug, Maria Theresia rufen zu lassen. Der verehrte Herr Revisionsrat möge verstehen. Sie kenne die Vorwürfe der Tochter, und sie sei zutiefst gekränkt.

Kopp las Frau von Sohlern das Protokoll vor. Sie saß gefasst vor ihm, schwieg, schüttelte hin und wieder den Kopf, während er las. Als er geendet hatte, sagte sie: »Es ist nicht wahr, dass meine Tochter gezwungen wurde, eine Klosterfrau zu werden. Sie wollte es selbst.«

»Es war ihr eigener Wille?«

»So ist es!«, sagte sie mit fester Stimme.

»Ihre Tochter stellt es anders dar.«

»Es ist nicht so, wie sie sagt. Sie hat sich ohne Zwang für den geistlichen Stand entschieden.«

»Wie standen Sie, Frau von Sohlern, dazu, dass Ihre Tochter diesen Weg wählte?«

»Mutter von mehreren Töchtern zu sein ist keine leichte Aufgabe, wenn man bedenkt, dass es der Wunsch der Eltern ist, die Kinder wohl zu versorgen.

Es war mein größtes Bestreben, ihnen eine gute Versorgung zu sichern. Maria Theresia hat dort, im Kloster Stuben, einen sicheren Platz, an dem sie leben kann.«

»Und der Herr Oberst? Wie steht er dazu?«

»Die Tochter hat damals selbst darum gebeten, ihn dazu zu bewegen, sein Einverständnis zu geben wegen der Kosten, die durch ihren Eintritt ins Kloster entstanden.«

Der Oberst und seine Frau, besorgte, verantwortungsbewusste Eltern, stellte Kopp fest. Vernünftige Gründe hatten sie bewogen, die Tochter dem Kloster anzuvertrauen.

Allerdings gab es da noch ein Problem: Wenn es tatsächlich so gewesen war, wie das Fräulein ausgesagt hatte, dass nämlich ihre Mutter eine besondere Abneigung gegen sie gehabt und sie unfreundlich behandelt hatte, so war das erstens nichts Beweisbares, und zweitens keine Ausübung von Zwang, hatte also mit einer Begründung für Dispens nichts zu tun. Vermögensfragen zu klären gehörte in diesem Zusammenhang jedenfalls nicht zu seinen Aufgaben.

Er dankte Frau von Sohlern und verabschiedete sie. Mit Verwunderung sah er, dass ihre Augen sich mit Tränen füllten und dass sie eine zitternde Hand an ihre Lippen legte, als sie den Raum verließ.

## Ablehnung

Die protokollierte Befragung des Fräuleins und die Aussagen ihrer Mutter genügten Kopp nicht. Er hielt es für wichtig, sich einen umfassenden Eindruck von ihrer Persönlichkeit zu verschaffen. An den folgenden

Tagen suchte er in privaten Gesprächen, ihr Vertrauen zu gewinnen. Sie öffnete sich rückhaltlos. Er sah ihre Not und erkannte die Stärke ihres Willens, sich daraus zu befreien. In dieser so unscheinbaren Person steckte eine erstaunlich große innere Kraft. Oder sollte er es Trotz nennen? Unbelehrbarkeit? Widersetzlichkeit? War da von allem etwas? Nach dem, was er in Erfahrung gebracht hatte, war er am Ende überzeugt, dass die Familie von Sohlern die Tochter wirklich in den geistlichen Stand gedrängt hatte. Gedrängt, nicht gezwungen, wie sie immer wieder behauptete.

Noch einmal prüfte er alle gesammelten Ergebnisse der Befragungen, beriet sich mit Offizial Beck, suchte auch den Rat erfahrener Ordensleute, und schrieb am 7. Juni 1784 seinen ausführlichen Bericht an den Kurfürsten.

Lückenlos stellte er zunächst alle ermittelten Tatsachen dar. Es gehörte zu seiner Aufgabe, sich nicht darauf zu beschränken. Er hatte eine persönliche Beurteilung des Falles hinzuzufügen.

Folgen mussten bedacht werden, die zu erwarten waren, wenn dem Begehren der Klosterfrau stattgegeben wurde.

Das Fräulein hatte das heiratsfähige Alter längst hinter sich. In ihrer äußeren Erscheinung, in ihrem ganzen Wesen machte sie nicht den Eindruck, als könne sie in der Welt bestehen. Sie wusste sich nicht, wie in ihren Kreisen üblich, in der französischen Sprache auszudrücken, ließ nichts von Weltkenntnis, von Lebensart, kaum etwas von Umgangsformen gehobener Kreise erkennen. Hilflos erschien sie ihm. Im Kloster war sie zweifellos am besten aufgehoben. Der Verwandte in Mainz, der sie fürs erste aufzunehmen versprochen hatte? Wie lange wäre er bereit, für ihren Unterhalt und für ihr Unterkommen einzustehen? Da gab es ein Versprechen, aber keine Sicherheit.

Und weiter überlegte Kopp: In dieser besonderen Sache ging es nicht nur um die Folgen für eine einzelne Person. Das Fräulein war Teil ihrer Klostergemeinschaft, und diese wiederum war Teil einer größeren Gemeinschaft, nämlich des geistlichen Standes. Der übergeordneten Gemeinschaft war zweifellos mehr Gewicht beizumessen als den Interessen einer Einzelperson. Alle Möglichkeiten waren abzuwägen, die nicht nur das Fräulein selbst, sondern auch den geistlichen Stand im Allgemeinen betrafen.

So fasste der *untertänigst treu gehorsamste Kaplan Kopp* in einem Brief an den Kurfürsten seine Sicht der Dinge zusammen: Er sehe keine rechtliche Grundlage für eine Dispens. Vielmehr sei das Seelenheil der Bittstellerin in Gefahr, wenn sie das Kloster verließe. Wer würde eine ausgetretene Klosterfrau zur Frau nehmen? Sie bliebe mit großer Wahrscheinlichkeit unversorgt. Zudem müsse man bedenken, welch *ärgerliche Gärung* in den Frauenklöstern und in den betroffenen Familien durch *dergleichen Auswanderungen* entstehen könnte.

Während der Sommermonate zog sich der Kurfürst in sein Schloss in Kärlich zurück. Als empfindsamer Schöngeist liebte er diese Residenz, die ihm den ungestörten Genuss von Schönheit und Ruhe gewährte. Freiherr von Duminique, La Roches Nachfolger im Kanzleramt, erschien regelmäßig zum Vortrag. Täglich brachte er die Briefe, die an den Kurfürsten gerichtet waren.

Der Bericht des Visitationsrates Kopp über das

Begehren der Maria Theresia von Sohlern befand sich heute darunter, und der Kurfürst fasste den Entschluss, den Fall nun doch der Koadjutorin, seiner Schwester Maria Kunigunde, zu überlassen. Sie würde am besten wissen, wie darüber zu urteilen sei. Als er jedoch Kopps Bericht gelesen hatte, war er froh, bisher geschwiegen zu haben. Er hatte der Schwester eine unangenehme Aufgabe erspart.

Er wollte sich nun selbst um diese Sache kümmern. Das Schicksal dieser Nonne rührte ihn. Vielleicht könnte er etwas für sie tun. Wahrscheinlich müsste er wieder einmal in Kauf nehmen, dass man ihm vorwarf, zu weichherzig zu sein. War er das wirklich, wenn ihm die Nöte dieser Klosterfrau nahegingen?

Im Grunde musste er Kopp recht geben, wenn der sich dafür aussprach, dem Begehren des Fräulein von Sohlern nicht stattzugeben. Ihr Schicksal außerhalb des Klosters war ungewiss. Am Ende könnte es härter sein als das Leben im Kloster. Jedoch die Umstände, die für eine Dispens sprachen ... Widerfuhr dem Fräulein nicht großes Unrecht, wenn man sie noch länger im Kloster festhielt, dort, wo sie von Anfang an nicht hatte sein wollen? Möglicherweise hatte man sie wirklich zum Klosterleben gezwungen.

Der Fall konnte, so war sein Eindruck, noch nicht abgeschlossen werden. Weitere Fakten mussten in Erfahrung gebracht werden. Der Visitationsrat hatte seine Sache gut gemacht. Der Kurfürst erteilte ihm jetzt den Auftrag, sich weiter um Klärung zu bemühen. Die Klosterfrau sei, um Ruhe und Besinnung möglich zu machen und um Streitereien zu vermeiden, einstweilen in einem anderen Kloster unterzubringen. Der Herr Visitationsrat möge selbst einen geeigneten Ort auswählen und sie dorthin bringen. Ferner habe er das

Kloster Stuben zu informieren und dort für Beruhigung zu sorgen.

Nach Kloster Machern also! Maria Theresia war verzweifelt. Sie hatte sich alles anders vorgestellt! Sie hatte sich Hoffnungen gemacht, dass man sie nach Mainz schicken würde. Davon war nun keine Rede. Eine Klosterfrau sei sie, ein Kloster müsse es sein, wo man ihr zu wohnen erlaube. Der Herr Visitationsrat beharrte darauf. Seine Durchlaucht, der Kurfürst, habe es befohlen.

Widerwillig wurde sie von den Damen in Machern aufgenommen.

»Das Fräulein, das in Stuben solchen Ärger macht? Wir wollen sie hier nicht haben.«

Kopp befahl im Namen des Kurfürsten, dass sie aufzunehmen und zu respektieren sei als eine von ihnen.

Maria Theresia weinte bitterlich. »Lassen Sie mich nicht hier zurück! So helfen Sie mir doch!«, flehte sie Kopp an.

Er versuchte sie zu beruhigen. Wieder brach es aus ihr heraus: Sie wolle keine Klosterfrau sein, sie wollte es nie. Der Kaplan Ruwer in Cues, der kenne die Familie gut, der habe es gesehen, wie die Mutter ihr schlechte Kleider gegeben und sie schlechter gestellt habe als die anderen Geschwister, den Kaplan Ruwer solle er doch fragen. Und sie hörte nicht auf zu weinen.

Ein neuer Aspekt. Noch ein möglicher Zeuge. Diesem Hinweis würde er nachgehen. Kopp sah ihre Hartnäckigkeit, auch ihre Verzweiflung, mit der sie an ihrem Begehren festhielt. Sie gab nicht auf.

»Was werden Sie in der Welt anfangen, Fräulein von

Sohlern? Was soll aus Ihnen werden? Wir fürchten für Sie, dass es Ihr Unglück ist, wenn Sie das Kloster verlassen!«

Sie sah ihn mit tiefem Ernst an. »Ich weiß nicht, was mit mir werden soll. Doch ich weiß, unglücklicher als in Stuben kann ich nirgendwo sonst auf der Welt sein.«

Nirgendwo sonst auf der Welt? Kopp erschrak. Sie ahnte, was sie erwartete, wenn sie das Kloster verließ! Und dennoch wollte sie frei sein. Er sah sie mit anderen Augen: Sie war keine Träumerin, die sich Illusionen machte. Es war kein erträumtes Glück, um das sie so verbissen kämpfte. Frei wollte sie sein! Niemals würde sie aufgeben! Möglicherweise würde sie zerbrechen, aber aufgeben würde sie niemals. Armes Fräulein, um so schlimmer für sie. Er musste nun erst einmal kühlen Kopf bewahren und ganz unbeeinflusst von Gefühlen nach der richtigen Lösung in ihrem Fall suchen. Um ihretwillen.

»Der Kaplan Ruwer in Cues«, sagte Kopp. »Wir sind verpflichtet, ihn zu befragen, wenn Sie ihn als Zeugen angeben. Von hier ist es nicht weit nach Cues. Ich werde den Herrn aufsuchen, bevor ich nach Koblenz zurückfahre.«

Ein Hoffnungsschimmer für Maria Theresia. In aller Eile schrieb sie einen Brief an den Kaplan. Bevor sie den Brief schloss, bat sie Kopp, ihn zu lesen: Inständigst bat sie darin, dem Visitationsrat Kopp zu bestätigen, dass sie schlecht von der Mutter gehalten und von ihr zum Eintritt in das Kloster gezwungen worden war.

Schon nach zwei Tagen traf Ruwers Brief in Machern ein, Maria Theresia öffnete ihn mit zitternden Händen. Fassungslos las sie seine Antwort. *Bereitwil-*

*ligster Diener!* Freundlich gab er sich in seinem Brief, doch er verweigerte aus Rücksicht auf die Familie seine Hilfe!

Als die Tränen der Enttäuschung getrocknet waren, überdachte Maria Theresia ihre Situation. Wenn doch Mainz nicht so weit weg wäre. An den Cousin durfte sie sich erst wenden, wenn sie Dispens erhalten hatte. Er hatte es schriftlich zugesagt. Wer konnte ihr jetzt noch beistehen? Dispens erteilte nur das Oberhaupt der Kirche, der Papst in Rom, hatte man ihr erklärt. Doch das könnte nur dann geschehen, wenn eine Empfehlung des Erzbischof vorlag. Der Erzbischof … sollte sie es wagen?

Am 2. Juli 1784 schrieb Maria Theresia von Kloster Machern aus einen Bittbrief an den Erzbischof und Kurfürsten nach Koblenz, in dem sie ihn um Dispens von ihrem Gelübde anflehte.

Kopp, der nach Koblenz zurückgekehrt war, erstellte ebenfalls an diesem 2. Juli eine Niederschrift, die für den Erzbischof bestimmt war. Er berichtete über die Aussagen des Kaplan Ruwer zu Cues im Falle der Maria Theresia von Sohlern. Ruwer hatte ausgesagt, *dass dero Eltern die Entschließung der Tochter zum Ordensstand aus Eigennutz gern gesehen und befördert haben, um nicht gehalten zu sein, die der letzteren von einer Tante zugedachte Erbschaft abzugeben …* Der Befragte bestritt, gehört und gesehen zu haben, dass die Frau Mutter die Tochter Maria Theresia schlechter gehalten habe als die übrigen Kinder. Es könne wohl sein, dass das weniger gefällige Betragen Maria Theresias mehr Verdruss in der Mutter erzeugt habe. Solche Kinder sehe man gerne im Kloster versorgt, *da schon einmal die Eltern überhaupt und ge-*

*wöhnlich mit dergleichen Kindern ein Geschenk der Kirche gern machen.*

Alles in allem betrachtet, war dies in Kopps Augen *nicht ein hinreichender Grund zur päpstlichen Dispensation von den Klostergelübden für die Maria Theresia von Sohlern.*

Wegen der hochsommerlichen Hitze hatte der Kurfürst am frühen Morgen die goldgelben Damastvorhänge an allen Fenstern seines Arbeitsraumes vorziehen lassen. Er trug leichte Kleidung. In dem gedämpften Licht wollte er einen angenehmen Tag bei entspanntem Arbeiten verbringen, und am Abend gedachte er mit Maria Kunigunde einige erfrischende Stunden in dem weitläufigen Park zu genießen. Er freute sich schon darauf. Doch nun hatte er die beiden Briefe erhalten, die dazu angetan waren, ihm die Stimmung gleich am Morgen zu verderben.

Der Brief des Fräulein von Sohlern erschütterte ihn. Echte Not sprach daraus. Das Vertrauen, das in ihn gesetzt wurde, ach, es belastete ihn. Er sollte dieser Not abhelfen. Woher hatte das Fräulein den Mut genommen, sich an ihn zu wenden? Nun, sie war die Tochter eines Soldaten. Wenn sie nach dem Vater geraten war, dann lag das Kämpfen in ihrer Natur. Warum aber wehrte sie sich erst jetzt? Warum nicht schon damals, bevor sie das Gelübde abgelegt hatte? Ungelöste Fragen, die ihn bedrückten. Er hielt den Bericht des Visitationsrates Kopp gegen ihren Brief. Nach diesem Bericht war für ihn noch immer ein Rätsel, warum diese Dame eine Klosterfrau geworden war. Auch blieb die Frage unbeantwortet, ob ihr dabei ein Unrecht geschehen war. Sollte er nicht doch Maria Kunigunde …? Nein, nicht heute. Später. Vielleicht.

Was konnte er in dieser Sache nun ausrichten? Er legte die beiden Briefe zur Seite. Der Visitationsrat sollte das Fräulein noch einmal aufsuchen. Ihre Beweggründe waren wiederholt zu erforschen, ebenso die wahren Umstände ihres Eintritts ins Kloster. Das Fräulein war über die Folgen eines Austritts zu belehren und nach Möglichkeit dahingehend zu beeinflussen, dass sie ihr Begehren aufgab. Die Eltern des Fräuleins waren zu hören. Sobald wie möglich erwarte er einen detaillierten schriftlichen Bericht über sämtliche Ergebnisse.

Er nahm sich vor, Kopps erneuter Empfehlung zu folgen, wie immer sie auch ausfallen würde. Eine Entscheidung musste auf jeden Fall in diesem Sommer getroffen werden. Sofort ein Bote zu Kopp mit der entsprechenden Weisung.

Der Abend war mild. Sternklarer Himmel wölbte sich über dem stillen Land. Durch das Rheintal zog ein frischer Wind, er wiegte leicht das Laub an den Bäumen des Schlossparks. Der Kurfürst saß mit Maria Kunigunde unter einer Linde und lauschte mit ihr dem Flüstern der Blätter. Ab und zu ein unbeschwertes Wort. Pläne zur Gestaltung der Decken des neuen Schlosses. Der Hofmaler Januarius Zick hatte entzückende farbige Skizzen vorgelegt. Marmorvasen aus Italien für die Ausschmückung der Repräsentationsräume? Weiß oder mit Golddekor geziert? Maria Kunigunde hatte Geschmack, sie sollte entscheiden.

»Es wird wunderbar sein, wenn wir dort wohnen. Musik werden wir hören, Clemens, jeden Abend, wenn du es möchtest. Es wird nicht mehr lange dauern.«

»Es macht Freude, mit dir Pläne zu schmieden. Und

es ist schön, die Freude mit dir zu teilen. Wenn ich mir vorstelle, du wärst noch immer dort, weit von hier im Kloster Thorn …«

»Ich bin zu dir gekommen. Und ich war willkommen.«

»Du bist es immer noch. So wird es bleiben«, sagte der Kurfürst.

Sie lächelten sich zu.

Der Brief! Dieser Brief ließ ihn nicht los, er ging ihm näher, als er sich eingestehen wollte. Jetzt, jetzt wäre der rechte Augenblick …

»Du wolltest etwas sagen, Clemens.« Maria Kunigunde beugte sich zu ihm hin und sah ihn an. »Sprich nur.«

Nun, so sollte sie endlich von der Sache Kenntnis erhalten. Von dem Brief berichtete er ihr. Von dieser Klosterfrau, die nicht in ihrem Kloster bleiben wollte, und die nicht abwarten konnte, bis über ihr Begehren entschieden war. Die kühn genug war, ihn, den Erzbischof zu bitten, dass er sich ihrer annehme.

»Sie hat wahrhaftig den Mut, sich an dich zu wenden? Sie wird Gründe haben. Was gedenkst du zu tun, Clemens?«

»Ich werde ihren Fall weiter untersuchen lassen. Noch gibt es Unklarheiten.«

Nachdenklich nickte sie. »Du wirst mir davon berichten?«

Er versprach es. Sanft klang der Abend aus.

Unruhige Gedanken hielten in dieser Nacht lange den Schlaf von Maria Kunigunde fern. Bilder vergangener Zeiten. Das Kloster im fernen Thorn. Die düstere Enge dort, die sie nicht länger hatte ertragen können. Ihr war es möglich gewesen zu entfliehen. Doch diese unbekannte Nonne ... Wenn man mehr über diesen Fall wüsste ... Sollte sie sich dieser Sache annehmen?

Abwarten sollte man. Vertrauen. Clemens würde so entscheiden, wie es richtig war.

Kopp war über den erneuten Auftrag des Kurfürsten überrascht: Das Schicksal dieser Klosterfrau lag ihm offensichtlich sehr am Herzen.

In Koblenz suchte er zunächst das Gespräch mit den Eltern Maria Theresias. Ihre Verbitterung, vor allem ihre harte Ablehnung der Tochter, die den Klosterstand verlassen wollte, erschreckte ihn. Nein, die Tochter dürfe nicht damit rechnen, ins Elternhaus zurückkehren zu können. Es sei für sie gesorgt worden, wie es besser nicht möglich war. Eine Schande für die Familie sei die Undankbare, die den Namen Tochter nicht mehr verdiene. Nein, sie habe nicht mit weiteren Zuwendungen zu rechnen.

Nun reiste Kopp nach Machern zu Maria Theresia. Er fand sie zurückgezogen, vereinsamt, blass. Sie weinte bei jedem der Gespräche, die er mit ihr führte. Gegen seinen Willen empfand er Mitleid mit ihr, doch trösten durfte er sie nicht. Sie könnte die Freundlichkeit falsch deuten und sich Hoffnungen machen, die sich niemals erfüllen würden.

Während seines Aufenthaltes in Machern erkannte Kopp, dass es dem Fräulein nicht länger zugemutet werden konnte, dort zu bleiben. Die Schwestern lehnten sie ab. »Sie isst unser Brot, und sie trinkt unseren Wein. Und wir sind ihre trübsinnige Miene leid. Nach Stuben gehört sie, und dort soll sie hin.«

Um dieses Problem mussten sich die Springiersbacher Chorherren kümmern. Kopp hatte aus den Akten ersehen, dass es der Prior von Dunckel war, der sich im Falle der Maria Theresia an den Offizial Beck gewandt hatte. Darum legte er diesem ans Herz, sich um die Stubener Klosterfrau zu kümmern und dafür zu sorgen, dass sie in ihr Kloster zurückgebracht wurde.

Am 28. Juli schrieb Kopp die befohlene Stellungnahme.
*Zufolge kurfürstlicher gnädigster Weisung gegeben zu Kärlich* listete er sorgfältig nach Punkten seine Bedenken auf. Sein Fazit: Es muss dringend davon abgeraten werden, dem Fräulein von Sohlern Dispens von ihrem Gelübde zu erteilen!

## Entscheidung

Seit den ersten Augusttagen hielt sich der Kurfürst wieder im Dikasterialbau zu Ehrenbreitstein auf. Kopps Berichte hatte er aus Kärlich mitgebracht, ebenso den Brief, den Maria Theresia von Sohlern einen Monat zuvor an ihn gerichtet hatte. Die Schriftstücke in der Sache der Klosterfrau aus Stuben lagen vor ihm auf dem Schreibtisch. Warum hatte er nicht längst einen Schlussstrich unter diese Sache gezogen? Die Angelegenheit war ihm lästig, sie bedrückte ihn. Doch bis jetzt hatte er sich nicht zu einer endgültigen Entscheidung durchringen können.

Kaplan Kopp hatte vorbildlich recherchiert. Seiner Beurteilung konnte er vertrauen. Ein Aufschub war nicht länger zu verantworten. In den nächsten Tagen musste gehandelt werden. Am besten schon morgen.

Jetzt nicht. Jetzt war er mit anderem, mit Erfreulicherem befasst. Meister Januarius Zick hatte im Laufe des Tages das Bild gebracht, zu dem er bereits einen

Entwurf vorgelegt hatte. Der Kurfürst und seine Schwester hatten dem Maler ihr Wohlgefallen an der Skizze mitgeteilt und ihn beauftragt, ein Ölbild danach zu malen. Noch war die Farbe nicht ganz trocken, doch der Kurfürst hatte darauf beharrt, das Bild in seinem Arbeitsraum aufstellen zu lassen. Auf einer Staffelei stand es nun seitlich an einem der Fenster. Damit der Lichteinfall die weichen Farben nicht verfälschte, waren die Vorhänge zur Hälfte zugezogen. Das Ölbild gefiel dem Kurfürsten noch besser als die anmutige Aquarellskizze, ja, er war begeistert von seiner Ausdruckskraft, von der Wärme, die es ausstrahlte. Wenn nur Kunigunde endlich käme, sie würde sich gemeinsam mit ihm daran erfreuen! Es war ihm zur Gewohnheit geworden, die Freude an allem Schönen mit ihr zu teilen, an Bildern, an Musik, an dem Anblick schöner Landschaften, nur mit ihr konnte er alles richtig genießen. Heute wollte sie aus Kärlich zurückkommen. Er konnte ihre Rückkehr kaum erwarten.

Immer wieder musste er das Bild betrachten. Es war erst die Vorstufe zu einem weiteren Gemälde: Januarius Zick sollte im neuen Schloss die Decke seines Schlafgemachs ebenfalls mit diesem Motiv ausmalen. Kunigundes Kunstgeschmack war untrüglich, sie musste ihm bestätigen, dass das Ölbild in Farbe und Form vollkommen war.

Das Schloss, und immer wieder das Schloss. Den Schlossbau musste er im Auge behalten. Aus diesem Grund hatte er Kärlich verlassen, obwohl er den August über lieber noch dort geblieben wäre. Die Hitze war in Kärlich leichter zu ertragen. Seit sieben Jahren war man nun mit dem Schlossbau befasst. Gute Fortschritte waren zu sehen, doch zur Zeit ging es nicht recht voran. Hoch waren die Beiträge aus der kurfürstlichen Privatschatulle, sie deckten jedoch nur einen geringen Teil der Kosten. Die Stadt Koblenz war mit den zugesagten Zahlungen im Verzug.

So wichtig der Schlossbau war, andere Aufgaben durften darüber nicht vernachlässigt werden! Besonders die Reform der Schulen musste weiter vorangetrieben werden. In diesem Jahr hatte er endlich eine Normalschule zur Ausbildung der Lehrer eingerichtet. Das alles kostete Geld, viel Geld. Die Kosten für die Schulreform plante er von den reichen Klöstern einzutreiben, auch wenn die sich mit allen Mitteln dagegen wehrten und nichts von ihrem Überfluss abgeben wollten: die Maximiner und die Mattheiser zu Trier, die zu Prüm, die Springiersbacher! Er wollte auf keinen Fall locker lassen. La Roche, wenn doch La Roche … Er sprach nicht darüber, aber er vermisste ihn. Gerade bei der Reform der Bildung hätte der ihm beigestanden. Nichts gegen den Freiherrn von Duminique, der war ein Politiker comme il faut, aber an La Roche reichte er nicht heran. Die Bildung des einfachen Volkes war Duminiques Anliegen nicht.

Ach, die Koblenzer! Sie nahmen es inzwischen als selbstverständlich, dass Trier als Hauptstadt des Kurfürstentums völlig an den Rand gedrängt war. Auf das neue Schloss würden sie am Ende stolz sein. Und profitieren würden sie davon, wenn die Hofhaltung von Ehrenbreitstein über den Rhein herüberziehen würde.

Nein, die Koblenzer durften sich nicht beklagen. In Ehrenbreitstein hatte man eher Grund dazu. Schließlich verließ man hier den »Hof«, diese schöne Einheit aus Gebäuden mit der Front zum Rhein, und dem Hafen, wo die kurfürstliche Yacht lag. Alles würde sich regeln, wenn Koblenz mit dem neuen Schloss eine wahrhaft glanzvolle Residenzstadt geworden war, wie sie einem bedeutenden Kurfürstentum und einem Kurfürsten von höchstem Adel gebührte.

Gleich nach seiner Rückkehr aus Kärlich hatte sich der Kurfürst über die Baufortschritte des Schlosses informiert. Die Anlage war bereits erkennbar. Der Südflügel war schon fast vollendet. Dort war das grand appartement vorgesehen, in dem er wohnen würde. Dieser Teil des Gebäudes war ihm besonders wichtig. Man hatte bereits einige kostbare Einrichtungsgegenstände aus Ehrenbreitstein herübergeschafft, um die fertiggestellten Räume zu möblieren. Und Meister Januarius Zick sollte mit dem Ausmalen des Schlafgemachs beginnen, sobald Kunigunde ihr Urteil zu dem Entwurf abgegeben hatte.

Er hörte Schritte. Endlich! Doch es war nicht die Schwester. Der Offizial Beck wurde gemeldet.

»Was bringen Sie, Verehrtester? Ich sehe Ihnen an, dass es wichtig ist.«

Beck verbeugte sich, er war außer Atem: »Ich wollte Durchlaucht nicht damit belästigen. Doch es blieb mir kein anderer Weg, als Durchlaucht sogleich aufzusuchen. Wieder diese Klosterfrau, das Fräulein von Sohlern. Sie gibt keine Ruhe. Ihr neuerliches Schreiben ist ordnungsgemäß zunächst bei mir angekommen, aber wenn es nach ihrem Willen geht, hat es selbst bei Durchlaucht noch immer nicht seinen beabsichtigten Empfänger erreicht.«

»Sie sprechen in Rätseln.«

»Ein Rätsel ist es wohl, wahrhaft ein Rätsel, was diese Klosterfrau sich erlaubt. Ihr Schreiben ist an Seine Heiligkeit, den Papst in Rom gerichtet! An Seine Heiligkeit in Rom! Sehen Durchlaucht selbst, was sie schreibt«, und er reichte ihm den Brief.

Der Kurfürst öffnete ihn, trat ans Fenster und las leise: »*Heiligster Vater, dass zu deinen Füßen, Heiligster Vater, ich mich demütigst niederknie in Anbetung des apostolischen Stuhles, und Güte erbittend wegen des Elends und der Verzweiflung in meiner Lebenssituation, bewegt mich dieses nämlich* …«. Als er zu Ende gelesen hatte, ließ er das Blatt sinken. Betroffenheit lag in seinem Blick.

»Lesen Sie! Diese Klosterfrau dauert mich zutiefst«, sagte er und gab Beck den Brief.

Auch der Offizial schien bewegt, als er dem Kurfürsten das Schreiben zurückgab.

»Was gedenken Durchlaucht zu tun? Wenn ihrer Bitte stattgegeben wird … Erlauben Durchlaucht zu bedenken … Durchlaucht wissen, was zu tun ist, und werden wie stets eine weise Entscheidung treffen.«

»Wir werden den Brief an den Nuntius Seiner Heiligkeit in Köln weiterleiten. Dort wird man wissen, wie damit zu verfahren ist.« Er schwieg, nach einer Weile fügte der Kurfürst hinzu: »Ich erlaube mir, weiter darüber nachzudenken, was zu tun ist.«

Er legte den Brief auf den Schreibtisch zurück und ging mit Beck zum Fenster: »Was sagen Sie zu diesem Gemälde, Verehrtester?«

»Ein heidnisches Motiv, mit der nötigen Dezenz gestaltet. Zweifellos von angenehmen Farben …«, sagte Beck ein wenig hilflos. Lächelnd ersparte ihm der Kurfürst, offensichtliches Unverständnis weiter preisgeben zu müssen. »Ja, Sie sagen es. Von angenehmen Farben. Ich danke Ihnen, Verehrter, dass Sie unverzüglich mit dem Brief gekommen sind. Sie haben recht daran getan und den Ernst des Falles richtig eingeschätzt. Ich werde Sie wissen lassen, wie mit der Angelegenheit der Klosterfrau von Sohlern verfahren wird.«

Während sie noch am Fenster standen und zum Rhein hinunterschauten, meldete man dem Kurfürsten Ihre Hoheit, die Prinzessin, die aus Kärlich gekommen war, und Beck wurde verabschiedet.

Der Kurfürst ging Maria Kunigunde entgegen.

»Man sagte mir, du wartest mit Ungeduld auf mich. Ich bin neugierig, Clemens!«

Sogleich zeigte er ihr das Bild. Erfreut hörte er ihren spontanen Ausruf des Entzückens.

»Es gefällt dir? Das habe ich erwartet. Ich wusste, du liebst diese Farben, das warme Braun, das sanfte Rosa. Der Meister nennt es ›Aurora, der Morgen, geht auf, die Nacht geht zur Ruh‹. Morgens beim Erwachen wird mein erster Blick darauf fallen, und abends mein letzter, wenn es einmal mein Schlafgemach schmücken wird.«

»Ein zauberhaftes Bild«, sagte Maria Kunigunde. »Wie überwältigend wird die Wirkung erst sein, wenn es in vielfacher Größe die Decke deines Schlafgemaches schmücken wird.«

Eine Weile standen sie vor dem Bild und betrachteten es schweigend.

Er strahlte. »Du siehst, viel Schönes hat uns dieser Tag gebracht.«

Er läutete dem Diener und ließ zwei Stühle in eine schattige Fensternische stellen. Erfrischungen wurden gebracht. Lange saßen sie im gedämpften Licht, ein wenig müde von der hochsommerlichen Wärme, die im Raum stand.

»Woran denkst du?«, fragte Maria Kunigunde, als der Kurfürst immer tiefer in schweigendes Nachdenken verfiel. »Sorgen? Ich sehe dir an, du sorgst dich.«

Er stand auf und ging zum Schreibtisch, auf dem die Briefe lagen. Wortlos reichte er ihr den Brief Maria Theresias. Überrascht nahm sie ihn. Las ihn mit immer größerer Bewegung. Hin und wieder hielt sie inne und wischte Tränen aus den Augenwinkeln.

Welche Not sprach aus diesen Worten! *Wer kann mich unglücklicher nennen als derjenige, der mich Klosterfrau taufet. Mein eigenes Gewissen sagt: ich bin es nicht,* las Maria Kunigunde laut. Bedrängt hatte man das arme Fräulein von Kindertagen an, die Mutter hatte dem unreifen Kind keinen anderen Weg gelassen! Wie stark musste diese Klosterfrau sein, dass sie in all den Jahren nicht zerbrochen war.

Ach, wenn Maria Kunigunde nur schon früher dies alles gewusst hätte! Sie hätte ihren Clemens dazu gebracht, etwas zu unternehmen. Erst jetzt begriff sie, dass die Not dieser Frau der ihren glich, die sie im Kloster Thorn gelitten hatte. Sie, die sächsische Prinzessin, hatte die Möglichkeit gehabt, ihr Schicksal selbst in die Hände zu nehmen. Doch diese Klosterfrau zu Stuben? *Von Eurer Kurfürstlichen Durchlaucht Erzbischöflichen Macht hängt es einzig und allein ab, meinem Elend die nachdrückliche Abhilfe zu erteilen,* stand in ihrem Brief.

Mit zitternder Hand gab sie dem Kurfürsten den Brief zurück. Er ging zum Schreibtisch und reichte ihr nun den Brief, den Beck ihm heute gebracht hatte. Sie überflog das Schreiben, er sah, wie sie erbleichte.

»Diese Frau wird zugrunde gehen, wenn ihr nicht erlaubt wird, das Kloster zu verlassen!«, rief sie aus. »Sie hatte auf deine Hilfe gehofft, und du … Sie ist verzweifelt! Was gedenkst du zu tun, Clemens?«

Er schwieg.

Sie konnte die Tränen nicht mehr zurückhalten.

Maria Kunigunde weinte! Seine Schwester weinte! Hatte er sie je weinen gesehen?

»Was wäre aus mir geworden, wenn ich im Kloster geblieben wäre?«

Sie sprang auf, ging aufgeregt auf ihn zu, stammelte: »Ich kenne das Leben in einem Kloster. Ich habe das alles am eigenen Leib erfahren. Ich weiß, wie schrecklich das Leben ist, wenn man nicht mehr dort sein möchte. Es nicht mehr ertragen kann. Die Enge. Der Unfrieden. Ich bin zu dir gekommen, ehe es zu spät für mich war.«

»Am Hof des Erzbischofs bist und bleibst du immer noch eine Klosterfrau! Was aber soll aus diesem Fräulein werden, wenn sie den schützenden Ort verlässt?«

»Ein Dach über dem Kopf ist nicht Schutz genug für ein Leben. Sie hat dort keine wirkliche Geborgenheit gefunden. Würde sie sonst so flehentlich um ihre Freiheit bitten?«

Erregung flackerte in ihren Augen. Sie stand vor dem Kurfürsten und fasste mit beiden Händen seine Schultern, er ließ die ungewohnte Berührung zu und wehrte sie nicht ab.

»Bedenke, Kunigunde, ins Unglück wird sie geraten, wenn ihr erlaubt wird, das Kloster zu verlassen!«

Sie löste die Hände von seinen Schultern, heftig schüttelte sie den Kopf, las beide Briefe noch einmal, dann sagte sie: »Verzweifelt ist sie, aber ebenso stark. Ja gerade weil sie so stark ist, ist ihre Not so groß. Sie hat nicht aufgegeben. Sie hat es gewagt, sich an Seine Heiligkeit, den Papst in Rom, zu wenden! Immer wird sie darum kämpfen, ihren Platz im Leben zu finden. Wo auch immer sie leben wird. Ich bitte dich, Clemens, sorge dafür, dass ihr Dispens erteilt wird.«

Er schwieg. Sie fasste ihn an beiden Händen. »*Gerechtigkeit und Milde* sagt man dir nach, und beide sind deine Stärke. Niemand braucht diese Gerechtigkeit und diese Milde so sehr wie dieses Fräulein.«

»Nun lass es genug sein. Lass uns an Erfreulicheres denken. Lass uns das Bild noch einmal anschauen«, sagte er und lächelte hilflos.

Maria Kunigunde wandte sich von ihm ab und sah durch das Fenster zum Rhein hinunter.

Er trat zu ihr und berührte sanft ihre Schulter.

»Kunigunde, ich werde noch heute eine Entscheidung treffen«, sagte er schließlich mit brüchiger Stimme.

Sie wandte sich ihm wieder zu und sah ihn ernst an. Wie es ihre Gewohnheit war, deutete sie zum Abschied eine Kniebeuge und eine Verneigung an.

»Zum Nachtmahl sehen wir uns«, flüsterte sie.

Als sie gegangen war, trat der Kurfürst wieder an das Bild.

Auroras Fackel. Der unaufhaltsam hereinbrechende neue Tag.

Es gelang ihm nicht, sich weiter in das Bild zu vertiefen. Kunigunde. Die sonst so Beherrschte. Die Überlegene. Ja, was wäre aus ihr geworden, wenn sie in ihrem Kloster, dem sie als Äbtissin noch immer vorstand, geblieben wäre?

Er läutete, heftiger als sonst, und ließ seinen Schreiber kommen. Das edelste Papier, das für besondere Schreiben zur Verfügung stand, ließ er bringen, und dann, am Abend dieses 6. August des Jahres 1784, diktierte er den Brief an Seine Heiligkeit in Rom:

Als Erzbischof leite er die Bitte einer Klosterfrau um Dispens von ihrem Gelübde pflichtgemäß weiter an Seine Heiligkeit. Zunächst stellte er den Fall der Maria Theresia von Sohlern lückenlos dar mit allen Einzelheiten, die ihm bekannt waren. Er, der Erzbischof, sehe ihr Elend. Ihrer Natur nach sei sie nicht zum Klosterstand berufen, in den sie gegen ihren Willen gedrängt worden war. Sie habe sich um Eingewöhnung ins Kloster bemüht. *Aber vergeblich und fruchtlos war ihr Bemühen, das, je länger es dauert, um so eher ihren Körper und ihre Seele ruiniert.* Deshalb werfe sie sich Seiner Heiligkeit zu Füßen, *damit er in Seiner väterlichen Milde die dringend bittende Tochter* von ihrem Gelübde befreie. Nach langer gewissenhafter Prüfung des Falles befürworte er, der Erzbischof, dass dem Fräulein Maria Theresia von Sohlern Dispens von ihrem Gelübde erteilt werde, und er bitte Seine Heiligkeit eindringlich, entsprechend zu verfahren und gnädigst Dispens zu gewähren.

Er versiegelte den Brief noch nicht. Er suchte Maria Kunigunde in ihren Gemächern auf und reichte ihr das Schreiben.

Als sie es gelesen hatte, schien sie tief bewegt. »Du hast es gut gemacht«, sagte sie und gab den Brief zurück. »Ich wusste es.«

## Herbst 1784

Am Morgen des Festes Mariä Himmelfahrt kniete Maria Theresia zusammen mit allen anderen Schwestern auf der Nonnenempore der Klosterkirche zu Stuben. Als Letzte war sie zur Messe gegangen.

Trotz der hochsommerlichen Wärme, die den Kirchenraum bis zur Empore durchdrang, zitterte sie.

Tief aus ihrem Inneren kam das Frösteln. In den kläglichen Gesang, vom Gewimmer der Orgel kaum gestützt, vermochte sie nicht einzustimmen. Hin und wieder erfasste sie ein Schwindel, eine Leere im Kopf. Sie krallte die Fingernägel fest in die Hände, um nicht die Besinnung zu verlieren. Vor einigen Tagen war sie, zum Gespött der Schwestern, während der Messe kraftlos zu Boden gesunken. Jetzt musste sie durchhalten. Das war nicht leicht in der muffigen Luft, die nach Schlamm und feuchtem Moder roch.

Durch die hohen Fenster des Ostchores fielen Sonnenstrahlen. Hympler stand am Altar. Ohne große innere Anteilnahme zelebrierte er die Messe. Müde waren seine Gesten und Schritte, müde auch seine Stimme. Fahrig waren seine Bewegungen, unsicher sang er die lateinischen Gesänge.

Maria Theresia richtete den Blick starr nach vorne zum Altar. Hochwürden Hymplers Rücken. Das Messgewand. Darauf das Kreuz aus Goldfäden gestickt, so groß, als müsse er es selbst auf seinem Rücken tragen. Aus den Wunden des gekreuzigten Christus das Blut. Maria Theresia hielt sich mit den Augen am Kreuz auf Hymplers Rücken fest.

Selbst heute am Fest der Jungfrau Maria, an dem sie als Königin des Himmels gefeiert wurde, stand das Kreuz im Mittelpunkt. Die Kreuzreliquie, zu der die Pilger kamen, um ihren Segen zu erbitten: Das Kreuz und immer wieder das Kreuz!

»O du hochheilig Kreuze …«, wie oft noch würde sie dieses Lied hören müssen? Am liebsten hätte sie sich die Ohren zugehalten.

»Hilf mir, liebe Maria, Mutter Gottes, die du in den Himmel aufgenommen bist. Ich halte es hier nicht mehr aus …« Maria Theresia löste den Blick von dem

Kreuz auf Hymplers Rücken, nach der Marienfigur auf dem linken Seitenaltar sah sie hin. Am Vortag hatte sie der Figur das festliche hellblaue Kleid angezogen, das sie ihr einst genäht hatte. Die Schwestern hatten sie gewähren lassen, wahrscheinlich hatten sie es nicht einmal bemerkt.

Seit sie aus Machern zurückgekommen war, hatte sie keine friedliche Stunde mehr im Kloster. Die Mitschwestern machten ihr das Leben schwer, wann immer sie konnten, beschimpften sie als Verräterin, als Abtrünnige, die das Kloster in Verruf brachte. Selbst bei Tisch ließ man sie nicht in Ruhe, man riss ihr sogar die Schüssel aus der Hand, aus der sie sich bedienen wollte. Oft schon war sie hungrig vom Tisch aufgestanden. Sie hätte das alles nicht ertragen, wenn nicht inzwischen wieder ein Brief von ihrem Cousin, dem Herrn von Belmont, aus Mainz gekommen wäre. Versorgung und Unterkunft wurden ihr erneut versprochen, sobald sie das Kloster verlassen durfte. Mochte also geschehen, was wollte, sie hatte Grund, auf einen guten Ausgang zu hoffen. Mehr noch, daran zu glauben. Sie musste nur ausharren. Das wollte sie, so schwer es auch war.

Und es war schwer, nahezu unerträglich, ohne ein einziges gutes Wort zu leben. Selbst Elsjen mied sie. Die Magd sah an ihr vorbei, wenn sie ihr begegnete. Beleidigt schien sie zu sein, sie konnte nicht verstehen, dass eine ihrer Klosterfrauen in Stuben unzufrieden war. Dennoch sorgte sie weiter für Maria Theresia. Schweigend brachte sie die Mahlzeiten in Maria Theresias Stube, wenn diese zuvor hungrig den Speisesaal hatte verlassen müssen, stellte das Essen auf den Tisch, ohne sie anzuschauen, ohne einen Dank abzuwarten ging sie hinaus.

Nur ein einziges Lebewesen hier im Kloster suchte Maria Theresias Nähe. Die Schwarzweiße, die Katze. Die alte Minou war mit den Jahren immer zutraulicher geworden. Sie hörte auf den Namen, den sie ihr gegeben hatte, und duldete es, angefasst zu werden.

Wenn nur der Freiherr von Dunckel, der Prior von Springiersbach wieder einmal nach Stuben käme! Vielleicht hätte er endlich Nachricht für sie. Sehnlich erwartete sie eine Antwort auf ihre Bittbriefe. Noch war keine Nachricht eingetroffen. Vor wenigen Wochen hatte der Herr von Dunckel sie von Machern aus nach Stuben gebracht. Er machte ihr Mut, an Seine Heiligkeit zu schreiben. Keineswegs hatte der Prior ihr Hoffnung auf Erfüllung ihrer Bitte gemacht. »Beten Sie«, legte er ihr nahe, »hören Sie nicht auf zu beten um die Gnade, am Ende getröstet zu werden, was auch immer kommen mag.« Und sie hatte sich seine guten Worte zu Herzen genommen.

Nach wie vor erschien sie zu den Chorgebeten, manchmal als einzige der Schwestern. An jedem Morgen ging sie zur Messe. Mit Dankbarkeit dachte sie an den Herrn von Dunckel, der sie nicht verurteilt, sondern getröstet hatte. Hympler hatte es nicht aufgegeben, ihr Vorwürfe zu machen. »Der Himmel verzeiht Ihnen nicht! Untreue! Ungehorsam! Er wird Sie strafen. Schwere Schuld laden Sie auf sich.«

War sie schuldig? Ja, sie war ungehorsam. Sie musste es sein, wenn sie nicht zugrunde gehen wollte. Hatte sie nicht das Recht zu leben? Hier in Stuben konnte sie nicht länger leben. Hatte sie dafür die Strafe des Himmels zu erwarten? Musste sie büßen? Wenn es denn so war, wollte sie die Not ihres geschwächten Körpers, den Hunger, den man sie leiden ließ, alle Widerwärtigkeiten, als Buße auf sich nehmen, um den Himmel zu versöhnen ... Es gelang ihr nicht mehr, sich aufrecht zu halten. Immer tiefer sank sie in sich zusammen unter der Last, die sie zu tragen hatte.

Ein harter Stoß traf sie in die Seite. Die Messe war zu Ende, ohne dass sie es bemerkt hatte.

»Heuchlerin!«, zischte die Meisterin und stieß erneut mit der Faust nach ihr. »Aus dem Weg! Aus den Augen!«

Maria Theresia lief aus der Kirche.

»Sie halten mich nicht!«, rief sie im Weglaufen. »Sie werden es sehen!«

Über die Flure rannte sie und flüchtete in ihre Stube. Als sie die Tür hinter sich geschlossen hatte, brach sie in Tränen aus.

Maria Ferdinanda hob den Stock, den sie seit einiger Zeit wegen der schmerzenden Hüften beim Gehen benutzen musste, drohend nach der Flüchtenden. Fluchend humpelte sie davon, und sie fluchte weiter, als keine der Schwestern ihr dabei behilflich war, sie die wenigen Stufen von der Empore in den Flur hinunter zu geleiten.

In ihrer Wohnung ließ sie sich auf den bequemen Stuhl am Tisch fallen. Die Magd! Wo blieb die Magd so lange? Man ließ sie im Stich, alle ließen sie im Stich! Viel zu gut war man zu der trägen Person, viel zu duldsam. Wusste die nicht, was die Meisterin nach der langen Feiertagsmesse brauchte, um zu Kräften zu kommen? Endlich erschien Elsjen.

»Kaffee, rasch, meinen Kaffee!«

»Aber die Ehrwürdije Mutter hat die Morgensupp' noch nit gegessen. Hier, grad vom Feuer geholt. Se dampft noch.«

»Hört sie nicht? Meinen Kaffee brauche ich!«

»Jesses, is' ja gut. Aber die Supp', die soll die Ehrwürdije Mutter zuerst essen. Wat richtiges in den Bauch, da geht nix drüber, dat sollen Se mal glauben.«

»Was fällt ihr ein …«, doch Maria Ferdinanda nahm den Löffel zur Hand, um von der warmen Hafersuppe zu essen. Sie wusste, das Elsjen würde nicht eher nachgeben. Außerdem spürte sie, wie ihr der Appetit auf die dampfende Suppe kam. Mit dem Löffel deutete sie wortlos zum Schrank, und Elsjen nahm ein Tongefäß aus dem Schrank, aus dem Maria Ferdinanda einige Löffel Zucker auf die Hafersuppe streute.

»Sie holt mir Kaffee«, befahl sie barsch, und als Elsjen sah, dass die Meisterin zu essen anfing, ging sie, um das Gewünschte zu besorgen. Die Breischüssel war geleert, als sie zurückkam. Die Magd stellte eine Kanne Kaffee auf den Tisch, dazu eine große Tasse aus geblümtem Porzellan.

»Sie geht nun«, ordnete die Meisterin an. »Der Zucker bleibt stehn. Sie holt mir noch die Flasche.«

»Aber die Ehrwürdije Mutter sollt' doch nit …«

»Was erlaubt sie sich! Sie schwatzt dummes Zeug!«, schrie Maria Ferdinanda. »Die Flasche! Wie soll ich die Schmerzen ertragen! Hier!«, und sie hielt ihr die knotigen Hände hin, »und die Hüfte! Will sie mich leiden lassen? Soll ich etwa selber aufstehen und die Flasche holen?«

»Jesses, is' ja gut«, widerwillig nahm Elsjen die Flasche mit dem Branntwein aus dem Schrank und stellte sie auf den Tisch.

Bis zum Abend wäre nun Ruhe. Schlafen würde die Meisterin, bis ihr die Abendmahlzeit gebracht wurde.

Die Magd hatte genug in der Küche und in der Backstube zu tun, doch sollten jüngere Mägde sich heute darum kümmern. Sie hatte etwas anderes vor.

Fast so lange wie die Meisterin war sie nun in Stuben, hatte ihren Verstand noch beieinander, aber nicht mehr die Kraft wie früher. Musste sich nun auch um sich und ihre Angelegenheiten kümmern. Heute fragte sie nicht um Erlaubnis. An diesem Festtag wollte sie zum Petersberg hinaufgehen und auf dem Kirchhof an der Peterskapelle am Grab der Eltern beten. Lange, lange lagen sie schon unter der Erde. Sie wusste nicht mehr wie lange schon. Hinauf musste sie. Sollten die im Kloster selber sehen, wie sie zurecht kamen.

Als sich die Türe hinter Elsjen geschlossen hatte, goss Maria Ferdinanda den Kaffee in die Tasse, bis sie zur Hälfte gefüllt war, löffelte Zucker hinein und füllte die Tasse bis zum Rand mit Branntwein. Mit beiden Händen führte sie die Tasse zum Mund, achtete darauf, keinen Tropfen zu verschütten, trank in gierigen Schlucken.

Sie legte den Kopf an die hohe Lehne des Stuhls. Ruhig saß sie mit geschlossenen Augen, atmete tief, wartete. Nicht lange dauerte es, bis sie spürte, wie ein besänftigender Nebel alles verschleierte, alles dämpfte, das Begehren, den Zorn, die Schmerzen. Frieden, endlich Frieden! Nur eine Kleinigkeit fehlte noch zur vollkommenen Zufriedenheit. Wenn nur der Tabaksbeutel gefüllt wäre! Doch niemand brachte ihr Tabak. Sie hätte ihn auch nicht bezahlen können. Solange man ihr nur Branntwein, Zucker und Kaffee lieferte, trotz der Schulden, die sie hatte. Was, Schulden! Irgendwann würde sie schon zahlen. Die Krämer, die das Kloster belieferten, würden es nicht wagen, der Meisterin von Stuben nichts mehr zu geben, nur weil sie Schulden hatte. Der Kellner musste ihr Geld herausgeben, es kam doch genug herein von den Zinshöfen.

Das stand den Stubener Frauen zu. Verbrieftes Recht. Reich war man in Stuben. Genug war für alle da. War immer genug da. Und diese verrückte Sohlern wollte das Kloster verlassen. Das würde sie nicht dulden. Sie würde sie nicht gehen lassen, niemals, würde sie festhalten, und wenn der Erzbischof selber …

Der Kopf sank ihr schwer zur Brust. Sie merkte, dass Schlaf sie übermannen wollte. Da stand sie auf, zog mit einiger Mühe die Schuhe aus und legte sich auf das Bett, ohne zuvor den Schleier und den Mantel abzulegen. Sofort schlief sie ein.

Sie wachte auf, als die Magd ihr die Abendmahlzeit brachte. Elsjen zog ihr die Schuhe an, bevor sie es befehlen konnte. Dann half sie ihr, vom Bett aufzustehen, ordnete das Gewand der Meisterin und führte sie an den Tisch.

Während die Magd die Branntweinflasche und den Zucker in den Schrank räumte, sagte sie: »Et wär Post für die Ehrwürdije Mutter da, hat Hochwürden gesagt. Et wär wichtig, hat en gesagt. Der Brief wär von dem Prälat.«

Sofort war Maria Ferdinanda hellwach. »Was steht sie herum? Sie holt mir den Brief!«, befahl sie barsch, ehe sie sich auf das Essen stürzte. Noch bevor sie es ganz verschlungen hatte, war Elsjen mit dem Brief zurück.

Die Meisterin riss ihn auf, las, schrie auf: »Schon wieder! Niemand von uns hat ihn hergerufen!«

Sie knüllte den Brief zusammen und warf ihn achtlos von sich. Elsjen hob den Brief auf und warf ihn in den Ofen.

Freiwillig hatte Abt von Holtrop sich nicht auf den Weg zu dem angekündigten Besuch in Stuben gemacht. Auf Weisung des Erzbischofs war ihm vom Generalvikariat zu Trier aufgetragen worden, dort erneut eine Visitation vorzunehmen. Der Geheimrat von Pidoll hatte es ihm schriftlich mitgeteilt. Viele Beschwerden über die Zustände im Kloster waren in Trier eingegangen. Diese Nonne, die Dispens zu erhalten begehrte, hatte weiter das Kloster in Verruf gebracht. Dem Abt waren die Missstände längst bekannt, sie berührten ihn nicht. Diese verwahrloste Weibergesellschaft interessierte ihn nicht. Wenn er von ihrem vorzüglichen Wein absah.

Anfang September ließ er bei gutem Wetter anspannen, um der Pflicht nachzukommen, der er nicht ausweichen konnte, ohne sich am Ende selbst größere Schwierigkeiten einzuhandeln. Seinen Schreiber, der ihm auch als Leibdiener zur Hand ging, nahm er mit.

Verärgert stellte er fest, dass zu seiner Ankunft in Stuben nichts vorbereitet war. Der erste, der erschien, war der Kellner Hympler.

»Euer Ehrwürden! Um Gottes willen! Ganz unerwartet, dieser Besuch! Verzeihen Euer Ehrwürden, wir wussten nicht …«

»Wussten nicht! Was untersteht Er sich! Tag und Stunde habe ich der Meisterin mitgeteilt! Ich verlange sie sofort zu sehen!«

»Mitgeteilt. Tag und Stunde. O Gott!«, murmelte Hympler. »Ich verstehe, verstehe. Der Brief. Sie hat ihn einfach …«, schon war er verschwunden, um die Meisterin herbeizurufen.

Es dauerte lange, bis sie zusammen mit Hympler erschien, schwer atmend, mit gerötetem Gesicht. Roch sie etwa nach Branntwein? Das wollte der Abt denn doch nicht glauben. So tief konnte sie nicht gesunken sein!

»Der Ehrwürdigste Prälat. Was führt Euer Hochwohlgeboren nach Stuben?«, sagte die Meisterin, ohne ein Anzeichen der Ehrerbietung, die sie ihm schuldete. »Wir sind hier mitten in der Arbeit. Das Hochwasser. Der Schaden! In Springiersbach hat man keine Vorstellung davon, was die Mosel hier anrichtet, wenn sie außer Rand und Band gerät. Mitten in der Arbeit finden Sie uns.«

»Genau das will ich in Augenschein nehmen. Visitation ist befohlen, von höchster Stelle, und Sie öffnen mir sämtliche Türen!«, fuhr er sie an.

Wütend lief Maria Ferdinanda davon.

»Da sehen Euer Gnaden, wie sie mit uns umgeht. Verzeihen Euer Gnaden, sie weiß nicht, was sie tut.«

»Ich fürchte, sie weiß es. Wenn ich mich denn nicht an die Meisterin halten kann: rufe er mir die Priorin!«

»Ach Gott, die Priorin! Verzeihen Euer Gnaden, das Fräulein von Berg ist für ein paar Tage verreist. Wenn Sie mit meiner Wenigkeit ...«

Mit diesem hilflosen alten Mann war nichts anzufangen. Was war aus ihm geworden im Laufe der Jahre?

Der Abt ließ sich zu seinem Zimmer führen, das stets für ihn bereitzuhalten war. Er fand es in Unordnung, verstaubt, ungelüftet. Bedienung ließ er herbeirufen. Lange schien sich niemand angesprochen zu fühlen, bis schließlich die verschüchterte kleine Schwester Franziska mit verweinten Augen erschien. Sie tat, was sie konnte, um alles zu seiner Zufriedenheit zu richten.

Zwei Tage vergingen, bis endlich die Priorin ins Kloster zurückkehrte. Holtrop ordnete an, der Konvent habe sich vollzählig zu versammeln. Nur noch wenige Klosterfrauen waren dem Kloster verblieben.

Was er zu hören bekam, waren Klagen über die Meisterin und über den täglichen Streit unter den Schwestern. Die keifende Stimme der Meisterin übertönte die Stimmen der Schwestern.

Die Buchführung verlangte Holtrop zu sehen. Bücher? Die Kellnerin Antoinette führte keine Bücher. Die Meisterin legte keinen Wert darauf. Wenn Geld einkam, kaufte sie davon, was sie für nötig hielt. Wenn keines da war, mussten eben Schulden gemacht werden. Die Meisterin bestand darauf. Die Einkünfte aus den Zinshöfen? Die Lieferungen von den Mühlen, aus den Dörfern? Der Kellner Hympler war nicht mehr imstande, alles aufzuzeichnen. Ungeordnete Zettel, Schuldscheine, unbezahlte Rechnungen.

Die Wirtschaftsgebäude fand Holtrop in marodem Zustand. Nach den Schäden, die das Hochwasser im Februar angerichtet hatte, waren sie nahezu dem Verfall preisgegeben. Die Mühle war verloren. Die Knechte schienen sich nicht zu bemühen, alles instand zu setzen.

Bevor er abreiste, verlangte er mit der Nonne zu sprechen, die den Wunsch hatte, das Kloster zu verlassen. Er hatte vor, sie hart zur Rede zu stellen. Als sie nun vor ihm stand, mager, mit Bitterkeit um den Mund, hatte er fast Mitleid mit ihr. Hoffte sie, von ihm die Antwort zu hören, auf die sie wartete? Er las es in ihrem angespannten Blick.

»Das Fräulein hatte die Kühnheit, an Seine Durchlaucht, den Erzbischof zu schreiben. An Seine Heiligkeit ebenfalls, wie ich hörte. Weiß Sie nicht, welche Konsequenzen sie damit heraufbeschwört?«

Sie schwieg. Trotz im Gesicht.

»Seine Durchlaucht ist mit Ihrem Fall befasst. Weiß Sie das?«

»Seine Durchlaucht …«, stammelte sie.

Er verstand. Sie wusste noch nichts davon, dass der Erzbischof die Dispens befürwortet hatte. Nun, so sollte sie es jetzt auch nicht wissen. Sie sollte geduldig warten. Wusste man, was sie noch anstellte, wenn sie erfuhr, dass sie einen mächtigen Fürsprecher hatte?

»Sie verspricht mir, nun Ruhe zu geben. Alles wird zu seiner Zeit entschieden. Verspricht Sie das?«

Sie nickte. Ihre Augen füllten sich mit Tränen.

Weibertränen. Sie würde noch viel zu weinen haben, wenn er es recht bedachte.

»Sie macht uns keinen weiteren Ärger und wartet geduldig. Das ist das Klügste, was Sie tun kann. Der Herr von Pidoll kümmert sich um die Angelegenheit.« Als er in ihr fragendes Gesicht sah, fügte er hinzu: »Beruhige Sie sich. Es mag durchaus möglich sein, dass an höchster Stelle Ihrer Bitte entsprochen wird.«

»Gnädigster Herr Prälat glauben, dass es möglich ist …«

»Jaja«, sagte er, nun ungeduldig, »es ist möglich. Sie geduldet sich. Alles zu seiner Zeit.«

Ehe ihn diese armselige Nonne am Ende noch rührte, wollte er sie los sein.

»Sie hat verstanden«, sagte Holtrop und entließ sie.

Am 9. September diktierte er seinem Schreiber zu Springiersbach den Bericht an den Erzbischof über die Visitation in Stuben:

Nur noch wenige Nonnen lebten im Kloster, und die seien seit vielen Jahren untereinander zerstritten. Die Meisterin stellte er dar als unfähig, unwissend, ungerecht, rachsüchtig. *Das Böse kommt vom Haupt her … allein die Krankheit ging vom Haupt auf fast alle nieder.* Die Kellnerin erweise sich als ungeeignet. Nicht nur die Klostergemeinschaft, alle hätten privat ebenfalls hohe Schulden. Die Klosterwirtschaft liege im Argen. Eine Abhilfe sei nur durch hartes Eingreifen von außen möglich. Jedoch *niemand Vernünftiger würde sich in diese Verwirrung hineinwagen, und sollte es geschehen, so bürge ich, man würde seinen Tod eher als eine Besserung finden, indem die dort Erfindlichen fast zu Unbezähmbaren geworden sind.*

Noch ein Winter in Stuben? Einen weiteren Winter in Stuben würde sie nicht überleben. Wie viel Wasser musste noch die Mosel hinunterfließen, bis sie endlich dieses Gefängnis verlassen durfte? Sie hatte den Entschluss gefasst, das Kloster zu verlassen, und sie würde es verlassen, sie würde davongehen, einfach weg von Stuben. Oder sie würde ein Schiff besteigen, das im Stubener Hafen anlegte, und dann würde sie mit nach Koblenz fahren. Dort würde sie an eine Tür klopfen, bis man ihr öffnete. Nach Mainz? Man würde sie nicht wegschicken, nein, man würde sie willkommen heißen, es war ihr zugesagt … Auch dann, wenn ihr keine Dispens erteilt worden war? Sie wusste es: Nein! Der Cousin hatte ihr deutlich zu verstehen gegeben, dass sie warten müsse, bis ihr das Verlassen des Klosters von höchster Stelle erlaubt werde. In seiner Stellung bei Hofe sei es ihm unmöglich, eine entflohene Klosterfrau zu beherbergen. Wie auch immer: Es war gewiss, sie würde nicht bleiben, sie würde gehen!

Maria Theresia rannte aus ihrer Stube hinunter in den Garten, schlüpfte durch einen Pforte in der Klostermauer, lief den Petersberg hinauf. Außer Atem blieb sie stehen, schaute hinunter auf den Fluss. Sie würde weggehen, sie wusste es. Es gab kein Zurück. Auch wenn die ungewisse Zukunft ihr Angst machte.

Immer weiter keuchte sie den Berg hinauf, rastete an den Bildstöcken der Kreuzwegstationen, ging durch den Wald bis zur Peterskapelle, empfand plötzlich, wie allein sie hier oben war. Furcht überfiel sie.

»Ich fürchte mich nicht, ich fürchte mich nicht ...«

Als sie, in ihrer Stube zurück, zur Ruhe kam, griff sie zur Feder und schrieb an den Prior von Dunckel: Sie flehte den *hochwürdigen hochwohlgeborenen hochzuverehrenden* Herrn an, sich an höherer Stelle für sie einzusetzen. Sie könne die Ungewissheit nicht länger ertragen. Durch die Verzögerung *stehe sie in der Gefahr, einen weit größeren Schritt zu wagen ...*

Beim Kurfürsten ging, von der Päpstlichen Nuntiatur zu Köln übermittelt, die Antwort des Papstes Pius VI. ein: Der Klosterfrau Maria Theresia von Sohlern, religiöse Professin des Augustinerordens im Kloster St. Nikolaus zu Stuben, sei Dispens von ihrem Gelübde erteilt, wie der Ehrwürdige Bruder in Christo, Clemens Wenzeslaus, Erzbischof von Trier, es erbeten habe.

Dieser möge nun Wege finden, den Ausgang der Maria Theresia von Sohlern aus dem Kloster ohne Aufsehen und in Würde vor sich gehen zu lassen. Dies müsse aus Rücksicht auf das altehrwürdige Kloster, auf das Ansehen der heiligen katholischen Kirche und auf dasjenige der Eltern der Klosterfrau geschehen.

Der Kurfürst musste nun handeln. Endlich konnte der Fall abgeschlossen und die Klosterfrau aus Stuben entlassen werden. Doch was sollte aus ihr werden? Hatte er wirklich recht daran getan, die Dispens zu befürworten? Maria Kunigunde hatte ihm diese

Entscheidung abgerungen. Er ließ sie zu sich rufen und legte ihr das päpstliche Schreiben vor.

Mit großer Genugtuung las sie das Schreiben.

»Gut«, sagte sie. »Es ist gut. Sie ist nicht mehr gefangen, dort, wo ihr das Leben unerträglich wurde.«

»Wo wird sie leben? Was wird aus ihr werden?«

»Sorge dich nicht, Clemens. Du hast recht daran getan, ihr zu helfen. Lass sie nun gehen.«

»Der Oberst von Sohlern«, seufze er. »Einer meiner zuverlässigsten Untergebenen …«

Sie schüttelte energisch den Kopf. »Es geht hier nicht um den Oberst von Sohlern. Das weißt du.«

Er schwieg darüber, wie sehr es ihm Kummer bereitete, dem Oberst eine tiefe Kränkung zuzufügen. Ein Mann von hohem Pflichtgefühl, in seiner Ehre verletzt … er musste einen Weg finden, wieder gutzumachen, was er ihm nun antun würde.

Noch vor dem neuen Morgen, im unbestimmten Grau zwischen Tag und Nacht, rollte eine zweispännige Kutsche am Moselufer entlang. Herr von Dunckel war zur Nachtzeit in Springiersbach aufgebrochen, um früh in Stuben zu sein. Der Abt von Holtrop hatte ihn beauftragt, die kurfürstliche Weisung auszuführen, die der Geheimrat von Pidoll nach Springiersbach übermittelt hatte. Das Fräulein Maria Theresia von Sohlern war durch Dispens des Heiligen Stuhls von ihrem Gelübde befreit. Er hatte den Auftrag, sie aus dem Kloster Stuben abzuholen und sicher nach Koblenz ins Görgenkloster St. Martin zu bringen.

Am Bremmer Fahr hielt die Kutsche. Dunckel stieg aus, er befahl dem Kutscher, die Pferde zu versorgen. Sie sollten angespannt bleiben, denn es konnte nicht lange dauern, bis die Fahrt weiterging. Er weckte den

Fährmann. Der Herr solle sich gedulden, brummte der. Kein Mensch wäre drüben in Stuben wach, wenn er so früh dort ankomme. Dunckel bestand darauf: Befehl der Obrigkeit! Ob er Ärger bekommen wolle? Da bestieg der Fährmann den Nachen.

Kühle des frühen Oktobertages. Von Osten zaghaft heraufsteigendes Licht. Der graue Fluss, das ruhig dahinströmende Wasser. Ziehende Nebelschwaden über der Wasseroberfläche. Tau an den Gräsern am Ufer. Der Tag würde klar werden. Von der Klosterkirche am anderen Ufer verhalten schwebender Glockenton. Dunckel würde rechtzeitig zur Frühmesse kommen. Durch das Nebelgewaber gleitender Nachen. Rhythmisches Schlagen der Ruder, leises Plätschern, wenn sie eintauchten.

Am Stubener Ufer angekommen waren es wenige Schritte bis zur Kirche. Das Portal zur Mosel hin war nicht verschlossen. Dunckel öffnete es und betrat das dämmrige Kirchenschiff. Auf dem Altar brannten einige Kerzen. Zwei der Nonnen waren zur Frühmesse erschienen, außer ihnen eine Magd. Am Altar Hochwürden Hympler, die gebeugte Gestalt vom Messgewand fast erdrückt. Ihm zur Seite ein schmächtiger Bursche als Messdiener, noch halb im Schlaf. Kein Gesang, kaum wahrnehmbares Gebetsgemurmel.

Hympler erschrak, als der Herr von Dunckel nach der Messe zu ihm kam. Die Meisterin, wo denn die Meisterin anzutreffen sei? Und das Fräulein von Sohlern?

Das Fräulein von Sohlern war wie immer zur Messe gekommen, doch die Meisterin … der Herr möge verstehen, eine alte kranke Frau.

Er kenne ihre Krankheit, sagte Dunckel. Er verlange sie sofort zu sprechen.

Die Morgensonne tauchte Stuben bereits in helles Licht, als Maria Ferdinanda endlich erschien. Wie Dunckel es vorausgesehen hatte, tobte und schrie sie, als sie erfuhr, warum er gekommen war.

»Wir geben sie nicht heraus! Sie gehört dem Kloster!«

»Das Fräulein fährt mit mir. Noch in dieser Stunde.« Dunckel ließ sich nicht von ihrem Geschrei beeindrucken.

Maria Theresia stand vor ihm, mager, verhärmt, von durchsichtiger Blässe. Sie fiel vor ihm auf die Knie.

»Nein, Fräulein von Sohlern, nein! Stehen sie auf! Sie haben es gehört, sie werden das Kloster verlassen. Das Nonnengewand mögen Sie auf der Reise noch tragen, darum bitte ich Sie. Wir wollen jedes Aufsehen vermeiden. Doch in Koblenz dürfen Sie es ablegen.«

»Nicht ... nicht nach Mainz?«

»Seine Durchlaucht, der Kurfürst hat angeordnet, Sie ins Görgenkloster zu bringen. Dann werden wir weitersehen. Holen Sie, was ihr persönliches Eigentum ist. Die Kutsche wartet drüben in Bremm.«

Sie eilte, war schnell zurück mit ihrem Köfferchen.

Maria Ferdinanda wollte es ihr entreißen: »Unseres! Das gehört uns!«

»Es gehört mir«, sagte Maria Theresia und hielt es fest. Sie zitterte am ganzen Leib.

»Das Gewand! Unseres! Sie soll uns das Gewand geben!«, schrie die Meisterin und zerrte an Maria Theresias Schleier. Dunckel gebot ihr Einhalt und sie ließ von Maria Theresia ab.

Keine der Schwestern kam, sie zu verabschieden. Schon schritt sie zusammen mit Dunckel auf den Stubener Hafen zu, da hörte sie die Stimme von

Schwester Franziska: »Schwester Maria Theresia! Schwester Maria Theresia!«

Sie wartete, bis Franziska herangekommen war, gab der laut Weinenden stumm die Hand und wandte sich sogleich wieder von ihr ab.

Von der Scheune kam Elsjen hinunter an das Moselufer gelaufen, in der Hand einen zugebundenen Sack. Maria Theresia sah, dass sich etwas darin bewegte, sie hörte ein klägliches Wimmern. Minou! Gestern noch hatte sie die Jungen der schwarzweißen Katze in der Scheune entdeckt!

»Was hast du da? Was tust du?«

»Die Ehrwürdije hat et gesagt.«

»Was hat die Ehrwürdige Mutter gesagt?«

»Et gäb genug Katzen hier. Wat sollen mir mit all dene Katzen.«

»Du bringst der Schwarzweißen die Jungen zurück! Hast du gehört! Zurück!«

»Jesses, dat Fräulein Sohlern«.

Elsjen starrte Maria Theresia mit großen Augen verwundert an. Einen Augenblick verharrte die Magd unschlüssig, dann brummelte sie: »Meinswejen. Wenn dat mal gut geht«, und machte sich in Richtung der Scheune davon.

Gleißendes Licht auf dem Fluss. Der Nachen, der hinübergleitet. Das Wasser nicht mehr grau. Es spiegelt den blauen Himmel und den Calmont wider, goldglänzend vom herbstlichen Weinlaub. Am Ufer üppiges Grün, darin eingetaucht unzählige, hochwachsende gelbe Blumen. Maria Theresia verlässt den schwankenden Nachen, steigt in die Kutsche, die sogleich losfährt. Kein Blick zurück.

# Nachwort

Am 15. Oktober des Jahres 1784 berichtete der Kurfürst Clemens Wenzeslaus dem Heiligen Stuhl, dass Maria Theresia von Sohlern gemäß der päpstlichen Dispens von der klösterlichen Klausur und von ihrer religiösen Tracht befreit sei.
Den erhaltenen Akten zufolge hat sie in ihrem Leben außerhalb der Klostermauern nirgendwo eine feste Heimat und Geborgenheit finden können. Für ihre materielle Sicherheit war jedoch gesorgt. Ihre Eltern und das Kloster wurden verpflichtet, sie zu unterstützen. Ein letztes Mal findet sie Erwähnung, als ihr im Jahre 1800 ein Anteil aus dem Fond des Klostervermögens ausbezahlt wurde.

Die Tage des Klosters Stuben waren gezählt.
Nach dem Tod der Meisterin Maria Ferdinanda von Maffey am 6. Juni 1787 wurde das Kloster im darauffolgenden Jahr in ein Damenstift umgewandelt. In den Wirren der Französischen Revolution verließen die Stiftsdamen das Kloster Stuben. Es war dem Verfall preisgegeben. Was blieb, ist die Ruine am Moselufer gegenüber dem Calmont bei Bremm.

Die Darstellung des Schicksals der Maria Theresia von Sohlern und der Verhältnisse im Kloster Stuben gründet sich vor allem auf folgende Akten im Landeshauptarchiv Koblenz:
Best. 1 C Nr. 19667, 19669 19671, 19672
Best. 180 Nr. 472, 1215

Kurt BERGEN, Dem Calmont gegenüber – Das adlige Frauenkloster an der Mosel, Neef 2002.

Erwin SCHAAF, Geschichte der Augustiner-Chorherrenabtei Springiersbach, in: Karl-Josef GILLES und Erwin SCHAAF (Hgg.), Von der Augustiner-Chorherrenabtei zum Karmeliterkloster, Bernkastel-Kues 2002.

Sehr herzlich danke ich Prof. Dr. Erwin Schaaf für fachkundigen Rat und vielfältige Hilfe, ohne die dieses Buch nicht hätte geschrieben werden können.
Ich bedanke mich bei Kurt Bergen und Friedel Gebert, die mir freundlich und hilfsbereit ihr Wissen über Kloster Stuben mitgeteilt haben.

*Josefine Wittenbecher*